FR-JFIC TER
Terre d'accueil, terre
d'espoir : onze récits /
Pearson, Kit, 1947-
985940

2013

)14

'017.

D0923289

Terre d'accueil, terre d'espoir

~

Onze récits

Texte français de Martine Faubert

Éditions SCHOLASTIC

Bien que les événements évoqués dans ce livre, de même que certains personnages, soient réels et véridiques sur le plan historique, les personnages sont, pour la plupart, de pures créations des auteurs, et leurs journaux ou leurs lettres sont des ouvrages de fiction.

Copyright © Scholastic Canada Ltd., 2012, pour l'introduction.

Pour chacune des histoires de ce recueil, les droits d'auteur sont la propriété de leurs auteurs respectifs.
Vous en trouverez la liste complète à la page 255.

Catalogage avant publication de Bibliothèque et Archives Canada
Terre d'accueil, terre d'espoir : onze récits /
traduction de Martine Faubert.

(Cher journal)
Traduction de: Hoping for home.
ISBN 978-1-4431-1638-1

1. Enfants immigrants--Canada--Romans, nouvelles, etc. pour la jeunesse. 2. Immigrants--Canada--Romans, nouvelles, etc. pour la jeunesse. 3. Histoires pour enfants canadiennes-anglaises. I. Faubert, Martine II. Collection: Cher journal

PS8323.I46H6614 2012   jC813'.0108355   C2011-905747-6

Copyright © Éditions Scholastic, 2012, pour le texte français.
Tous droits réservés.

Il est interdit de reproduire, d'enregistrer ou de diffuser, en tout ou en partie, le présent ouvrage par quelque procédé que ce soit, électronique, mécanique, photographique, sonore, magnétique ou autre, sans avoir obtenu au préalable l'autorisation écrite de l'éditeur. Pour la photocopie ou autre moyen de reprographie, on doit obtenir un permis auprès d'Access Copyright, Canadian Copyright Licensing Agency, 1, rue Yonge, bureau 800, Toronto (Ontario) M5E 1E5 (téléphone : 1-800-893-5777).

Édition publiée par les Éditions Scholastic,
604, rue King Ouest, Toronto (Ontario) M5V 1E1.

5 4 3 2 1   Imprimé au Canada 114   12 13 14 15 16

Le titre a été composé en caractères Didot.
Le texte a été composé en caractères Goudy Old Style et en Cheltenham.

MIXTE
Papier issu de
sources responsables
FSC
www.fsc.org   FSC® C016245

Table des matières

À toutes celles et à tous ceux
qui ont fait leur vie au Canada

Introduction

Le Canada est une terre d'immigration. Pendant des siècles, les gens y sont venus dans l'espoir de vivre libres, de mener une vie meilleure ou d'offrir à leur famille un avenir plus prometteur. De partout dans le monde, par voie d'eau ou de terre, et souvent au péril de leur vie, ils ont immigré dans ce pays qu'ils croyaient meilleur, plus sûr et plus accueillant que celui qu'ils quittaient. La plupart ont traversé l'Atlantique ou le Pacifique et ont posé le pied au Canada dans des ports comme Halifax, Québec, Montréal ou Vancouver. D'autres sont arrivés de nuit, par le chemin de fer clandestin des esclaves fugitifs américains.

Dans ce recueil, nous avons donné la parole à des invités de guerre, des petits immigrants britanniques et des réfugiés qui cherchaient asile – des gens de différentes races et nationalités qui cherchaient un nouveau chez-soi.

Certains se sont établis facilement. D'autres ont fait face à plus de défis qu'ils ne l'avaient imaginé; ils ont vécu une profonde déception et ont même subi de la discrimination. Ils se sont demandé : « Suis-je en sécurité au Canada? Quelle est ma place, ici? Qu'est-ce que c'est, être canadien? » Pour d'autres encore, il ne s'agissait pas tant de trouver un endroit où s'établir, mais plutôt d'atteindre un but ou de prendre une décision cruciale pour leur avenir. Malgré leurs différences, ils étaient tous animés par une seule et même flamme : la promesse d'un avenir meilleur. Chacun, à sa façon, espérait s'établir dans un endroit où il se sentirait chez lui.

Sandra Bogart Johnston
Directrice de la collection « Cher Journal »

Pendant la Deuxième Guerre mondiale, des centaines de milliers de jeunes Britanniques ont été envoyés à la campagne, loin des villes les plus susceptibles d'être bombardées pendant la Blitzkrieg d'Hitler. De la fin de l'année 1939 jusqu'à l'automne 1940, des milliers d'autres ont été envoyés outre-mer, au Canada ou en Australie entre autres, afin d'être à l'abri des bombes et d'une éventuelle invasion de la Grande-Bretagne par Hitler. On les a appelés les « invités de guerre ».

KIT PEARSON *a écrit à propos de ces enfants dans une trilogie traduite en français sous les titres :* Le ciel croule, Au clair de l'amour *et* Le chant de la lumière.

Coincée au Canada

~~

Journal de Vérité Hall

De Sault-Ste-Marie à Toronto
Septembre 1939 à août 1943

2 septembre 1939
Sault-Ste-Marie, Ontario

Nous avons presque terminé notre voyage, et j'ai oublié d'écrire mon journal intime. Ce journal, papa me l'avait donné au moment du départ de l'Angleterre.

À vrai dire, je me sens coupable de ne pas avoir fait ce que papa attendait de moi : raconter chacune de mes journées par écrit afin de ne jamais oublier mon premier voyage au Canada. Il a dit qu'il ne lirait pas mon journal, mais je sais qu'il va me demander si je l'ai écrit. Alors, voici ce que je vais faire : je vais résumer le voyage, depuis le début jusqu'à aujourd'hui. Ainsi, je pourrai lui dire en toute franchise que j'ai écrit le récit de mon voyage et faire honneur à mon nom. Papa me rappelle souvent que « Vérité » est synonyme d'honnêteté. C'est pourquoi je me fais un devoir de ne jamais mentir.

Nous voyageons par bateau sur le lac Supérieur et, ce soir, nous avons accosté à Sault-Ste-Marie. Toutes les autres filles sont allées souper. Je leur ai dit que j'avais l'estomac barbouillé et, en ce moment, je suis étendue sur ma couchette dans la petite cabine que je partage avec Jane.

Je vois bien que je l'exaspère. Avant de partir, elle a pris son air de grande sœur trop parfaite et elle a insinué que mon malaise était imaginaire. Parce que c'est la deuxième fois que je lui sers cette excuse.

Elle a raison, même si je ne l'admettrai jamais devant elle. Je n'ai pas mal au ventre pour deux sous, mais j'en ai assez de ce troupeau de filles qui caquettent sans cesse. J'ai besoin de passer une soirée tranquille, toute seule.

Jane trouve que je me conduis comme une enfant gâtée. Elle dit que je finis toujours par obtenir ce que je veux. C'est faux! Je ne voulais pas venir au Canada! Si Jane n'était pas si parfaite, elle dirait comme moi.

Dans un mois, elle va entrer à Cambridge pour faire sa médecine. Elle deviendra médecin et soignera les gens. (C'est dur d'avoir une grande sœur très intelligente et toujours parfaite!) Je sais à quel point maman et papa étaient fiers d'elle, avant même de lui offrir ce voyage au Canada en guise de félicitations pour son excellent travail!

Puis ils ont appris qu'ils devaient passer tout le mois d'août en France. Ils se sont dit que j'allais m'ennuyer en Angleterre. Et puis quoi encore! Ils ont donc persuadé les organisateurs du voyage de me prendre avec eux, même si j'avais seulement 13 ans, alors que toutes les autres ont 15 ans ou plus.

J'ai tenté de protester, mais quand maman a une idée en tête, impossible de l'en faire démordre. Papa comprenait ma réticence à faire ce voyage. C'est sans doute pour cette raison qu'il m'a donné ce journal. Il s'est dit que, si j'écrivais mes impressions du Canada, j'apprécierais mieux ce voyage.

Mais je m'égare. Revenons au résumé de notre voyage.

Nous sommes un groupe composé de 17 étudiantes et de 6 professeures. Nous avons quitté l'Angleterre au début du mois d'août, à bord de l'*Empress of Britain*. Nous sommes arrivées à Québec où tout le monde parle français. (Mais personne ne nous comprenait quand nous parlions en français comme on nous l'a appris à l'école.) Puis nous avons fait un long voyage en train, en passant par Montréal, Ottawa, Toronto, Winnipeg, Regina, Calgary et Vancouver, et nous avons pris un traversier pour Victoria. Ensuite, nous avons refait tout le trajet en train jusqu'à Fort William où nous avons pris ce bateau. Je devrais en dire plus sur chacune de ces villes, mais je les confonds toutes!

Dans certaines villes, les filles ont fait des démonstrations de cricket. Jane n'y a pas joué, mais, dans quelques endroits, elle a dû porter l'uniforme de son école et compter les points. On m'a considérée comme trop jeune pour jouer. Pourtant, je suis excellente au cricket!

Les filles viennent de différentes écoles en Angleterre. Aucune ne vient de la mienne, bien sûr, car les élèves y ont au plus 13 ans, comme moi. Une seule fille, Imogène, vient de Roedean, l'ancienne école de Jane. Mais Jane s'est vite fait de nombreuses amies. Elle est très populaire (évidemment!). Certaines de ses amies sont aux petits soins avec moi, mais elles me traitent comme un bébé. Deux autres, parmi les plus jeunes, Marjorie et Barbara, ont essayé d'être amies avec moi, mais elles ne m'intéressent pas.

Je veux mes vraies amies! Lucy, Mary et moi devions passer l'été ensemble avant d'entrer au pensionnat : Mary à Cheltenham, et Lucy et moi à Roedean. Je leur ai envoyé plusieurs cartes postales. On dirait que plus je leur écris, plus elles me manquent.

Depuis que nous avons quitté l'Angleterre, je passe mon temps à sourire et à dire à tous les gens que je rencontre que j'aime le Canada. Mais ce n'est pas vrai! Oui, les gens y sont extraordinairement gentils, mais leur pays est trop vaste et trop sauvage. Je m'ennuie des prés verdoyants et des haies du Devon, de nos jolis villages et de nos petites boutiques. Le Canada me fait peur.

J'ai dû arrêter de m'en plaindre à Jane parce que je la décevais. Elle n'arrête pas de me dire de me concentrer sur les choses que j'aime. Je vais donc en faire la liste maintenant. J'aime le maïs en épi et le sirop d'érable. J'ai aimé voir les cowboys montés sur leurs chevaux à Calgary. J'ai aimé les maisons luxueuses où nous avons logé quand nous nous sommes arrêtées durant quelques jours dans un même endroit. Et j'aime que tout le monde nous traite comme des princesses. J'ai eu aussi beaucoup de plaisir à me baigner dans les lacs canadiens aux eaux limpides et à faire du canot pour la première fois de ma vie. Un jour, sur le lac des Bois, le fils de la famille qui nous hébergeait nous a emmenées à la pêche, Marjorie et moi. J'ai attrapé un achigan. Nous l'avons mangé au souper, et c'était délicieux!

Voilà. J'ai fait un honnête résumé de mon voyage. Ensuite, tout ira bien, car lundi nous retournerons à Toronto, puis à Montréal, et nous traverserons l'Atlantique jusqu'en Angleterre. J'ai tellement hâte!

3 septembre 1939
Owen Sound, Ontario

C'est affreux : l'Angleterre est en guerre! Une des professeures nous l'a annoncé avant le déjeuner. Tout le monde est resté bouche bée. Je me suis mise à pleurer, mais Jane m'a dit d'arrêter.

Les voix des filles autour de moi étaient si aiguës que c'était insupportable! À la première occasion, Jane m'a fait descendre du bateau, et nous avons marché un peu avant le départ.

Nous avons entendu le son d'un poste radio par une fenêtre ouverte. Jane s'est arrêtée net. Elle m'a dit que c'était la voix de Chamberlain. Nous avons écouté notre premier ministre annoncer que la Grande-Bretagne était en guerre contre l'Allemagne. Après l'avoir entendu le dire, j'ai compris que c'était vrai.

Nous sommes en guerre.

Mon estomac s'est serré, et j'ai dit à Jane que je ne me sentais pas bien. Cette fois, c'était vrai. Jane m'a ramenée au bateau et m'a aidée à m'étendre sur ma couchette. Je n'ai pas bougé de là jusqu'à ce que nous soyons rendues à Owen Sound.

C'est la guerre, et voici ce que ça signifie pour nous : nous ne pourrons peut-être pas retourner chez nous.

4 septembre 1939
Toronto, Ontario

NOUS SOMMES COINCÉES AU CANADA! Nous ne pouvons pas retourner en Angleterre, du moins pas pour le moment. La traversée est trop risquée, à moins d'être escorté par des navires de guerre. Il faudra attendre dix jours, peut-être même un mois entier!

Je ne me rappelle pas grand-chose du trajet en train d'Owen Sound à Toronto. Actuellement, nous logeons à l'université. J'essaie d'être aussi courageuse que Jane et les autres filles. Mais comment vais-je faire pour endurer encore dix jours loin de chez nous?

Plus tard

J'ai beaucoup de difficulté à écrire. Ma main tremble trop. Il y a quelques heures, Jane est entrée dans notre chambre. Elle était toute pâle et avait l'air effrayée… effrayée à cause de ce qu'elle devait me dire. J'ai d'abord pensé qu'il était arrivé un malheur à la maison, que les bombardements avaient déjà commencé et que maman et papa étaient morts.

La nouvelle qu'elle avait à m'annoncer était presque aussi terrible. La plupart des filles vont retourner en Angleterre dans environ un mois, sous escorte militaire. Mais pas Jane ni moi! Nos parents ont télégraphié pour dire que nous serions plus en sécurité si nous restions au Canada jusqu'à la fin de la guerre.

— Combien de temps? ai-je réussi à articuler.

— Ce sera sûrement terminé pour Noël, a dit Jane. C'est ce que disent les adultes.

— Noël! ai-je crié. Mais c'est dans quatre mois!

Je me suis mise à pleurer comme un veau, et Jane ne m'a pas dit d'arrêter. Elle m'a serrée dans ses bras et, à ma grande surprise, elle a pleuré un peu, elle aussi. Elle m'a dit qu'elle détestait l'idée de devoir rester ici, qu'elle voulait rentrer en

Angleterre et participer aux efforts de guerre.

Puis elle est redevenue la parfaite des parfaites : je dois me montrer courageuse et raisonnable, me rappeler l'éducation que j'ai reçue et me comporter comme maman et papa l'attendent de moi!

Voici ce qui a été arrangé pour nous. Maman a contacté les Brown, des amis à elle qui habitent Toronto. Ils ont accepté de s'occuper de nous. Jane va habiter chez eux et étudier à l'Université de Toronto. Je serai chez eux les samedis et, tout le reste de la semaine, je serai pensionnaire dans une école de la ville, qui s'appelle Bishop quelque chose.

J'ai protesté avec véhémence, mais Jane a dit que je n'avais pas le choix. Maman pense que je dois être pensionnaire, comme prévu, et que ce serait trop demander aux Brown de me prendre chez eux à temps plein. Jane affirme que nous nous verrons souvent.

Je n'arrive pas à croire qu'ils nous fassent ça. Je suis sûre que c'est une idée de maman. Papa voudrait que je sois auprès de lui.

Jane est partie souper. Moi, je refuse de manger. J'ai tellement pleuré que j'ai les yeux tout rouges et bouffis.

8 septembre 1939

Je me sens si à plat que je me contenterai de mettre par écrit seulement les faits concrets. Nous sommes maintenant chez les Brown. Mme Brown est venue nous chercher. Elle est très gentille, et son mari aussi. Leurs enfants sont des adultes. Il y a donc beaucoup de place dans leur grande maison. J'ai ma chambre à moi toute seule, pour les jours où je ne suis pas à l'école. Ils ont un caniche de taille moyenne. Il s'appelle

Pipo et il dort avec moi.

Tout le monde, ici à Toronto, est aussi accueillant que les Brown. On a emmené notre groupe à l'Ex (l'« exposition »). Nous avons vu *Le Magicien d'Oz*, puis nous sommes allées à une réception chez le lieutenant-gouverneur.

Jane a été admise en sciences à l'Université de Toronto. D'autres filles parmi les plus âgées vont aussi à l'université. Les autres iront dans diverses écoles de Toronto. Trente d'entre elles iront à l'école Bishop Strachan où je commencerai mes cours mardi prochain. Les professeures qui nous accompagnaient en voyage vont essayer de prendre le bateau à New York afin de retourner travailler dans leurs écoles. Ce n'est pas juste! Pourquoi peuvent-elles retourner en Angleterre et pas nous?

Les adultes ne parlent que de la guerre. L'*Athenia*, un navire qui faisait la traversée de la Grande-Bretagne vers le Canada a été torpillé par les Allemands. Il y a eu de nombreux noyés. Selon Mme Brown, c'est la preuve qu'il ne faut pas tenter de retourner en Angleterre. Je ne suis pas consolée pour autant. M. Brown pense que le Canada entrera bientôt en guerre.

M. Brown nous a demandé si l'Angleterre était bien préparée pour la guerre. Jane lui a dit que nous avions tous des masques à gaz et que beaucoup de gens avaient des rideaux de black-out.

Je détestais mon masque à gaz. Il sentait mauvais et me donnait envie de vomir. Il y a un an, nous avons cru qu'il y aurait la guerre. Mais Chamberlain a signé un pacte avec l'Allemagne, et ça s'est calmé. Ensuite, je n'ai plus pensé à la guerre. Je ne pensais qu'à m'amuser avec mes amies. Et puis, maman et papa ne nous auraient pas envoyées ici s'ils avaient su qu'il y aurait la guerre. Grand-père disait souvent qu'il n'y aurait jamais de guerre parce qu'Hitler n'y connaissait rien.

Nous nous sommes tous bien trompés!

Comme tout le monde autour de moi, je souris, je suis aimable et je n'arrête pas de remercier les gens pour leur gentillesse. Mais intérieurement, je voudrais hurler. Je n'aime pas avoir ma chambre à moi toute seule. Je serre Pipo contre moi et je reste les yeux grands ouverts dans le noir. Nous n'avons reçu aucune nouvelle de la maison, sauf le télégramme. Maman et papa, grand-père et grand-maman, Lucy et Mary vont-ils bien? Papa devra-t-il aller se battre? Je me sens totalement impuissante, et je déteste ça.

11 septembre 1939

Le Canada est maintenant entré en guerre contre l'Allemagne. On parle encore de l'*Athenia*, en espérant qu'il y aura des survivants.

Comme nous sommes venues ici avec des vêtements d'été, Mme Brown a trouvé pour Jane des vêtements ayant appartenu à sa fille, mais ils étaient trop grands pour moi. Aujourd'hui, elle m'a emmenée dans les magasins. J'ai fait semblant d'aimer les tricots et les jupes qu'elle m'a achetés. En réalité, je m'en fiche complètement. Elle a fait ajuster les robes chasubles de Jane à ma taille. Je les porterai pour aller à l'école.

12 septembre 1939

Me voilà rendue à BSS (Bishop Strachan School). C'est un grand bâtiment en pierre, avec une tour. Pour le moment, je déteste cet endroit avec passion.

Je suis la seule Anglaise de mon cycle. Il y a trois autres filles dans ma chambre : Mollie, Kay et Sheila. Nous sommes toutes dans la classe IV-A. Mollie est la meneuse du groupe. Kay rigole trop et Sheila est très timide.

Elles n'arrêtent pas de me poser des questions. Elles comptent sur moi pour les divertir, comme si j'étais un animal de cirque. Kay s'extasie sans cesse sur mon « adorable accent », et Sheila me demande tout le temps de lui traduire des mots comme « chandail » pour « tricot » et « tunique » pour « robe chasuble », comme si je parlais une langue étrangère! Je me contente de lui répondre le plus brièvement possible.

Maintenant que je ne suis plus avec Jane et les Brown, je ne me sens plus obligée d'être tout le temps aimable et polie. J'ai entendu Mollie et Kay dire que j'étais timide et qu'elles devaient se montrer très gentilles envers moi.

Je ne suis pas timide pour deux sous. Je ne veux tout simplement pas me tenir avec elles. Ce sont des petites ignorantes des colonies. Tout ce que je veux, c'est qu'elles me fichent la paix!

La directrice et la surveillante générale, elles aussi, m'étouffent avec leur gentillesse. J'ai horreur de me sentir constamment redevable. Nous n'avons pas d'argent, et nos parents ne peuvent rien nous envoyer. L'université couvre les frais de scolarité de Jane. Ils ont dit que c'était leur « effort de guerre ». Après la guerre, papa devra rembourser mes frais à l'école BSS.

Oh, mon cher papa, quand aurai-je des nouvelles de toi?

15 septembre 1939

Tout est toujours aussi affreux. Je dors sur une couchette étroite, creuse au milieu. La nourriture est épouvantable, sauf la crème glacée au sirop d'érable et aux noix que nous avons eue mercredi. Les cours et les sports sont assez faciles, sauf qu'ici, on ne joue pas au netball, mais au basket-ball.

Il y a tellement d'élèves ici, comparé à ma petite école d'Exeter. En Angleterre, les filles portent des robes chasubles de couleurs différentes, suivant l'école qu'elles fréquentent. Les filles de BSS n'ont pas de robes chasubles. À la place, elles portent une blouse blanche à encolure bateau bleu marine et une jupe à plis plats, aussi bleu marine. Comme je suis la seule Anglaise de la classe, je ne passe pas inaperçue avec ma robe chasuble toute bleu marine. Je suis fière de la porter, car c'est l'uniforme de Roedean où je devrais être, au lieu de cette école canadienne!

Je continue de parler le moins possible aux autres. Je ne pose pas de questions en classe et je réponds seulement quand j'y suis obligée. Tout le monde est encore et toujours incroyablement gentil avec moi. Jane a demandé à Imogène de veiller sur moi et m'a téléphoné tous les soirs. Samedi, je vais retourner chez les Brown et la revoir.

Nous avons reçu un autre télégramme de chez nous. Très court : *Espérons que tout se passe bien pour vous. Gardez le moral!* Jane dit que le courrier postal va prendre une éternité à nous arriver. Je me meurs d'avoir des nouvelles de papa! Je lui ai déjà envoyé trois longues lettres dans lesquelles je le supplie de me permettre de rentrer à la maison.

18 septembre 1939

C'était un vrai soulagement d'être libérée de ma prison et de pouvoir aller chez les Brown où j'ai bien mangé et revu Jane. Mais sa gaieté me rend d'humeur encore plus maussade. Elle aime beaucoup ses cours et elle s'est déjà fait de nouveaux amis. Je lui ai menti en lui disant que moi aussi, car je ne veux pas qu'elle sache que je me tiens à l'écart de tout le monde. Je pouvais rester seulement jusqu'à 21 heures et, la semaine prochaine, je ne pourrai pas revenir. Les pensionnaires n'ont le droit de sortir qu'une semaine sur deux.

20 septembre 1939

Tous les jours après le dîner, nous avons une pause dans nos chambres, avant d'aller jouer. Aujourd'hui, comme d'habitude, les autres m'ont posé des questions sur ma vie en Angleterre. Je dois confesser que je n'ai pas fait honneur à mon nom, car je leur ai raconté un gros mensonge.

J'ai dit que j'étais une parente de la reine d'Angleterre, que ma mère était sa cousine! J'ai inventé des énormités : que j'ai pris le thé au palais de Buckingham, que j'ai monté le cheval de la princesse Elizabeth et que j'ai écouté la princesse Margaret jouer du piano.

J'étais incapable de m'arrêter. C'est tellement plus facile de raconter des histoires imaginaires, plutôt que de parler de ma vraie vie! Mais ça m'a rendue encore plus nostalgique. Les filles étaient si captivées que nous sommes arrivées en retard pour les jeux et nous avons eu une retenue. Après les jeux et l'étude, j'ai continué mon histoire.

Sheila, en particulier, me suit partout et continue de me

poser mille questions. Mollie semble se méfier, mais je sais qu'elle préfère me croire.

27 septembre 1939

Pendant toute une semaine, les filles de ma chambrée sont restées pendues à mes lèvres. Je me sentais comme une vraie princesse! Sheila était même rendue à me servir : elle allait chercher mon manteau et nettoyait mes chaussures!

Maintenant, elles me méprisent! Mollie a demandé à Imogène si j'étais vraiment apparentée à la famille royale. Imogène m'a emmenée en promenade, et j'ai dû lui avouer que c'était faux. Elle était scandalisée. Elle m'a dit d'arrêter de jouer la comédie, de me secouer, et pas qu'un peu, et de leur dire toute la vérité, sinon elle s'en chargerait.

Je suis donc retournée aux dortoirs et, d'une petite voix pas fière du tout, j'ai dit aux filles que j'avais tout inventé.

— Tu en es certaine? a demandé Sheila.

Quelle petite idiote, celle-là!

Mollie et Kay semblaient complètement dégoûtées.

— Je n'aurais jamais cru que les Anglaises étaient des menteuses, a dit Mollie d'un ton glacial.

J'écris ceci dans la salle de bain, comme d'habitude. Maintenant, plus personne ne me parle, même pas Sheila. Pourtant, elle semble en avoir bien envie!

Papa serait très déçu de moi. Mais on dirait que je suis devenue une autre, ici. La vraie Vérité a disparu.

2 octobre 1939

Nous avons enfin reçu des nouvelles de chez nous. Elles

ne nous aident pas beaucoup. Maman et papa disent qu'ils sont désolés que nous soyons obligées de rester au Canada et que nous leur manquons terriblement, mais au moins, de cette façon, deux membres de la famille sont en sécurité. Ils nous demandent de respecter les principes selon lesquels nous avons été élevées et de nous adapter à notre nouvelle vie avec courage et intelligence. Nous ne devons jamais oublier la gentillesse des Canadiens qui nous ont accueillies et nous devons les en remercier. Ils espèrent que la guerre sera bientôt terminée et que nous pourrons revenir à la maison. Ils ont tous les deux signé la lettre, mais c'est maman qui l'a écrite.

Pour le moment, ils ne courent aucun danger. Ils ont même pris chez eux une jeune fille évacuée de Londres. Elle s'appelle Monica. Elle dort dans ma chambre! Une parfaite étrangère vit avec ma famille alors que je suis coincée ici! Un peu plus et mes parents vont se mettre à la considérer comme leur propre fille, en mon absence.

D'ailleurs, papa a ajouté un petit mot juste pour moi sur une autre feuille qui le confirme. Il dit que Monica est très courageuse, qu'elle ne pleure et ne se plaint jamais. Il espère que je suis aussi courageuse qu'elle. Il dit qu'il comprend que je veuille revenir chez nous, mais que je dois plutôt faire un effort et profiter de mon séjour au Canada. En lisant ces mots, j'ai senti mon sang se glacer. J'ai toujours été la petite chérie de papa. Il m'appelait sa princesse. Maintenant, il semble préférer cette Monica.

Heureusement, papa n'est pas souvent à la maison. Il ne peut donc pas passer beaucoup de temps avec Monica. Il est trop vieux pour aller combattre, Dieu merci! Mais il travaille dans les services secrets et, pour cette raison, il passe presque tout son temps à Londres.

Quand Jane m'a montré leurs lettres, elle ne voulait pas que je pleure. Elle a dit que je devais essayer d'être courageuse. Je suis fatiguée, mais si fatiguée d'entendre toujours la même chose!

12 octobre 1939

Je n'ai pas écrit depuis longtemps parce qu'il n'y a rien à raconter. Ma vie en prison continue d'être toujours aussi sinistre. Maintenant, Mollie et les autres m'évitent, et j'en suis ravie.

On ne dirait pas qu'il y a la guerre, sauf que tout le monde parle du naufrage de l'*Athenia*. Mlle Hutchings, une institutrice de BSS, a péri et, dimanche prochain, il y aura un service funèbre à sa mémoire.

Parfois, je fais des cauchemars au sujet d'Hitler. Mais nous allons sûrement le vaincre bientôt, et Jane et moi pourrons retourner chez nous.

16 octobre 1939

Cette semaine, la plupart des jeunes Anglaises de BSS ont quitté l'école pour retourner en Angleterre! On a fini par trouver le moyen de les faire traverser en toute sécurité.

Il ne reste plus que trois grandes et moi. Je n'arrive pas à croire que mes parents ne nous ont pas fait prendre ce bateau! Il va être escorté, alors ce serait sécuritaire. Mais ils veulent que nous restions ici tant que la guerre durera, comme si nous étions trop lâches pour retourner chez nous!

Je déteste mes parents de m'imposer cela!

19 octobre 1939

Non seulement je suis une menteuse, mais en plus je suis devenue méchante. On dirait que je suis incapable de m'empêcher d'être cruelle envers Sheila. Dès que je la vois avec ses yeux bruns au regard suppliant, j'ai envie de la secouer comme un prunier.

Je dois raconter exactement ce que je lui ai fait. J'espère que ça m'aidera à arrêter. Hier matin, pendant la toilette, j'ai dit tout bas à Sheila qu'elle ferait mieux d'utiliser beaucoup de savon parce qu'elle sentait très mauvais.

— C'est vrai? a-t-elle dit, l'air horrifié.

Elle s'est savonné si fort les aisselles qu'elle avait la peau toute rouge.

Deux autres fois, je lui ai dit qu'elle puait. En plus, ce matin, alors que nous étions agenouillées contre nos lits pour dix minutes, à dire nos prières pendant que la surveillante inspectait nos chambres, je me suis pincé le nez. Sheila est devenue rouge comme une pivoine et elle s'est enfoui le visage dans son couvre-lit.

Je dois arrêter! Papa aurait si honte de moi. Mais je m'en fiche. Il m'a abandonnée au Canada et, à la maison, une autre fille a pris ma place.

23 octobre 1939

Samedi, les Brown nous ont emmenées voir les feuilles d'automne au nord de Toronto. Leur splendeur a eu l'effet d'un baume sur ma tristesse. Jane était si affectueuse avec moi que j'ai décidé de ramener à mon école un peu de la bonté de ma sœur et de laisser Sheila tranquille.

J'ai tenu le coup pendant un jour seulement. Ce matin, je me suis moquée du déguisement que Sheila a choisi pour la fête costumée des pensionnaires, vendredi prochain. Elle veut se déguiser en Cendrillon. Je lui ai dit qu'elle devrait plutôt se déguiser en demi-sœur méchante. Elle est partie en courant, probablement pour aller brailler.

Pourquoi je ne peux pas m'en empêcher? Chez les Brown, je retrouve ma peau de gentille fille. Pourquoi en suis-je incapable ici?

Hier, Mlle Lowe, la directrice, m'a convoquée dans son bureau pour me demander comment ça se passait pour moi. Elle avait remarqué que je ne me mêlais pas aux autres élèves.

— Je sais que ce sont des moments difficiles pour toi, m'a-t-elle dit.

Elle a ajouté que, si j'essayais de me faire de nouvelles amies ici, je supporterais mieux de ne pas être chez moi.

Elle a raison, bien sûr. Tout comme Jane et mes parents. Sauf que, malgré tous les conseils qu'on me donne et ceux que je me donne moi-même, rien n'y fait. Je suis horrifiée de voir à quel point je suis devenue une personne désagréable.

30 octobre 1939

J'ai enfin reçu une lettre de Lucy. Elle adore Roedean. Elle me décrit l'école, qui est magnifique, au sommet de la falaise à Brighton. Je le sais déjà, évidemment, car je l'ai vue en allant rendre visite à Jane.

Lucy s'est fait plusieurs nouvelles amies, à ce qu'elle dit. Elle ne parle pas de la guerre. Elle semble tout à fait en sécurité à Roedean, tout comme je le serais si j'y étais! Elle demande de mes nouvelles à la fin de sa lettre et elle ne dit même pas que je lui manque. Je n'ai pas eu de nouvelles de Mary. M'ont-elles abandonnée, elles aussi?

1er novembre 1939

J'ai essayé de laisser Sheila tranquille, sauf que ce soir, quand elle a échappé sa fourchette pendant le souper, je l'ai traitée de « mains pleines de pouces ». Comme de raison, elle l'a échappée une seconde fois.

5 novembre 1939

Je vais écrire exactement ce qui s'est passé depuis deux jours.

Hier, il pleuvait tellement que nous avons dû grimper à la corde dans le gymnase, plutôt que de jouer à la crosse dehors. Nous nous changions pour l'étude, et Mollie et Kay se sont mises à parler de leurs pères et de ce qu'ils allaient faire à la guerre. Le père de Mollie va être dans l'armée de terre et celui de Kay, dans l'armée de l'air. Elles n'arrêtaient pas de répéter qu'ils allaient leur manquer.

Papa me manquait tellement que j'ai failli me plier en deux. Puis j'ai regardé Sheila, qui ne disait pas un mot.

— Que fait ton père pour la guerre, Sheila? lui ai-je demandé. Je parie qu'il est trop lâche pour aller se battre, tout comme toi.

Sheila est sortie de la pièce en courant.

— Espèce d'imbécile! m'a crié Mollie. Le père de Sheila est mort!

Puis Kay s'est mise à crier, elle aussi. Elles m'ont dit que j'étais méchante, que je n'aurais jamais dû venir à BSS et qu'elles en avaient par-dessus la tête de mes grands airs de snobinette anglaise.

J'ai dévalé les escaliers et je suis sortie dehors à toute vitesse. Personne ne m'a vue partir. J'étais incapable de m'arrêter de courir. La pluie tombait dru. Je me suis retrouvée trempée jusqu'aux os. Je me sentais purifiée, comme si la pluie avait lavé toute ma méchanceté.

Finalement, j'ai repéré un abri au bout du terrain de jeu. Je suis entrée, je me suis recroquevillée par terre et je me suis mise à pleurer autant qu'il pleuvait dehors.

Comment avais-je pu dire une telle horreur? Quelle sorte de monstre étais-je devenue? Je pensais à la pauvre Sheila qui avait perdu son père... Alors que moi, j'avais encore le mien. Puis je me suis dit que papa serait très déçu s'il savait que je me conduisais si mal au Canada. Et j'ai pleuré encore plus fort.

Je n'avais pas de mouchoir et j'avais le visage tout barbouillé. J'avais si froid que je n'arrêtais pas de grelotter. Je ne savais pas où aller. Je voulais voir Jane, mais je ne savais pas comment me rendre à l'université et je n'avais pas un sou. Je voulais être avec papa et maman. Mais j'étais toute seule.

Finalement, j'ai retraversé le terrain de jeu en titubant et je suis rentrée dans l'école : c'était le seul endroit où je pouvais aller! En passant la porte, j'ai entendu tout le monde en train de souper. La surveillante descendait l'escalier. Elle a eu l'air surprise de me voir là, trempée et grelottante. Elle a demandé où j'étais allée. J'ai grommelé que j'étais allée me promener parce que je ne me sentais pas bien et que je ne voulais pas manger.

Elle a été très gentille. Elle m'a conduite à l'infirmerie et elle m'a mise au lit avec une bouillotte. Elle m'a caressé la tête comme maman le faisait quand j'étais petite, jusqu'à ce que je m'endorme.

Je me suis réveillée le lendemain matin. Il faisait grand soleil. Je me suis étirée et je me suis sentie propre et reposée. La surveillante m'a apporté mon déjeuner. Je lui ai dit que j'allais mieux, et elle m'a laissée retourner dans ma chambre.

C'était un samedi sans sortie. Les autres allaient donc être là. Je suis restée devant la porte de la chambre et j'ai écouté la musique de jazz qui jouait sur leur tourne-disque. Puis je suis entrée lentement, aussi terrorisée que si j'allais me présenter devant Hitler en personne.

J'ai commencé par faire mes excuses à Sheila pour ce que j'avais dit et pour avoir été si cruelle envers elle pendant tout le trimestre. Mollie m'a regardée d'un air étonné. Je suppose que Sheila ne lui en avait pas parlé. Puis j'ai fait mes excuses aux deux autres, pour m'être montrée si peu amicale.

Elles se sont contentées de me dévisager. Apparemment, il va leur falloir un peu de temps avant d'accepter mes excuses. J'ai essayé d'être gentille avec elles durant toute la journée, surtout avec Sheila. Après le thé, je lui ai proposé de venir marcher dehors avec moi. À mon grand soulagement, elle a accepté. Puis je lui ai demandé de me parler de son père.

Elle ne s'est pas fait prier. Il était mort l'année dernière, d'un cancer. Sheila était sa seule fille. Elle a deux frères plus jeunes. Ses yeux se sont remplis de larmes tandis qu'elle me racontait qu'il aimait tant rire des blagues qu'elle faisait et qu'il l'appelait Pixie.

Je lui ai raconté à mon tour que papa m'appelait sa princesse et qu'il me manquait terriblement. Je lui ai même parlé de Monica.

— Il est très gentil avec elle parce que tu lui manques énormément, je crois, a dit Sheila.

J'ai décidé de la croire.

Plus tard

Les autres dorment. J'écris dans la salle de bain. Après ceci, je n'écrirai plus.

Nous avons passé une soirée très agréable. Toutes les pensionnaires étaient rassemblées au salon. Nous avons chanté, accompagnées au piano par une des professeures. Les trois autres Anglaises et moi avons chanté à tue-tête *There'll Always Be an England* (L'Angleterre existera toujours). J'ai bien aimé chanter la chanson canadienne *Alouette*. J'étais serrée entre Mollie et Sheila, assise par terre, et cela ne les dérangeait pas.

Je crois qu'il va leur falloir beaucoup de temps avant de me faire confiance, surtout Mollie, mais je vais tout faire pour gagner leur amitié.

1943

8 août 1943

J'ai retrouvé ce vieux journal intime en faisant mes bagages. Je me suis aussitôt assise pour le relire. Je vais maintenant terminer le récit de mon séjour au Canada. Dans quelques jours, je partirai pour l'Angleterre! La navigation est plus sécuritaire maintenant. Maman et papa ne pensaient pas que j'allais passer quatre ans au Canada. Je leur manque tant qu'ils ont décidé de prendre le risque de me faire revenir.

Jane reste ici parce qu'elle s'est mariée! Son mari est très gentil. Il s'appelle Peter Sutherland. Il est canadien et il étudie la médecine lui aussi. C'était un tout petit mariage. Il y avait les Brown, quelques amis de Jane et de Peter, et moi. C'était étrange de la voir se marier en l'absence de maman et papa. Maintenant, Jane et Peter vivent heureux dans un petit appartement près de l'université. Ma sœur chérie va me manquer terriblement. Mais Peter et elle vont venir nous voir en Angleterre dès qu'ils le pourront.

Cette guerre n'en finit plus et elle est affreuse. Au printemps dernier, Exeter a été bombardée, mais notre maison et la cathédrale sont encore debout.

Monica est retournée à Londres en 1940, car la ville semblait alors plus sécuritaire. Mais à la fin de l'année, ses parents et elle sont morts pendant une attaque aérienne. Quelle horreur! J'aurais bien aimé rencontrer Monica.

Mes parents m'ont bien avertie que la vie n'était plus pareille en Angleterre. Il y a le couvre-feu, le rationnement et les villes sont en ruine. Pour ma dernière année d'étude, je serai pensionnaire à Roedean, comme prévu, mais dans les nouveaux locaux de Keswick, où l'école a été évacuée! Lucy me raconte qu'elle et les autres s'y amusent beaucoup. Quand j'aurai fini l'école, je compte m'enrôler comme auxiliaire dans la marine britannique. Ce sera mon effort de guerre.

J'ai eu beaucoup de chagrin en relisant ce journal. Quelle petite chipie j'ai été! Jane avait raison : je me conduisais comme une enfant gâtée.

Mais plus maintenant. Finalement, être seule à l'étranger m'a peut-être fait le plus grand bien. Après avoir été si cruelle envers Sheila, j'ai dû me prendre en main et changer mon fusil d'épaule.

Je crois que j'ai réussi. Mollie, Kay, Sheila et moi sommes devenues de grandes amies. Elles vont beaucoup me manquer. Je suis même allée passer le mois de juillet à Edmonton, chez Mollie. Je me suis très bien entendue avec sa famille, en particulier avec son grand frère Sandy! Il espère pouvoir s'enrôler. Il a promis de venir me voir en Angleterre.

Au fur et à mesure que l'Angleterre s'enfonçait dans la guerre, de nombreux enfants ont été envoyés à l'abri, au Canada. On les a appelés les « invités de guerre ». Et j'ai été une des premières! En quelques années, environ 80 jeunes Anglaises sont venues à BSS. J'ai eu beaucoup de plaisir à les initier à la culture canadienne.

Aujourd'hui, je me sens canadienne à bien des égards. Je sais faire du ski, du canot et du patin à glace. Et j'adore le sirop d'érable! J'ai visité plusieurs régions de ce magnifique pays. Son immensité ne me fait plus peur. Je dirais même que l'Angleterre risque de me paraître bien petite et surpeuplée, comparée au Canada.

Bien sûr, je reste une Anglaise et j'ai hâte d'être à la maison. Mais un jour, je reviendrai dans ce pays qui m'a accueillie alors que je me sentais seule et coincée loin de chez moi.

Amy ne comprend pas pourquoi son père, directeur
de banque, a été envoyé au loin pour construire des routes.
Ni pourquoi sa mère est si triste. Elle comprend encore
moins la colère de sa grande sœur Kay. Oui, c'est la guerre,
mais le Japon et l'Allemagne sont à l'autre bout du monde.
Alors pourquoi arrête-t-on les Canadiens d'origine
japonaise et les envoie-t-on dans des camps, au fin fond
de la Colombie-Britannique? Amy ne peut s'empêcher de
voir ce voyage comme une aventure, contrairement à Kay.

Pendant la Deuxième Guerre mondiale, la famille
de **SHELLEY TANAKA** a été internée dans un camp
à l'intérieur de la Colombie-Britannique, tout comme
des milliers d'autres Canadiens d'ascendance japonaise.

La ville fantôme

✥

Journaux intimes d'Amy et de Kay Yoshida

Vancouver, Colombie-Britannique
Mai 1942

2 mai 1942

Ma famille rapetisse à vue d'œil.

D'abord, papa est parti. Et beaucoup d'autres ont dû partir, comme M. Oda et M. Salto. Ils doivent construire une nouvelle route qui traversera la Colombie-Britannique. Le gouvernement a besoin de bras pour enlever les roches et nettoyer le terrain. Je ne sais pas si papa sera très utile pour faire ce genre de travail.

Après le départ de papa, Marie a épousé Shig, puis ils ont déménagé à l'autre bout du pays, en Ontario. Je croyais que j'allais être leur bouquetière, en robe à crinoline, mais ce n'était pas un grand mariage. Marie portait des vêtements ordinaires et elle tenait un bouquet de tulipes de notre jardin. Elle avait quand même un chapeau neuf.

Je ne suis même pas allée à leur mariage qui a eu lieu à l'hôtel de ville, même pas dans une église. Kay y était. En rentrant à la maison, elle a claqué la porte. Je ne sais pas pourquoi. Maintenant, c'est elle la plus grande. Elle peut avoir sa chambre à elle toute seule, au lieu de la partager avec moi.

Nous sommes seulement toutes les trois. Plus Lucky, bien sûr. Mais maman dit que les chats ne sont pas vraiment des membres de la famille.

Je crois que maman s'ennuie de papa. Mais ce n'est pas sa faute. Tous les hommes ont été forcés de partir. Le gouvernement les a obligés. Sauf ceux qui étaient trop vieux, comme oncle Bing.

C'est à cause de la guerre. Les Blancs n'aiment plus les Japonais. Kay dit qu'ils ne les ont jamais aimés, mais je crois que c'est faux. Les enfants de ma classe m'aimaient. Ils sont venus me voir en été, et nous avons joué au baseball dans le terrain vague, de l'autre côté de la rue. Maman est venue nous rejoindre et elle a pelé des oranges pour tout le monde. C'est la championne des peleuses d'oranges. Elle arrive même à enlever tous les petits filaments blancs.

Maintenant, ces enfants ne m'aiment plus autant. Ils font des grimaces en tirant le coin de leurs paupières : par en haut pour faire supposément chinois et par en bas pour faire supposément japonais. Ils crient « Chinois! » en tirant vers le haut et « Japonais! » en tirant vers le bas. Puis ils crient « Moi, je suis tout mélangé! » en tirant un œil vers le haut et l'autre vers le bas. Et ils se tordent de rire.

Ce n'est pas bien méchant, mais ce n'est pas gentil non plus.

Tout ça parce que les Japs, comme tout le monde dit, ont bombardé Pearl Harbor avant Noël et qu'ils se rapprochent de l'Amérique du Nord. Tout le monde dit qu'après Hawaii, ils vont attaquer Vancouver. Billy Sinclair dit que, en Colombie-Britannique, nous devrions avoir plus peur des Japonais que d'Hitler parce que le Japon est plus près de nous que l'Allemagne. Il raconte que les Japs ont des bombes qui peuvent survoler tout le Pacifique et retomber ici.

Heureusement que Kay ne lit pas ce que je viens d'écrire! Elle me dit tout le temps de ne pas dire « les Japs » parce que c'est méprisant. Je ne comprends pas pourquoi. C'est juste une abréviation, non?

Parfois, la nuit, j'entends maman pleurer. Elle doit s'allonger souvent et, parfois, elle est malade dans les toilettes. Peut-être qu'elle a le cœur malade parce que papa lui manque trop?

Maman dit que je dois l'aider plus que d'habitude, mais il n'y a pas grand-chose de plus à faire. Papa était très occupé, mais surtout avec ses clubs : club de tennis, club de judo, club de kendo et club de chrysanthèmes. Beaucoup de clubs!

Je m'occupe surtout de désherber les betteraves et les haricots grimpants, et de prendre soin de ses chrysanthèmes. Mme Parks dit que papa adore ses fleurs, encore plus que ses trois filles. Il réussit à les faire pousser si grandes et si belles qu'elles remportent des prix. Ses fleurs, bien entendu.

Je suis responsable des perce-oreilles. Voici ce qu'il faut faire. Quand il fait nuit, on sort dehors avec une lampe de poche et on s'approche de la plate-bande de chrysanthèmes sur la pointe des pieds. On allume la lampe et on retourne une feuille. Si on voit un perce-oreille, on le fait tomber en lui donnant une pichenette, puis on l'écrase du pied!

Papa les écrase entre ses doigts. Beurk! Il écrase aussi les « bibittes à patates » de cette façon.

Pas moi! Je les fais tomber avec un bâton, puis je les écrase avec mon pied. Parfois ils réussissent à se sauver, mais au moins ils ne mangent plus nos chrysanthèmes.

Maintenant, je vais faire mes devoirs. Mes devoirs ordinaires comme l'arithmétique et l'anglais, puis mes devoirs de japonais. Pfff!

Ce n'est pas juste! Je vais à l'école toute la journée comme tout le monde. Ensuite, quand les autres retournent chez eux et s'arrêtent au magasin pour acheter une orangeade ou s'en vont jouer au badminton, moi je dois aller à l'école japonaise et y rester jusqu'à 17 h 30. Et le samedi matin, aussi!

Dernièrement, M. T. a passé beaucoup de temps à parler de ce que c'est, être japonais. Il dit que nous sommes des gens particuliers, car nous avons une grande force. Elle nous vient de notre *hara*, qui est un petit point derrière notre nombril. Mais il dit que nous sommes avant tout des Canadiens puisque nous sommes nés au Canada.

Alors sommes-nous canadiens ou japonais?

13 mai 1942

Nous faisons nos bagages parce que nous allons quitter Vancouver! Le premier ministre dit que ce ne sera pas pour longtemps, que c'est seulement pour nous protéger des gens qui croient que nous sommes méchants comme les vrais Japonais.

Tant mieux : je n'irai plus à l'école!

Nous partons pour Kaslo, une petite ville dans les Rocheuses, au bord d'un lac! J'ai tellement hâte!

J'emporte tous mes trésors : mon ours en peluche

Mackenzie, mon jeu de parchési et mon journal intime. J'ai fabriqué une boîte exprès pour Lucky, avec une poignée et une petite fenêtre pour qu'il voie dehors.

16 mai 1942

Peut-être qu'écrire m'aidera. Je n'ai personne, mais vraiment personne à qui parler. Les familles se tiennent ensemble, les gens font semblant de dormir et les bruits résonnent sur le toit de la vieille grange où nous sommes. On nous a installés dans des bâtiments pour les animaux, sur le champ de foire. Nous sommes serrés comme des sardines et sous surveillance tant qu'on n'aura pas décidé ce qu'il faut faire de nous. La poussière et l'odeur rendent maman encore plus malade que d'habitude.

Pourquoi je ne suis pas partie quand il en était encore temps? Ces évacuations durent depuis des mois! Pourquoi je ne suis pas partie quand mon oncle et ma tante se sont fait saisir leur voiture et leur ferme et ont été envoyés à Greenwood? Ou après que papa et tous les autres hommes valides ont été envoyés dans les camps de travail? Papa qui travaille à construire une route! Lui qui écrit des haïkus et qui soigne ses chrysanthèmes quand il n'est pas à la banque!

Maman s'est fermé les yeux et bouché les oreilles, et elle a fait comme si de rien n'était.

Je savais que les choses n'allaient pas s'arranger. Mais contre tout espoir, je pensais quand même pouvoir finir mes études secondaires, puis aller rejoindre Marie et Shig dans l'Est. Je la trouvais folle de se marier si vite alors que, depuis que nous sommes toutes petites, elle rêvait d'un mariage en longue robe blanche, à l'église. Mais elle voulait absolument partir et elle ne pouvait pas le faire seule. Dans l'Est, le frère de Shig va les aider à s'établir, je suppose.

Après avoir reçu l'ordre de quitter Vancouver, c'était très bizarre de retourner à l'école pour vider mon casier. La cloche a sonné, tout le monde a disparu dans les classes, et je me suis retrouvée toute seule dans le couloir. Le corridor me semblait large et très silencieux tout à coup. Marcher jusqu'au bureau m'a paru une éternité. Quand mon nom a été rayé de la liste des élèves, c'était tout simplement irréel. Un mois avant d'être diplômée! Quand la directrice est venue me serrer la main, j'avais envie de hurler.

Comment vais-je faire, maintenant, pour obtenir mon diplôme? Et l'université? Et ma vie?

On nous évacue à Kaslo, une ville près d'une mine d'argent désaffectée, dans les Kootenays. Maman dit que nous avons de la chance, car nous allons habiter dans de vraies maisons. Pas dans des tentes, ni dans des cabanes en planches recouvertes de papier goudronné, comme d'autres.

Nous avons été tellement insouciants, je m'en rends compte maintenant. Marie devait l'avoir compris quand elle a décidé d'épouser Shig et de partir en Ontario. Nous pensions qu'en nous comportant en bons citoyens et en ne causant pas de problèmes, le gouvernement comprendrait que nous n'étions pas une menace. Et voilà que nous avons été chassés de nos maisons, là où nous avons passé toute notre vie! Chassés des villes où nous sommes *nés*!

Pourquoi ne pas s'en prendre plutôt aux Canadiens d'origine allemande ou italienne?

Nous savons tous pourquoi : parce que les Japonais ont l'air différent. Nous sommes faciles à repérer. Ils pensent qu'en se débarrassant de tous les Japonais qui vivent au

Canada, ils vont régler leurs problèmes.

Montrez-nous que vous êtes de vrais Canadiens en étant coopératifs, nous a dit le premier ministre. Faites ce qu'on vous demande de faire. Allez là où nous vous demandons de vous rendre.

Alors, c'est ce que nous faisons.

Comme des moutons. Nous sommes de bons petits moutons.

16 mai 1942

Nous ne sommes pas encore rendus à Kaslo. Pour commencer, un autobus nous a emmenés dans une grosse grange du parc Hastings. On nous a fait faire la queue, et nous allons passer la nuit ici. Il n'y a pas de chambres séparées, et nous devons dormir dans la partie où étaient les vaches. Des couvertures nous servent de cloisons. Les gens toussent et se mouchent, et une vieille dame n'arrête pas de pleurer.

J'ai d'abord trouvé l'endroit correct, mais Kay dit que c'est dégoûtant et qu'on nous traite comme des animaux. Il y a des couchettes et un gros tas de paille qu'on met dans des grands sacs pour en faire des matelas. Un matelas plein de creux et de bosses, avec de la paille qui vous pique le dos comme des aiguilles! J'ai senti la paille pour vérifier si une vache n'avait pas déjà couché dessus, mais c'est difficile à dire.

Tout s'est passé très vite. Les autobus sont arrivés : il fallait partir. Maman a dit que nous ne pouvions pas emmener Lucky. Même si je lui avais préparé une boîte spéciale et tout le reste.

J'ai pleuré, mais c'est la seule fois.

Le gouvernement a décidé d'un certain poids de bagages par personne : 68 kilos pour un adulte et 34 kilos pour un enfant. Nous devons emmener de la nourriture, des matelas et des couvertures et même notre machine à coudre. Alors, maman a dit que je pouvais seulement apporter mon journal et mes plus petits trésors, comme mon collier de pierres rouges qui ressemblent à de vrais rubis. Je dois laisser mon ourson Mackenzie et toutes mes grandes poupées et mes jeux.

J'étais très fâchée! Pourquoi une machine à coudre? Kay dit qu'ils veulent nous faire coudre nos vêtements et des choses du genre. Elle dit que nous ne reviendrons pas chez nous avant un bon bout de temps.

A-t-elle raison? Je n'aime pas l'avouer, mais habituellement elle a raison.

17 mai 1942

Je me suis fait une nouvelle amie. Elle s'appelle Irène.

J'étais dans notre stalle, dans la grange à Hastings, et j'étais triste à cause de Lucky. Nos voisins au bout de la rue ont dit qu'ils s'en occuperaient, mais je n'en suis pas sûre. Leur cuisine n'est pas comme la nôtre, avec un coin bien chaud derrière le poêle où il aime s'installer pour dormir.

Les chats n'aiment pas le changement. Ils aiment que les choses restent comme ils les aiment.

J'étais étendue sur ma couchette, collée contre la couverture qui sépare les stalles. J'écoutais les gens tousser et se moucher, et la Pleureuse qui pleurait comme d'habitude.

Quelqu'un a glissé un message entre les couvertures. Voici ce qui était écrit :

Bonjour! Je m'appelle Irène. Et toi?

J'ai répondu et, maintenant, nous sommes des amies. Nous nous promenons le long des stalles, regardons les pieds qui dépassent au bas des couvertures-cloisons et nous inventons toutes sortes d'histoires amusantes sur les gens. Certains n'ont même pas de couvertures pour faire des cloisons. À la place, ils se servent de manteaux et de jupes.

Irène est ici depuis deux mois. Elle dit que, quand elle est arrivée, ils n'avaient même pas de murs autour des toilettes! Elle dit qu'elle préfère dormir dans les stalles des vaches plutôt que dans la soue à cochons où ça sent encore plus mauvais. Les vaches mangent seulement du foin, tandis que les cochons mangent n'importe quoi et leur crotte pue.

Irène s'en va aussi à Kaslo! Elle habite sur l'île de Vancouver. Son père a été déplacé, comme papa. Ensuite, toutes les familles japonaises de l'île ont été envoyées ici, à Hastings. Irène dit qu'ils voulaient se débarrasser des Japonais de l'île au plus vite parce que plusieurs sont des pêcheurs. Le gouvernement craignait qu'ils apportent des messages aux sous-marins japonais ou qu'ils fassent entrer en cachette des soldats ennemis, en pleine nuit. Ils ont aussi déplacé leurs bateaux de pêche.

Irène dit que la GRC a prévenu sa mère de ne pas emporter trop de choses parce qu'elle pourrait retourner chez elle dans trois mois.

Alors, je lui ai parlé de la machine à coudre et je lui ai raconté que maman avait déterré tous ses plants de pivoines dans notre jardin et qu'elle les avait donnés à une dame de notre église.

Irène est restée silencieuse.

17 mai 1942

Nous avons eu très peu de temps pour nous préparer et décider quoi prendre et quoi laisser derrière nous. Et maman qui déterrait ses pivoines sous la pluie plutôt que d'organiser nos affaires! Elle pense qu'il suffit de mettre nos choses à l'abri, dans une pièce fermée à clé, pour qu'elles soient en sécurité! Mon oncle a dit que nous n'aurions pas le droit de revenir avant longtemps et que nous devrions laisser nos affaires chez des voisins en qui nous avons confiance. Mais maman ne veut pas que des gens mettent leur nez dans nos affaires.

Je l'ai regardée creuser sous la pluie, et c'est là que j'ai vu son tablier trempé qui collait à son ventre.

Elle est enceinte. D'où ses vomissements le matin, sa fatigue et ses humeurs. Incroyable! À 42 ans! Et nous sommes en route vers un camp où Dieu seul sait dans quelles conditions nous allons vivre.

Je me demande si Marie le savait et ne m'en a rien dit. C'est peut-être pour ça qu'elle était si pressée de quitter Vancouver. Elle s'est mariée si vite avec Shig. Pas seulement pour éviter les camps, mais pour ne pas devenir bonne d'enfants et laveuse de biberons pour maman et son bébé braillard. Ni s'occuper d'Amy, le petit monstre.

Amy! Elle ne fait jamais rien dans la maison. Il faut même lui rappeler de transporter elle-même son sac. Elle est pire qu'une enfant de trois ans!

Il faut la voir courir avec sa copine, la grande pie. Deux

vraies placoteuses : les deux font la paire! Elles gribouillent dans leurs journaux intimes et s'écrivent des notes ridicules.

On dirait qu'elle trouve cela amusant de dormir dans une grange, de manger des sandwichs au baloney dans une salle remplie de milliers d'inconnus.

Ce n'est qu'un jeu pour elle. Une grande aventure!

19 mai 1942

Nous sommes dans un train. Nous allons à Kaslo. Nous avons dû faire la queue et attendre très longtemps. Il y a seulement des Japonais, surtout des mères avec leurs enfants et quelques vieux messieurs. Papa me manque beaucoup. La Pleureuse est aussi dans le train. Zut!

Les sièges du train sont durs. Irène et moi, nous avons rempli des taies d'oreiller avec du linge pour nous faire des coussins. Quand Kay s'en est aperçue, elle était très fâchée. Elle a dit que nous avions utilisé du beau linge, comme la nappe et les serviettes du service à thé de maman, et que nous allions les abîmer.

Elle hurlait, alors nous nous sommes vite remises debout. Mais là, on voyait la marque de nos fesses sur les oreillers. Nous nous sommes regardées et nous avons éclaté de rire. Kay aurait voulu m'écraser comme un perce-oreille.

Irène dit que Kay est pointilleuse et autoritaire et que c'est probablement pour ça qu'elle n'a pas encore de petit ami. Elle dit que, quand Kay se fâche, elle a deux petites rides entre les yeux et qu'elle ressemble à une sorcière.

Alors, maintenant, nous l'appelons la Méchante Sorcière. Dans son dos, bien sûr.

Le trajet en train était long, très long! Nous sommes finalement arrivés dans un endroit au bord de l'eau et nous avons encore dû attendre. Maintenant, nous sommes à bord d'un BATEAU! Il a trois étages et, sur le dessus, une cabine pour le capitaine et derrière, il y a une cheminée. Roy S. dit que ce n'est pas un grand navire. Le *Titanic*, ça, c'était un vrai navire; il avait quatre cheminées.

Et alors? Notre bateau est aussi chic qu'un grand navire, même si nous sommes tassés comme des sardines. Dans quelques cabines, il y a des tapis et des rideaux de velours rouge.

Nous naviguons sur le lac Kootenay, qui est très long et étroit. On peut s'appuyer sur le bastingage et regarder les montagnes et la forêt passer de chaque côté. Kay est venue me rejoindre. Nous avons regardé le lac ensemble, pendant un petit bout de temps. Je me suis rappelé un conte qu'elle me lisait quand j'étais petite : l'histoire d'un petit garçon qui s'appelait Momotaro. Il flottait sur une rivière, dans une pêche géante, et un couple de gens âgés très gentils, qui habitait dans les montagnes, l'avait adopté.

Kay a dit que cette pêche pourrait flotter sur le lac jusqu'au fleuve Columbia et ensuite, jusqu'à l'océan Pacifique. J'ai demandé si on pourrait flotter d'ici jusqu'au Japon. Elle a dit que oui. Nous en avons discuté et c'était agréable.

Quand j'ai raconté cet échange à Irène, elle a dit : « Typique de la Méchante Sorcière : elle tourne n'importe quoi en leçon de géographie! »

Il y a une affiche sur le bateau, qui nous prévient de faire attention aux CHAPARDEURS. Nous devons dormir avec nos objets de valeur sous notre oreiller. Je le ferais bien, sauf que nous n'avons pas apporté nos oreillers.

Kay a trouvé un de mes messages à Irène et elle a dit que mon écriture était épouvantable. Elle a souligné toutes mes fautes d'orthographe et, dans la marge, elle a écrit : TRÈS MAUVAISE CALLIGRAPHIE. Elle est fâchée parce que je me suis mise à faire mes « e » comme des 3 à l'envers, comme Irène. Je trouve ça joli, mais Kay dit que les « e » doivent ressembler à de petites boucles et que les lettres doivent pencher vers la droite et non se promener vers le haut et vers le bas.

L'écriture de Kay est parfaite. Elle a même un certificat de la méthode de calligraphie MacLean pour le prouver. C'est une vraie artiste. Même les emballages qu'elle fait pour les cadeaux et les rubans qu'elle noue dans les cheveux sont différents et toujours mieux faits que ceux des autres. Irène dit que ça signifie qu'elle doit être moins douée pour autre chose, mais je n'en suis pas sûre. Elle est championne pour parler en public. L'an dernier, elle a remporté un grand concours. Le trophée était ÉNORME. Plus gros que celui que papa a reçu pour ses chrysanthèmes. Il a fait semblant de ne pas le remarquer.

En tout cas, elle a dit que mon écriture ne ressemblait à rien et qu'elle ne le tolérerait jamais si elle était maîtresse d'école.

Plus tard

Il y a un jeune garçon sur le bateau. J'en ai peut-être déjà parlé : Roy S. Il a de très grandes oreilles. Irène l'a surnommé

Jumbo, comme l'éléphant. Il a un chapeau de cow-boy et il utilise sans cesse des expressions comme « jamais personne au monde » ou « sans blague ». Il appelle tout le monde « bonhomme » : « D'accord, bonhomme », « Tu l'as dit, bonhomme ». Et il dit « la bouffe » au lieu de « la nourriture ».

Roy aime dessiner, mais il dessine toujours la même chose : des robots. Il dit que, dans le futur, tout sera fait par des robots, comme balayer le plancher, tondre la pelouse et laver le linge. Il parle tout le temps des chiens qu'il avait dans sa ferme où ils cultivaient des baies : Groucho et Skippy.

Plusieurs d'entre nous ont laissé leurs animaux familiers. Mais personne n'en parle à longueur de journée!

En tout cas, Roy a une boîte qu'il transporte partout avec lui. On dirait une boîte à biscuits en tôle, mais elle fait un drôle de bruit. Il garde des documents secrets dedans et aussi un appareil photo Brownie. Un jour, nous l'avons vu le sortir de la boîte pour le montrer aux autres garçons.

Irène dit qu'on va l'arrêter si un agent de la GRC découvre qu'il a un appareil photo. Les Japonais n'ont pas le droit d'avoir d'appareils photo ni de radios.

Quand nous parlons de sa boîte à biscuit, nous disons « sa boîte d'espion ». Nous allons l'avoir à l'œil.

20 mai 1942

Nous sommes à bord du *Nasookin*, un bateau à aubes qui va nous emmener jusqu'à Kaslo, au bout du lac, la dernière étape du trajet. Le vrombissement du bateau, le sifflement de la vapeur des chaudières et la forte odeur du moteur à charbon m'ont donné un horrible mal de tête.

Maman reste assise, recroquevillée dans un coin, car elle ne se sent pas bien. Au moins, elle ne pleure pas tout le temps comme la femme qu'Amy appelle la Pleureuse. Sur le pont, de l'autre côté du saloon, une femme tricote des bas. Pour les soldats qui se battent en Europe, dit-elle. Pour montrer que nous sommes de bons Canadiens, malgré ce que notre propre gouvernement nous fait.

Des femmes se réunissent. Elles planifient notre vie à Kaslo. Nous ne sommes même pas arrivés, et elles n'arrêtent pas de dire que nous n'avons encore rien vu. *Shikata-ga-nai*, disent-elles. Autrement dit, on n'y peut rien. Alors, autant en tirer le meilleur parti possible.

Elles sont inquiètes. Elles ne veulent pas que les enfants prennent du retard dans leurs études et qu'ils restent à ne rien faire une fois arrivés à destination. Apparemment, le gouvernement est si accaparé par notre déplacement qu'il n'a pas le temps de se soucier de l'éducation des enfants. Les écoles locales ne pourront pas accueillir les enfants, il y en a trop. Et il n'y a pas de vrais enseignants parmi nous. Quelqu'un a donc eu une brillante idée : les diplômées de l'école secondaire vont enseigner aux petits.

J'en fais partie, même si, en ce moment, je devrais être à la maison en train d'étudier pour mes examens et me préparer à entrer à l'université de la Colombie-Britannique.

Ces femmes bourdonnent comme des abeilles, tant elles sont excitées. Elles en sont déjà à organiser des concerts, des excursions et toutes sortes d'activités. Et nous n'avons même pas d'école! Pas de pupitres, pas de tableaux et pas de manuels!

J'ai tellement hâte de voir la tête d'Amy quand elle

découvrira qu'elle n'est pas en vacances, en fin de compte! Et que je serai peut-être sa nouvelle enseignante!

21 mai 1942

Nous sommes à Kaslo. Nous attendons. C'est ce que je fais, en ce moment. Je suis assise sur le quai avec nos valises, nos sacs et nos boîtes. La plupart des gens n'ont même pas de vraies valises. Seulement des boîtes ficelées, des poches de farine et des taies d'oreiller pleines de linge.

Maman ne se sent pas bien, de nouveau. Kay est partie à la recherche de toilettes avec elle. Elle m'a dit de surveiller nos affaires et de ne pas me sauver, même pas un instant, avec ma « petite copine ». Elle parlait d'Irène.

En ce moment, nous attendons que quelqu'un nous dise où nous rendre.

Voici à quoi ressemble Kaslo. Une baie d'un côté, avec un terrain de jeux et une petite plage pour se baigner. Nous avons traversé un petit ruisseau qui se jette dans le lac par une chute! Irène m'a raconté qu'elle s'était fait un repaire au bord du ruisseau derrière chez elle et que nous pourrions faire la même chose ici, quand nous aurons trouvé l'endroit idéal. J'ai tellement hâte!

Tout autour, il y a des montagnes. Pas des vraies montagnes comme à Vancouver, mais plutôt de grosses collines avec des arbres et des fragments de rochers qui tombent dans le lac. Kaslo a été bâtie là où il y a un plateau qui s'avance.

On dit que Kaslo est une ville fantôme, mais des gens, des vrais, y habitent encore. J'aperçois une fillette aux cheveux blonds frisés. Elle est près du terrain de jeux. Je fais semblant de ne pas la voir, et elle fait semblant de ne pas me voir, elle non plus. Elle a un ruban dans les cheveux. J'adore les cheveux bouclés. Quand Kay était encore gentille, elle me mettait parfois des papillotes dans les cheveux. Ça faisait des bosses quand je dormais et, le lendemain, mes boucles duraient seulement jusqu'à l'heure du dîner.

Les bâtiments de la ville sont un peu délabrés, et nous n'avons pas encore vu l'hôtel. Car nous allons habiter à l'hôtel!

Je ne suis jamais allée à l'hôtel. Il y en a un très grand à Vancouver. Irène dit que tous les éviers ont des robinets en or et que, partout, il y a de beaux candélabres. Elle m'a raconté que son oncle était resté dans un hôtel à Hawaii quand il était venu du Japon. Dans les hôtels d'Hawaii, on peut se faire servir du jus d'ananas quand on veut et, au restaurant, les serviettes de table sont pliées en éventail et il y a des orchidées qui poussent partout. Irène dit que les orchidées sont les fleurs les plus chères du monde. Tous les soirs, quand la femme de chambre vient préparer votre lit, elle en met une sur votre oreiller. C'est censé vous faire faire de beaux rêves.

Un peu plus tard

Un malheur vient d'arriver. Roy S. était assis avec sa famille sur le quai. Il a grimpé sur une pile de malles et de valises, même si sa mère le lui avait interdit. Il s'est assis au sommet et il m'a regardée avec l'air d'un roi qui trône du haut de son château.

Puis il a sorti sa boîte d'espion. Il a essayé de l'ouvrir, mais le couvercle était coincé. Il s'est ouvert d'un coup sec, et le contenu s'est répandu partout : les dessins de robots, l'appareil photo Brownie et des millions de billes. Aïe! aïe! aïe! Elles sont toutes tombées : sur les valises, puis sur le quai et « plouf » dans l'eau!

Il a essayé de les rattraper. Il est tombé en bas de la pile de valises et il s'est écorché le genou. Il s'est mis à pleurer. Sa mère l'a attrapé par le bras et lui a crié en le secouant :

— Arrête! On ne pleure pas quand on est un garçon.

On pleure beaucoup ici. Surtout la Pleureuse. Elle n'arrête jamais et pourtant, elle n'a même pas de raison de pleurer.

21 mai 1942

Je suis dans mon nouveau chez-moi. C'est vraiment un hôtel : le Langham. Nous avons une chambre au premier, avec des couchettes qui sentent encore le bois fraîchement scié, et des paillasses. Des équipes ont été envoyées avant notre arrivée pour tout préparer dans le bâtiment. Des Canadiens d'origine japonaise. Un peu comme si on avait envoyé des prisonniers préparer leur propre cellule.

Au plafond, la peinture s'écaille, et il y a des taches d'humidité. La salle de bain et les toilettes sont en bas. Une seule fenêtre, avec un carreau cassé. De vieux journaux ont été collés sur les murs. Probablement parce qu'il fait trop froid en hiver. Il y a des mouches mortes partout.

Pas de candélabres.

Je sais tout, maintenant, à propos des candélabres et des histoires stupides qu'Irène a raconté à Amy sur la décoration luxueuse des hôtels. J'aurais dû m'en douter. Quelle tête de linotte! Elle avait laissé traîner son journal intime. Aux autres le soin de le ranger, comme d'habitude. Comment résister à l'envie de le lire? Maintenant, je sais ce qu'elle écrit à mon sujet, moi, la Méchante Sorcière.

J'ai bien hâte de voir sa tête quand elle découvrira notre chambre à « l'hôtel ». Le réveil va être dur!

Je suis censée être ici, dans la chambre, à défaire nos bagages. Mais c'est impossible : la chambre est si petite! Il n'y a pas de meuble de rangement ni de penderie. J'ai fait les lits de mon mieux. Je me suis frappé la tête deux fois sur la couchette du haut en plaçant la couverture de celle du bas.

Kaslo est une petite ville très tranquille. Il y a deux ou trois églises et une épicerie. Difficile d'imaginer que c'était une ville champignon, avec des hôtels pleins tous les soirs et des trains qui tiraient des wagons débordant de minerai d'argent, depuis les mines jusqu'au quai au bord de l'eau.

Maman dit que nous ne sommes pas dans un camp de prisonniers puisqu'il n'y a pas de tentes ni de baraquements ni de clôtures. Tu parles! Avec les Rocheuses derrière nous, le lac devant et la GRC aux deux bouts de la ville, qui garde l'unique route, pas besoin de clôtures!

J'ai vu des gens du coin. Ils nous regardaient de derrière leurs rideaux quand nous sommes passés pour nous rendre dans notre quartier.

Nous devons être courageux si nous voulons en tirer le meilleur parti, nous a dit le Révérend. Toute expérience de vie représente une belle occasion de se forger le caractère, nous a-t-il rappelé. Il y a encore beaucoup de grandes sphères parmi lesquelles nous sommes libres de choisir et de décider.

Une belle occasion! Libres de choisir!

Combien de temps pensent-ils que nous allons rester ici, à faire comme si nous en tirions le meilleur parti possible? Tant que la guerre durera? Et ce sera jusqu'à quand? Comment puis-je reprendre le cours de ma vie dans un endroit pareil? Coincée entre Amy et maman qui va devenir de plus en plus impotente avec cette grossesse ridicule.

Je l'entends d'ici. Elle est en bas, avec les autres femmes. Elles essaient de cuisiner toutes en même temps sur l'unique poêle. Elles râlent contre le bois trop vert et se disputent pour savoir laquelle va pouvoir faire cuire son riz la première. Le ton monte, et leurs cris sont de plus en plus aigus. Ça sent l'eau de riz brûlée.

Plus tard

Trop fatiguée pour en faire plus, je suis restée assise à la fenêtre pendant un bon moment. J'ai regardé les deux placoteuses et les autres jeunes qu'on avait envoyés dehors pendant que les adultes « s'installaient » dans leurs chambres. Ils avaient l'air de petits voyous, tout sales et fripés.

Pour une fois, Amy et Irène se tenaient tranquilles. Pas de messes basses ni de ricanements. Elles étaient toutes les deux assises sur une baignoire renversée. Elles regardaient tout autour.

Et elles voyaient tout, c'était évident : la clôture brisée, les terrains vagues remplis de chardons et de mauvaises herbes, les détritus et les débris de démolition partout.

Puis le soleil a percé au travers des nuages. Amy et Irène ont sauté en bas de leur baignoire. Tous les enfants couraient dans la cour et sautaient dans tous les sens, comme des fous. Ils riaient, levaient les bras, les agitaient, les tendaient devant

44

eux.

Je ne comprenais pas. Puis j'ai vu. Des graines de peuplier, blanches et légères comme de l'ouate, flottaient dans l'air et brillaient sous les rayons du soleil. Amy et ses amis sautaient pour les attraper.

Ils leur ont donné un très joli nom : des poussières de soleil.

Plus loin derrière eux, j'ai vu des petites fleurs orangées parmi les mauvaises herbes, en bordure de la cour. Sous les rayons du soleil, elles semblaient prêtes à s'enflammer.

Dans ma valise, j'ai un chandail de laine fine que je peux plier et glisser dans une taie pour m'en faire un oreiller. Je pourrais sortir et aller cueillir quelques-unes de ces fleurs orangées. J'ai un ruban de satin qui passe dans l'encolure d'une de mes robes de nuit. Je pourrais l'utiliser pour nouer un petit bouquet.

Et je pourrais le déposer sur l'oreiller d'Amy.

Pour qu'elle fasse de beaux rêves.

Zayd et sa famille ont quitté le Pakistan et ont passé quelques années en Angleterre. Puis ils ont décidé de déménager au Canada, dans l'espoir que le racisme qu'ils subissaient en Angleterre ne les suivrait pas de l'autre côté de l'Atlantique. Avant le début des années 1960, la plupart des immigrants asiatiques n'étaient pas acceptés au Canada. Même dans les villes, ils étaient très peu nombreux.

En 1965, quand **RUKHSANA KHAN** et sa famille ont quitté le Pakistan et sont arrivés au Canada, ils étaient les seuls Pakistanais musulmans dans une petite ville du sud-ouest de l'Ontario. Son père avait choisi le Canada plutôt que les États-Unis parce qu'il trouvait le drapeau canadien plus joli.

Bon débarras!

✍

Journal de Zayd Hassan

Hamilton, Ontario
Novembre 1964 à janvier 1965

19 novembre 1964

Sans Rudyard Kipling et M. James, je dormirais profondément à l'heure qu'il est, tout comme Farkhanda ou mes parents, ou comme toute autre personne sensée le ferait après une si longue journée. Je suis épuisé parce que j'ai aidé Aboudji à transporter notre énorme malle dans notre nouvelle maison, au septième étage de l'immeuble, puis à tout déballer.

Mais j'ai dit que j'allais commencer à écrire mon journal dès le premier jour de notre arrivée dans notre nouveau pays, et c'est ce que je fais.

Mon journal n'aura rien à voir avec les vieux volumes poussiéreux que M. James gardait dans la bibliothèque, derrière son bureau.

Je tiens à faire le compte rendu exact de mon histoire, de notre histoire, comme si elle était aussi importante.

Il fallait entendre nos enseignants, au Pakistan. Ils parlaient toujours de la gloire de la Grande-Bretagne! Comme la fois où M. James était arrivé avec un vieux bout de papier aux bords déchiquetés. Rien d'impressionnant, mais on aurait cru qu'il tenait de l'or entre ses mains. C'était un petit mot que lui avait adressé Rudyard Kipling. Je me suis alors demandé : « Cette manie que les Britanniques ont de tout consigner en détail par écrit, est-ce cela qui leur donne un avantage sur les autres? Est-ce parce qu'ils accordent de la valeur à leurs expériences passées, contrairement aux Pakistanais qui, comme j'en connais tant, vivent au jour le jour sans jamais revenir en arrière? »

J'ai donc décidé d'appliquer ce principe britannique.

Pourquoi pas? Après tout, je porte le nom du scribe du Prophète : Zayd ibn Thâbit (Que la paix soit avec lui!). Pourquoi ne pas noter les événements de ma vie? Ainsi, plus tard, je pourrai revenir en arrière et revoir par où je suis passé. On ne sait jamais! Peut-être qu'un jour, quelqu'un brandira un bout de papier sur lequel j'aurai écrit quelque chose et qu'il s'émerveillera de sa valeur?

Ha! Et si je devenais aussi célèbre que Rudyard Kipling?

Peu importe, je tirerai sûrement avantage à écrire ce journal personnel.

Ce matin, quand nous sommes descendus à Toronto et que nous nous sommes rendus en voiture jusqu'au modeste immeuble à logements de la rue Caroline, à Hamilton, je me suis dit : « Il n'y a pas de meilleur moment pour commencer mon journal que ce premier jour au Canada, un pays étranger et fascinant, sans manguiers ni goyaviers ni perroquets sauvages. »

Farkhanda ronfle légèrement. Elle était profondément endormie sur un matelas, de l'autre côté de la chambre, mais elle s'est retournée, puis elle a ouvert les yeux. En voyant l'ampoule nue allumée au plafond, elle a dit :

— *Bhai jehan*, pourquoi tu ne dors pas? »

— Ce ne sera pas long. Rendors-toi.

Elle s'est donc retournée et s'est rendormie en un clin d'œil. Quand j'avais six ans, je pouvais dormir comme elle. Rien au monde n'aurait pu m'en empêcher.

Dadiami a dit que, quand je suis né, il y a eu de grandes réjouissances. (Les Pakistanais sont bizarres avec leurs fils. Ils les désirent plus que tout, mais une fois que nous sommes vraiment là, on nous traite plutôt durement.)

Quand Farkhanda est finalement née, il y a eu peu de réjouissances. Certains se sont même demandé ce qu'Aboudji avait pu faire de travers. D'autres ont dit à Amidji de ne pas s'en faire et que le prochain enfant serait peut-être un garçon. (Elle levait les yeux au ciel quand ils ne regardaient pas!) Farkhanda est la chouchoute de la famille. On ne lui fait jamais de reproches, contrairement à moi. Tout ce qu'on lui demande, c'est d'être jolie, de grandir, puis de se marier.

Il n'y aura pas d'autre enfant. Le docteur a dit à Amidji qu'elle ne pouvait plus en avoir. Mon père a donc reporté tous ses espoirs sur moi. Plutôt lourds à porter! Aboudji a décidé de quitter notre belle grande maison sous le soleil du Pakistan pour aller passer trois ans dans un logement d'une seule pièce à Southall. C'était si près d'Heathrow qu'on entendait décoller les avions à réaction, même quand nos fenêtres étaient fermées. Il n'y avait qu'une seule toilette pour tous les locataires. Nous devions mettre notre manteau et nos bottes pour nous y rendre. Amidji avait tout le temps peur des bandes d'adolescents blancs qui venaient rôder.

Aboudji voulait acheter une maison dans un plus beau quartier. Mais quand il répondait à une annonce parue dans le journal, le propriétaire lui disait qu'il voulait vendre à des Blancs et il lui claquait la porte au nez.

Aboudji s'est fait dire de partir pour l'Amérique du Nord. Alors, il m'a traîné avec lui dans les ambassades parce que mon anglais est meilleur que le sien.

Sur le toit de l'ambassade américaine, il y avait la statue d'un énorme aigle qui semblait prêt à plonger sur nous. Le drapeau canadien avait un petit Union Jack dans un coin et des armoiries pas trop jolies, mais pas d'aigle menaçant. Nous avons choisi le Canada. Il y a deux ou trois ans, quand le Canada a changé ses lois pour permettre aux personnes de couleur d'immigrer, Aboudji a déposé une demande.

Aujourd'hui, nous sommes dans ce petit logement de deux pièces, chauffé. Nous avons notre salle de bain et notre cuisine à nous, et beaucoup d'eau chaude.

Aujourd'hui, en refermant la porte après avoir monté la malle avec Aboudji, nous nous sommes regardés les uns les autres sans rien dire. Puis, au bout de quelques secondes, Aboudji a regardé Amidji, Farkhanda m'a regardé, et nous avons tous éclaté de rire.

Amidji a retiré son manteau et ses gants, puis elle a dit qu'elle allait préparer du thé.

23 novembre 1964

Tant pis pour les bonnes intentions, je n'écrirai pas tous les jours. Je manque de temps!

Je n'en reviens pas! Le directeur voulait me mettre dans une classe avec des plus jeunes! Même avec mes bulletins d'Angleterre, ils ont pensé que j'étais stupide ou je ne sais quoi. Aboudji a finalement réussi à les convaincre de ne pas le faire. Puis j'ai obtenu une bonne note à l'examen qu'on m'a fait passer, et ils ont fini par accepter.

Je suis en huitième année, et ça ne va pas être facile. Quand l'institutrice m'a présenté à la classe, tous les garçons m'ont regardé de la tête aux pieds, et j'ai eu peur.

Pour le moment, je garde la tête baissée et je ne lève jamais la main, même quand je connais la réponse. On dirait qu'ils m'ont presque oublié, du moins en classe.

Farkhanda a eu des problèmes, elle aussi.

Des garçons de son école primaire l'ont attrapée durant la récréation et ils n'ont pas voulu la relâcher tant qu'elle n'aurait pas lancé un caillou sur une petite cabane. Elle ne savait pas qu'un chien dormait là. Elle a eu trois morsures aux jambes, et le docteur lui a fait une piqûre. Amidji a dû aller la chercher à l'école. Pauvre chouette!

Le lendemain, je lui ai dit de me montrer ces garçons. Je les ai plaqués par terre, les uns après les autres, et je leur ai mis le visage dans la boue. Ils ne sont pas près de recommencer!

Reste à me trouver quelqu'un de plus grand pour donner une leçon à mes harceleurs.

Ils font exactement comme les Anglais : ils m'appellent Z et, quand ils sont un peu plus futés, c'est ABC. Même pas capables d'inventer quelque chose de plus original!

Le truc, c'est de ne pas m'en occuper. Pas seulement faire semblant, mais faire vraiment comme si je m'en fichais. Et je m'en fiche vraiment.

Heureusement que j'ai appris à me battre en Angleterre.

Je cache mes bleus. Je ne veux pas qu'Amidji les remarque. Elle en a déjà bien assez sur le dos.

J'ai entendu mes parents parler tard le soir, alors qu'ils me croyaient endormi. C'est dur pour Aboudji aussi. Au travail, on l'appelle le « maudit Noir », et il encaisse!

J'aimerais bien leur barbouiller le visage, *à eux aussi!*

30 novembre 1964

Je me suis enfin fait un ami! Il s'appelle Joe.

Il a les cheveux noirs, comme moi. Avant mon arrivée, il se faisait harceler parce qu'il était italien.

Je l'aide à faire ses devoirs, et aujourd'hui il m'a emmené au restaurant de ses parents. Nous n'allons jamais au restaurant. Amidji ne comprend pas pourquoi les gens y vont. On peut cuisiner les mêmes plats à la maison, pour beaucoup moins cher.

C'est le seul restaurant de la rue King. Les parfums de bonne cuisine ne ressemblaient à rien de ce que je connaissais.

Il y avait un pain plat, comme notre *naan*, sur lequel on met un genre de sauce, puis un truc blanc qui est fait avec du lait caillé, comme notre *russ malai*. J'ai demandé à Joe s'il y avait du porc là-dedans. Il a dit que non et que ça s'appelait du fromage. (Le fromage est fait avec du lait. Ça peut sentir très mauvais, mais celui-là n'était pas trop mal.)

Ça s'appelle de la pizza, avec deux Z, et ça se prononce « pidza ».

Il y avait aussi des trucs dans une assiette, qui ressemblaient à de longs vers blancs.

Je trouve qu'il ne faudrait pas servir ça! Comment peut-on manger des trucs qui ressemblent à des vers? Joe a insisté pour que j'y goûte, mais j'en étais incapable.

Sa mère est sortie de la cuisine en s'essuyant les mains sur son tablier. Elle a dit quelque chose à Joe, en italien je suppose. Il lui a répondu en me regardant du coin des yeux. C'était bizarre : sa mère ne l'appelait pas Joe, mais Giuseppe. Il avait l'air gêné. Je lui ai demandé pourquoi, et il m'a expliqué que ça voulait dire Joseph. Je lui ai expliqué que Joseph se dit Youssouf dans notre langue. Il était surpris que nous ayons aussi ce prénom.

Quand Joe et sa famille sont arrivés ici, ils ont eu pas mal de problèmes eux aussi. Alors Joe a changé de prénom. C'était vraiment bizarre dans ce restaurant; tous les clients étaient des Blancs, assis avec une serviette sur les genoux. Ils coupaient leur pizza avec un couteau et une fourchette, et ils se pâmaient tant ils la trouvaient bonne. Pourtant, ce sont les mêmes gens qui empoisonnaient la vie de Joe quand il est arrivé ici!

Ça ne tient pas debout!

Je l'ai emmené chez nous et je lui ai fait goûter à des *koftas*. Il a pris une bouchée, puis il s'est mis à tousser. Je pensais qu'il s'était étouffé. Il a montré le robinet du doigt, et je lui ai servi un verre d'eau, puis un autre. Ces gens-là ne sont vraiment pas habitués aux épices!

Je trouve ça bien, que la famille de Joe ait ouvert un restaurant. J'aime les voir se montrer tels qu'ils sont, du moins au restaurant.

J'aime aussi quand ils parlent fort, en agitant les mains. Et ils sont... à l'aise.

J'aimerais bien que nous soyons aussi à l'aise!

Même à la maison, nous essayons de ne pas nous faire remarquer.

Nous parlons anglais, même Amidji. Nos enseignants nous l'ont demandé. Amidji a d'abord protesté. Elle disait que nous allions perdre notre langue. Aboudji a répliqué :

— Nous sommes ici pour y rester. En trois générations, nous l'aurons perdue de toute façon. Ce qui compte, c'est de veiller à conserver nos croyances.

Je leur ai raconté que la famille de Joe parlait sa langue, à la maison. Amidji a semblé vouloir discuter. Aboudji a levé la main et il a dit :

— Fin de la discussion.

Si nous parlons trop fort ou que Farkhanda court dans le couloir, Aboudji nous ordonne d'arrêter de faire du bruit. Il dit que les voisins vont penser que nous sommes une bande d'animaux.

Un jour, Amidji a fait brûler des épices. Aboudji a dit :

— Vite! Ouvrez les fenêtres! Les voisins vont le sentir!

Nous avons dû mettre nos manteaux en attendant que l'odeur sorte par toutes les fenêtres de l'appartement. Ensuite, il a fallu un bon moment avant qu'il fasse de nouveau chaud à l'intérieur.

Tous les jours, j'attends d'être revenu à la maison pour dire ma prière du midi, comme Aboudji m'a dit de le faire. Il a dit de ne pas m'inquiéter à cause des Blancs et de faire ma prière, même s'il était tard. « Dieu comprendra », m'a-t-il expliqué.

Franchement, qu'est-ce que ça pourrait bien leur faire si je m'installais dans le coin d'une classe vide pour dire ma prière? Je pourrais la dire pendant la récréation. Il suffirait de cinq minutes. Ça ne ferait mal à personne.

Au Pakistan, les missionnaires chrétiens pratiquaient leur

religion. Si elle leur dictait de faire une chose, ils la faisaient, tout simplement.

Pourquoi ne pas le demander au moins?

Parfois, je trouve qu'Aboudji est trop aux aguets.

1er décembre 1964

Tout le monde parle du grand débat au sujet du drapeau. À l'école, je ne dis rien, mais j'espère qu'ils vont le changer!

Le premier ministre veut qu'on mette une feuille d'érable sur le drapeau. Ce serait bien mieux que maintenant! Nous ne sommes pas des Britanniques! Pourquoi notre drapeau porterait l'Union Jack, même si ce n'est que dans un coin? Nous sommes venus ici justement pour que tout ça ne soit plus qu'un bon débarras!

La feuille d'érable, oui! Ça, c'est le Canada!

5 décembre 1964

Si j'avais passé une meilleure journée, je n'aurais peut-être pas fait ce que j'ai fait.

Mais la journée avait été particulièrement difficile, et je n'avais pas la tête aux niaiseries.

Farkhanda est rentrée de l'école en chantant *Le p'tit renne au nez rouge*. Et puis quoi encore! À la voir regarder par la fenêtre toutes les décorations de Noël sur les maisons, en bas, mes soupçons se sont confirmés.

À table, durant le souper, elle la chantonnait encore, alors j'ai dit :

— Farkhanda croit au père Noël!

— *Behta*! C'est vrai? a demandé Aboudji. Il n'existe pas.

Farkahnda n'a pas répondu. Elle a arrêté de mastiquer son *roti* et elle a avalé sa bouchée.

Puis, moins gentil que mon père, je lui ai dit :

— Ben voyons! Comment veux-tu qu'un gros bonhomme et des rennes volent dans les airs?

— Ils font bien voler les avions, a marmonné Farkhanda.

— Et tous les enfants pauvres? ai-je répliqué. Ils pourraient simplement souhaiter avoir de l'argent et ne plus être pauvres, peut-être?

Amidji a pris un morceau de *roti* et l'a saucé dans son plat de *salan*. Elle a expliqué à Farkahnda que c'était une histoire que les parents d'ici racontaient à leurs enfants pour qu'ils soient sages. Et que, s'ils ne l'étaient pas, le père Noël leur apporterait un morceau de charbon.

Farkhanda s'entêtait visiblement à y croire, mais elle n'a rien dit.

Alors, je lui ai demandé si le père Noël venait dans les maisons qui n'avaient pas de cheminée.

Aboudji, l'air taquin, a répliqué :

— Dans ces cas-là, il entre par les toilettes.

Nous avons tous ri, sauf Farkhanda. Elle a couru dans notre chambre et elle a éclaté en sanglots.

Au bout d'un moment, j'ai eu pitié d'elle et je suis allé la consoler. Je lui ai dit qu'elle pouvait y croire et que, si j'étais plus petit, j'y croirais, moi aussi.

Mais elle ne voulait pas être consolée. Elle m'a dit :

— Il existe vraiment! J'en ai même la preuve!

Quand je lui ai demandé laquelle, elle a pris son air têtu et a refusé de me le dire.

7 décembre 1964

Incroyable! J'ai réussi à rentrer vivant à la maison!

Joe était occupé. J'ai donc dû revenir de l'école tout seul. Quand je suis passé devant le dépanneur, il y avait trois grands gars qui traînaient là, la cigarette au bec. Ils m'ont crié cette affreuse expression qui signifie « nègre » et ils m'ont dit de retourner d'où je venais.

Je les ai regardés furtivement. Grave erreur!

Ils ont sans doute vu que j'étais mort de peur. Ils se sont mis à me pourchasser.

Je ne pouvais pas courir vers la maison. Ils auraient su où j'habitais. Je suis donc parti à courir dans les ruelles et les petites rues. J'ai réussi à les semer… et à me perdre.

Il m'a fallu deux heures pour rentrer chez nous.

Amidji était morte d'inquiétude. Elle m'a bombardé de questions pendant des heures. J'ai inventé une histoire, et elle a fini par me croire. Je ne voulais pas l'inquiéter encore plus.

Je vais devoir trouver un autre chemin pour me rendre à l'école.

10 décembre 1964

Que cela signifie-t-il, quand ta petite sœur fait des portraits d'elle-même avec la peau blanche?

Quand je lui ai dit qu'elle n'était pas blanche, elle est devenue folle de rage.

Amidji m'a dit de la laisser tranquille, mais j'ai continué quand même.

— Ne sois pas stupide, lui ai-je dit. Aboudji a la peau mate et Amidji aussi. Les parents à la peau mate ont des enfants à la peau mate.

— *Vous* avez tous la peau mate, a dit Farkhanda. Mais *la mienne* est blanche!

J'ai saisi son bras et je l'ai placé contre le mien.

— Regarde, tête de linotte! ai-je dit. Ils sont de la même couleur!

Elle ne voulait toujours pas l'admettre, alors je l'ai soulevée dans mes bras, devant le miroir de la salle de bain, et j'ai placé mon visage contre le sien.

—Tu vois? ai-je dit. Nous sommes pareils.

L'expression de son visage ne m'a pas fait plaisir du tout.

12 décembre 1964

Farkhanda a pris cinq fois son bain aujourd'hui. Un le matin, un le midi et trois après être rentrée de l'école.

Après chaque bain, elle m'a demandé de la soulever pour se regarder dans le miroir de la salle de bain.

Quand elle me l'a demandé pour la cinquième fois, j'ai refusé de le faire tant qu'elle ne m'aurait pas dit pourquoi elle prenait tant de bains.

Aujourd'hui à son école, ils ont lu l'histoire d'un chien toujours sale. Ensuite, les enfants lui ont dit qu'elle avait la peau brune parce qu'elle était sale.

Elle essayait de faire partir la saleté.

15 décembre 1964

Je ne comprends pas! Au Pakistan, les enfants les plus respectés étaient ceux qui avaient les meilleures notes.

Je ne veux pas nécessairement que les autres m'admirent. Mais je ne comprends pas pourquoi ils se précipitent pour voir les 97 ou les 98 % au haut de mes copies, puis se retournent comme s'ils s'en moquaient.

Et je n'en reviens pas à quel point certains peuvent être stupides.

Aujourd'hui, il faisait très, très froid. À la récréation, tout le monde était entassé dans les coins de la cour afin de se protéger du vent.

J'y étais moi aussi, mais les autres faisaient comme si je n'y étais pas. Puis Richard a dit :

— Oh! Mais Zayd, lui, ça ne le dérange pas, le froid.

Ils m'ont tous regardé. Je ne savais pas quoi dire.

J'étais bien content quand un ami de Richard a dit :

— Et pourquoi donc?

Moi aussi, je voulais le savoir.

Richard a expliqué que je venais d'un pays chaud, que j'avais accumulé plein de chaleur dans mon corps et qu'elle me tenait au chaud.

Ils se sont tous retournés vers moi. Je me suis tenu encore plus droit, j'ai redressé les épaules et j'ai fait comme si c'était vrai.

Le pire, c'est qu'ils l'ont cru!

Plus tard, Joe m'a même demandé, en me donnant un coup de coude :

— C'est vrai? Tu as le corps plein de chaleur et tu ne sens pas le froid?

Je l'ai regardé d'un air qui en disait long.

— Comment veux-tu qu'on le sache? a-t-il dit. Tu es le premier gars à la peau mate que nous voyons.

Et nous avons éclaté de rire.

16 décembre 1964

Ils l'ont changé! Notre drapeau a maintenant une grosse feuille d'érable au milieu et deux bandes rouges de chaque côté!

Beaucoup mieux que l'autre!

21 décembre 1964

Farkhanda continue de prendre cinq bains par jour.

Elle pensait que sa peau devenait enfin blanche. Mais c'était parce qu'elle avait la peau desséchée.

Elle ne boit plus de lait au chocolat et ne fait plus griller son pain. Elle croit que, si elle mange des choses blanches, elle deviendra blanche.

Nous avons dû assister à la fête de Noël.

Farkhanda faisait partie du spectacle de Noël. C'était l'histoire de Jésus (Que la paix soit avec lui!)

Son rôle : un arbre de Noël!

Je n'en reviens pas; mes parents n'étaient même pas fâchés!

22 décembre 1964

Vacances de Noël !

Pas d'école. Pas de devoirs. Pas de brutes à éviter.

Farkhanda s'est remise à fredonner *Le p'tit renne au nez rouge*. À longueur de journée, elle regarde par la fenêtre et admire les lumières de Noël.

25 décembre 1964

Ils doivent être contents : ils ont leur Noël blanc.

On dirait que tout a été recouvert de sucre à glacer.

Les rues sont désertes.

Farkhanda s'est levée très tôt. Elle a passé sa journée à fouiller partout dans la maison : sous le lit, sous les fauteuils, dans les armoires de la cuisine, derrière les manteaux et les bottes, dans la penderie de l'entrée.

Après avoir inspecté tous les coins de la maison, elle s'est écrasée dans le sofa.

Elle avait le regard fixe. Rien ne bougeait dans son visage, sauf sa lèvre d'en bas qui tremblotait.

— Qu'est-ce que tu as? lui ai-je demandé.

Elle a éclaté en sanglots.

Je lui ai dit d'arrêter, mais elle s'est mise à pleurer encore plus fort. Je lui ai dit qu'Aboudji allait l'entendre. Elle a baissé d'un cran.

Elle a fini par me dire ce qui la tracassait :

— Tu avais raison. Il n'existe pas.

Elle parlait du père Noël.

Évidemment! me suis-je dit en moi-même. Mais je ne le lui ai pas dit. Puis elle est partie dans notre chambre. Elle a glissé sa main sous son oreiller et m'a montré sa « preuve ». À son école, ils avaient écrit des lettres au père Noël.

Elle avait dit à son institutrice qu'elle ne croyait pas au père Noël et qu'il n'existait pas. L'institutrice lui avait dit de lui écrire une lettre quand même. Alors, elle avait demandé tous les jouets qu'elle avait toujours rêvé d'avoir. Une semaine plus tard, son institutrice leur avait distribué les réponses du père Noël (il leur avait écrit!) et Farkhanda avait eu la surprise d'en avoir une, elle aussi.

— Tous les professeurs disent mon nom de travers, et les élèves trouvent ça drôle, m'a-t-elle dit en pointant le texte sur la feuille de papier toute froissée. Ils ne disent jamais correctement Far-*khan*-da et ils l'écrivent de toutes les façons possibles. Mais regarde, là : c'est bien écrit!

Elle a chiffonné la feuille en boule et l'a lancée.

Puis elle a regardé par la fenêtre les lumières de toutes les couleurs sur les maisons d'en face.

Elle n'a pas chanté *Le p'tit renne au nez rouge*.

Elle ne l'a même pas fredonné.

1er janvier 1965

Je devrais être heureux : une nouvelle année commence, remplie d'espoirs et de nouveautés, non?

En général, les gens sont gentils. Mais on ne sait jamais quand ça va mal tourner. Hier, j'aidais Amidji à rapporter les emplettes de l'épicerie à la maison, et les grosses brutes nous ont suivis.

Je déteste voir Amidji afficher cette expression de frayeur. Elle a pris Farkhanda dans ses bras, même si la petite est parfaitement capable de marcher, et elle a accéléré le pas. Elle se retournait sans cesse pour les regarder.

Je tirais derrière moi notre petite poussette de marché. S'ils avaient été seulement deux et si j'avais été seul, je leur aurais flanqué une raclée pour les méchancetés qu'ils nous criaient.

Ils n'arrêtaient pas de nous dire de retourner d'où nous venions.

Par moments, je le souhaite moi aussi.

Malgré tous nos efforts, on dirait que nous ne serons jamais acceptés par les gens d'ici. Nous ne sommes pas comme la famille de Joe. Nous n'avons pas la peau assez pâle pour passer inaperçus.

Tous les jours à l'école, nous chantons « Ô Canada! Terre de nos aïeux… » Mais je ne me sens pas chez moi. Mes petits-enfants pourront-ils dire que le Canada est le pays de leurs ancêtres?

Pourtant, Aboudji dit que, dans quelques années, nous pourrons devenir des citoyens canadiens. Il dit que nous aurons alors les mêmes droits que tout le monde : le droit de vote et le droit à la justice. C'est pour cette raison que nous avons déménagé ici.

Quand nous serons devenus des citoyens canadiens, les gens vont-ils changer d'attitude envers nous?

7 janvier 1965

Bon sang! Rien n'est plus pareil. C'est arrivé tout d'un coup, comme par magie!

Joe et moi sortions du dépanneur. Une dame venait de lâcher son carrosse pour relacer sa chaussure. Le chien (un grand danois, je crois) était attaché à la poignée du carrosse. Il a vu un chat et il est parti à sa poursuite en traînant derrière lui le carrosse avec le bébé dedans.

La dame a hurlé. Elle s'est mise à courir, mais n'arrivait pas à rattraper le carrosse.

Le chien se dirigeait vers la rue King! Il fallait voir les autos qui roulaient à toute vitesse!

Joe et moi sommes partis à sa poursuite. Il nous a fallu une éternité pour le rattraper. Joe a saisi la laisse du chien. J'ai attrapé la poignée du carrosse. Une seconde de plus et ils se seraient retrouvés en pleine circulation, ou bien le carrosse se serait renversé.

La dame nous a rejoints en courant, à bout de souffle. Elle a tendu les bras pour prendre son bébé qui hurlait à pleins poumons.

Elle nous a dit que nous étions des héros!

Une foule de gens nous ont entourés. Ils n'arrêtaient pas de raconter notre exploit. C'était très gênant, mais pas si désagréable que ça.

La dame nous a offert une récompense. Nous nous sommes regardés l'un l'autre. Nous n'étions pas à l'aise d'accepter une récompense. Nous lui avons donc dit : « Non merci, ce n'est rien. »

Quelqu'un a ensuite raconté ça au journal. Des journalistes sont venus nous rencontrer tous les deux, chez nos parents.

Amidji m'a serré très fort dans ses bras. Aboudji avait le regard brillant et il m'a ébouriffé les cheveux.

Nous avons eu notre photo dans le journal! Mon nom a été mal orthographié. Au lieu de « Hassan », c'était écrit « Hanson », mais ce n'est pas grave.

8 janvier 1965

À l'école, tout le monde parlait de notre histoire. Dans le corridor, des élèves que je ne connaissais même pas sont venus me voir pour me dire bravo.

Au cours de gym, j'ai été choisi en troisième par une équipe, même si je ne suis pas très bon.

Joe se fait un plaisir de raconter toute notre histoire.

Chaque fois, il rajoute des détails, comme le chien qui lui a bavé dessus ou qui lui a donné un coup de dents quand il a voulu détacher sa laisse du carrosse. Ou encore, ma main qui a glissé sur la poignée du carrosse (faux!) et que j'ai failli tomber quand j'ai réussi à l'attraper. Chaque fois qu'il la raconte, le carrosse est de plus en plus près de la rue King, jusqu'à être rendu à quelques centimètres seulement. C'était plutôt dix mètres, en réalité!

18 janvier 1965

Je me sens presque à l'aise à l'école. C'est drôle de voir certains élèves (surtout des filles) me regarder maintenant avec un sourire en coin. Les autres veulent encore me faire la peau. Je ne suis pas étonné que l'article dans le journal ne les ait pas fait changer d'idée à mon égard!

Mais qu'est-ce qui a changé?

Je suis la même personne qu'avant. Et si ce n'était jamais arrivé? Et si j'avais vécu le reste de ma vie sans jamais avoir eu l'occasion de montrer que j'étais le genre de gars à sauver un bébé dans son carrosse?

Est-ce qu'ils auraient fini par comprendre que je suis quelqu'un de bien?

Je ne le saurai probablement jamais.

Mais tout ça a changé ma façon de me comporter à l'école. Ainsi, je me suis décidé à parler à Joe de mon problème de prière.

Il a semblé surpris que ça me tracasse.

Je ne lui ai pas dit que Dadiami m'avait averti de ne pas laisser tomber nos coutumes et croyances. Ça avait déjà commencé. (Ça avait même déjà commencé à l'école des missionnaires!)

Je lui ai expliqué que ça m'embêtait de dire ma prière trop tard.

Il a dit que je devrais demander à Mlle Henry.

Aujourd'hui, j'ai pris mon courage à deux mains et je l'ai fait.

Elle m'a regardé d'un drôle d'air.

— Ta prière? m'a-t-elle demandé, comme si elle n'avait pas bien compris.

— Oui! Je dois prier à certaines heures de la journée et, quand j'arrive à la maison, c'est un peu tard.

Elle a fait comme si elle cherchait quelque chose dans les documents posés sur sa table de travail.

— Je suppose que c'est possible. Personne ne nous a jamais fait une telle demande, mais pourquoi pas?

Je n'en reviens pas! J'ai traîné pendant tout ce temps-là, alors qu'il suffisait de demander! Elle m'a trouvé un peu bizarre, mais je m'en fiche!

Je suis content d'avoir osé.

Je me sens devenir canadien…

De 1867 à 1967, 100 000 orphelins anglais sont entrés au Canada. Ils venaient des maisons fondées par le docteur Thomas Barnardo pour les enfants orphelins et déshérités de Grande-Bretagne. Certains de ces enfants abandonnés ont pu trouver un foyer chaleureux, mais pas tous. Leurs descendants représenteraient aujourd'hui le dixième de la population canadienne.

IRENE N. WATTS *a écrit au sujet des orphelins du docteur Barnardo dans son roman intitulé* Flower. *Sa pièce de théâtre intitulée* Lillie, *inspirée de ce roman, a été primée.*

Les brebis du Seigneur

❧

Journal de Harriet James

De l'Angleterre à Peterborough, en Ontario
Juin et juillet 1912

Vendredi 14 juin 1912
À bord du Tunisian

C'est ma première nuit à bord du navire qui emmène des orphelins au Canada. Le moment est idéal pour commencer mon journal. Notre responsable à la maison du docteur Barnardo, dans l'Essex, a eu la gentillesse de donner un beau carnet tout neuf à toutes les filles qui quittaient l'Angleterre.

— Mettez vos réflexions et vos expériences par écrit, avait-elle dit. Les souvenirs sont importants.

Alors voilà! Je m'appelle Harriet James, j'ai 12 ans, et une grande aventure commence. En ce moment, je suis perchée sur une couchette du haut, au bout du dortoir de la troisième classe. Alice, étendue sur la couchette sous la mienne, se lamente. Sa petite sœur Jane s'occupe d'elle. Plusieurs filles souffrent du mal de mer, mais pas moi jusqu'à maintenant!

Le départ s'est bien passé. Une fanfare jouait tandis que nous montions dans le train spécialement affrété pour les orphelins de Barnardo, qui nous a transportés jusqu'à Liverpool. Quand nous avons embarqué sur le *Tunisian*, un bateau à vapeur, une foule nous a salués et souhaité bon voyage. On se serait cru membres de la famille royale, plutôt qu'orphelins et orphelines en uniforme! On dirait que c'était hier que la dame canadienne s'est adressée à nous. Le Canada me semble sorti d'un livre de contes. L'air y est pur, on y mange à sa faim, et il y a de splendides paysages avec des rivières, des lacs et des montagnes aux sommets enneigés. Et surtout, des familles qui nous attendent!

— Qui veut y aller? a-t-elle demandé.

Les unes après les autres, nous avons levé la main, dans l'espoir d'une vie meilleure.

— Vous êtes les brebis du Seigneur, grâce à notre fondateur, le bon docteur Barnardo, a-t-elle dit.

Je me vois encore en train de lire l'affiche qu'il avait fait poser devant l'orphelinat : AUCUN ENFANT N'A JAMAIS ÉTÉ REFUSÉ. C'est vrai : aucun d'entre nous n'a été refusé.

Je suis trop fatiguée pour continuer d'écrire.

Jeudi 15 juin 1912

La cloche de six heures du matin nous a réveillées. Nous nous sommes vite habillées et nous avons fait la queue pour faire notre toilette avant la prière et le déjeuner. C'était un festin auquel nous n'étions pas habituées : thé, gruau, pain frais et beurre, saucisses et pommes. Des garçons de table en veston blanc faisaient le service! Notre surveillante nous a lu les règles :

Interdiction de parler aux membres de l'équipage et de les empêcher de faire leur travail.

Interdiction de courir ou de crier dans les couloirs et sur les ponts extérieurs.

Interdiction de grimper sur les bastingages.

Nous, les orphelins, avons l'habitude de nous plier aux règles et d'être punis en cas de désobéissance. Mais pendant les huit jours qui viennent, nous allons être dispensés de corvées et nous aurons le droit de nous promener et de jouer sur le pont.

Ce matin, en me réveillant, je frémissais d'excitation. Comme si j'avais été sur le point de découvrir une orange dans mon bas de Noël! Thomas était-il à bord, lui aussi? Allais-je le retrouver aujourd'hui? Si Thomas est à bord, nous allons nous retrouver. C'est vrai : nous pensons les mêmes choses et, parfois, nous faisons les mêmes rêves, comme les jumeaux le font. J'ai découvert que nous sommes le troisième groupe d'orphelins à partir cette année. Alors Angus devrait avoir son tour pas très longtemps après Thomas.

Plus tard

Thomas est ici! Incroyable, mais vrai! Je vais essayer de raconter exactement ce qui s'est passé.

Après le dîner, au lieu d'aller sauter à la corde sur le pont, je me suis assise, le dos contre une échelle de métal, et j'ai attendu. (S'il vous plaît, faites que Thomas soit là!) J'avais un goût de sel sur les lèvres. Je respirais l'air marin à pleins poumons et je regardais les moutons blanc crème à la surface de la mer.

Mes pensées défilaient comme les nuages dans le ciel... Je pensais aux deux années passées sans revoir mes deux frères, depuis la mort de maman. Deux ans depuis que papa nous a emmenés, Thomas, Angus et moi, à l'orphelinat du passage Stepney, à Londres. Angus pleurait et pleurait, la tête appuyée contre moi.

— On dirait une *prison*, Harry, disait-il entre deux sanglots.

C'était vrai, à voir les hauts murs gris. Puis on nous a séparés. Deux ans, c'est beaucoup trop. Je veux voir Thomas. Je veux les voir tous les deux.

Papa nous avait dit qu'on prendrait soin de nous et que c'était mieux que d'aller en maison de travail. Il avait dit qu'il allait se rendre dans le Nord pour trouver du travail. Il avait promis de revenir nous chercher quand il aurait repris sa vie en main. Mais il n'est jamais revenu!

Puis je me suis mise à penser à cette horrible journée d'il y a trois mois, quand on m'a convoquée au bureau et qu'on m'a annoncé que papa était mort dans un accident. Ce jour-là, encore plus que jamais, je voulais être avec mes frères à Londres, et non pas loin d'eux, à l'orphelinat des filles. Ce jour-là, nous sommes vraiment devenus des orphelins. Avant, c'était seulement à moitié vrai. Pas comme d'autres enfants du docteur Barnardo.

Soudain, on a tiré sur ma tresse, et je me suis retournée.

— Harriet James! *Harry*! Je t'ai cherchée partout!

— Tom, c'est *toi*?

Je lui ai sauté au cou. J'avais l'impression de me regarder dans un miroir : ses cheveux roux, ses taches de rousseur et ses yeux verts de chat de ruelle. Exactement comme moi! Nous nous sommes assis sur le pont, à l'abri du vent et des regards indiscrets.

— Tu as grandi, ai-je dit.

Il était devenu beaucoup plus grand que moi. Puis je lui ai demandé où était Angus.

Thomas ne ment jamais, même s'il sait que ce qu'il va dire

ne sera pas agréable à entendre. Il m'a expliqué que, cette fois-ci, Angus n'était pas sur la liste des départs pour le Canada parce qu'il était encore trop petit, à huit ans. Et il a toussé pendant tout l'hiver. En voyant mon air inquiet, Thomas m'a dit de ne pas trop m'en faire, car Angus est le chouchou de la directrice. Il aura sa chance quand il sera plus grand.

— Tout ira bien pour lui, a ajouté Tom.

Il a dû voir mes yeux se remplir de larmes, car il m'a aussitôt chuchoté à l'oreille qu'il me reverrait demain, même heure, même lieu.

— Tu sais qu'ils n'aiment pas que les garçons parlent avec les filles, même si ce sont leurs sœurs, a-t-il dit. En plus, je dois aller écouter un exposé sur les animaux sauvages du Canada.

Et il a détalé comme un lapin.

Je me suis consolée en me disant que, si nous étions restés tous les trois en Angleterre, Tom aurait été bientôt placé en apprentissage, et je serais devenue servante. Nous serions restés séparés. Sauf qu'il n'y aurait pas eu un océan entre nous.

Vendredi 21 juin 1912

J'ai négligé mon journal. Le soir, installées dans nos couchettes, nous parlons à voix basse de nos espoirs et des familles, encore inconnues, qui vont nous accueillir. Le roulis du navire m'envoie au pays des rêves avant même que j'aie eu le temps de penser à prendre mon crayon.

Ce matin, un marin a crié que des baleines étaient en vue à tribord. Tout le monde a crié et est parti en courant pour aller voir ces énormes créatures. Elles suivaient le bateau en soufflant leurs jets d'eau. Deux garçons se sont assis à califourchon sur le bastingage pour mieux voir. Un marin les a rattrapés par le collet. Il a donné un coup de sifflet, et ils ont été envoyés en pénitence. Par la suite, nous avons appris pourquoi la règle « Interdit de grimper sur les bastingages » avait été adoptée; un orphelin de Barnardo s'était noyé lors d'une traversée précédente, emporté par une gigantesque vague.

Samedi 22 juin 1912

Demain, nous arriverons à Québec, au Canada. Hier en fin de journée, Thomas et moi avons trouvé quelques instants pour nous parler, dans le même endroit en retrait où on pouvait difficilement nous voir. Il m'a raconté que les garçons allaient être envoyés dans une maison de Barnardo à Toronto. Ils seraient ensuite répartis dans des familles habitant aussi loin que Winnipeg ou Vancouver. J'ai vu une carte affichée dans le navire. Quel immense pays! Aussi vaste qu'un océan. Les filles iront à Peterborough. Qui sait quand Thomas et moi nous nous reverrons? Une semaine ensemble seulement, après deux ans de séparation! Comment vais-je faire pour savoir où il est?

Avons-nous bien fait de partir si loin de l'Angleterre, Tom? me suis-je demandé intérieurement.

— Tu sais, Harry, papa aurait dit que la vie serait moins dure pour nous, au Canada, m'a-t-il affirmé.

Nous avons ri parce qu'il avait lu dans mes pensées, comme il le faisait avant, en répondant à mes questions avant que je les ai posées à voix haute!

Thomas a promis qu'il me retrouvera quand nous serons rendus à nos destinations. Nous nous sommes promis de profiter de l'occasion qu'on nous offrait d'avoir une vie meilleure. Nous avons fait le tour du pont une dernière fois. Les surveillants sont moins sévères aujourd'hui. Ils nous laissent tranquilles afin que nous passions ces derniers moments ensemble.

J'ai une boule dans la gorge, qui ne veut pas partir.

Mardi 25 juin 1912
Au Canada

Hier, nous avons débarqué au Canada! L'attente était très longue avant de rencontrer le docteur dans la baraque de l'immigration. La fille qui faisant la queue devant moi a été refusée. Elle avait une infection aux yeux et elle va retourner en Angleterre.

— Trachome, a murmuré le docteur à l'infirmière.

Quand mon tour est venu, je tremblais si fort qu'il a souri.

— Je n'ai pas l'habitude de manger les petites filles, a-t-il dit.

L'infirmière qui était à son côté a ri, et on m'a fait passer! Des heures plus tard, on nous a conduits à pied jusqu'à la gare, puis nous sommes montés dans le train et avons continué le voyage.

Quand nous sommes arrivés à Toronto, les garçons sont descendus. J'ai vu Thomas qui se retournait pour me saluer de la main... Encore une séparation, et celle-là était très dure. Mais nous nous sommes fait une promesse. En écrivant ces lignes, je m'efforce de ne pas pleurer.

Plus tard

Le train roule… Il fait écho à mes pensées : *Loin de chez nous, loin de chez nous…* Je regarde le paysage défiler. Le ciel est aussi bleu et aussi vaste que l'océan. Des vaches broutent paisiblement. Les maisons sont éparpillées dans la campagne. Je suis la seule à être encore éveillée. Alice et Jane dorment, main dans la main, de peur qu'on les sépare.

Mercredi 26 juin 1912
À Peterborough, en Ontario

Dès que le chef de train a annoncé « Peterborough », nous avons ramassé nos bagages et nous sommes descendues sur le quai. Des gens nous regardaient comme si nous avions été des bêtes de cirque. On nous a conduites en voiture jusqu'à Hazelbrae, la maison des orphelines du docteur Barnardo à Peterborough. C'est une belle grande maison blanche, entourée d'arbres magnifiques. On nous a emmenées devant une annexe, à l'arrière du grand bâtiment. Nous allons y dormir et y prendre nos repas. La surveillante nous a souhaité la bienvenue. Elle a dit une courte prière avant notre souper : de la soupe, du pain et du cacao.

Je suis enfin installée sur mon étroite couchette. Nous sommes serrées les unes contre les autres dans un long dortoir. Je me sens encore étourdie par notre long voyage. Mon oreiller blanc est bien moelleux. Il est temps de refermer mon journal.

Jeudi 27 juin 1912
Rue Hunter, à Peterborough

Ce matin, après un déjeuner composé de gruau, de pain et de thé, on nous a indiqué nos tâches. Je devais passer le balai dans les dortoirs. À tout bout de champ, des filles remontaient pour prendre leurs sacs, puis dévalaient les escaliers pour rejoindre en bas des étrangers qui étaient venus les chercher. Je me sentais tendue, à attendre mon tour. Ma nouvelle famille allait-elle m'aimer?

Au dîner, je me suis assise avec Alice. Je savais qu'elle devait être affreusement malheureuse. On était venu chercher sa sœur, un peu plus tôt.

« Dis à Alice que je l'aime » m'avait dit Jane en sanglotant, quand elle était montée au dortoir pour prendre ses affaires.

J'avais failli pleurer. Je savais qu'elles voulaient tant rester ensemble! J'avais serré Jane dans mes bras et je lui avais souhaité bonne chance dans sa nouvelle famille. C'était tout ce que je pouvais faire.

Alice m'a dit qu'elle époussetait dans la grande entrée, quand on était venu chercher Jane. Elle avait couru dehors pour lui dire au revoir, désespérée de ne pas savoir où s'en allait sa petite sœur. Mais nous savions que c'était le règlement : on ne disait jamais au revoir à personne. Alice a chuchoté à mon oreille qu'elle trouvait que ce n'était pas correct!

Plus tard

Alice n'a pas eu le temps de m'en dire plus. J'ai été

appelée au bureau, et on m'a présentée à Mlle Hawthorn, qui était venue me chercher. En route pour ma nouvelle maison, elle m'a expliqué qu'elle était couturière et qu'elle vivait avec sa mère qui était veuve. Et aussi, que son frère cadet s'était marié l'hiver dernier.

Le boghei s'est arrêté devant une jolie maison en briques jaunes avec un toit à pignons. Le cocher a porté ma malle jusque derrière la maison. Des roses ornaient la façade, et deux grands ormes étaient plantés de chaque côté de l'allée. Mlle Hawthorn m'a expliqué que son père avait planté ces arbres quand il était un enfant. Nous sommes entrées, et elle a ouvert la porte de sa salle de couture.

Mlle Hawthorn parle et bouge vite, comme si elle avait toujours peur d'être interrompue.

— Tu auras pour tâche de garder cette pièce absolument impeccable et de ramasser toutes les aiguilles qui traînent, m'a-t-elle précisé. Et la machine à coudre doit toujours être couverte si on ne l'utilise pas!

Ensuite, elle m'a emmenée au salon pour me présenter Mme Hawthorn. Elle se tenait comme une reine. Elle avait les cheveux blancs et des yeux bleus au regard perçant. Sa main était posée sur une élégante canne noire, et une belle bague brillait à son doigt.

— Te voilà enfin, Tabitha! a-t-elle dit. J'étais sur le point de sonner Mme Baines. Voici donc notre orpheline!

Elle m'a demandé de lui montrer mes mains, ce que j'ai fait. Ensuite, elle voulait que je lui serve un verre d'eau. J'ai versé dans un verre l'eau de la carafe couverte qui était sur la table et je le lui ai tendu en faisant bien attention de ne pas en renverser une seule goutte. Puis je lui ai fait une petite révérence.

— Je m'appelle Harriet James, madame, ai-je dit.

Elle a fait comme si elle ne m'avait pas entendue; elle s'est tournée vers sa fille et a dit :

— J'ai demandé à Mme Baines de servir le thé sur la véranda arrière dans une demi-heure.

Mlle Hawthorn m'a emmenée au grenier, tout en haut de la maison. Ma malle était là. Elle m'a dit de la défaire, puis de redescendre à la cuisine pour aider Mme Baines, qui était responsable de la cuisine et du ménage.

Une chambre à moi toute seule! Avec un toit en pente, un lit étroit couvert d'une courtepointe et une fenêtre d'où je peux voir le jardin à l'arrière. Il y a un coffre, des crochets sur le mur et une chaise à côté de mon lit. J'ai vite rangé mes affaires, puis j'ai mis un tablier propre.

Mme Baines, les mains couvertes de farine, a levé les yeux de son grand bol à mélange et m'a demandé de l'aider en lui versant un verre de lait du pichet qui se trouvait dans le garde-manger.

— Tu n'as qu'à faire ce que je te demande, et nous allons bien nous entendre, a-t-elle dit. On m'a dit que vous, les orphelines, vous étiez travaillantes. Je n'habite pas ici. Du lundi au samedi, j'arrive le matin, je prépare le déjeuner et je reste jusqu'à ce que le souper soit prêt. Mlle Hawthorn descend vers sept heures chaque matin et elle aime que le thé soit déjà fait. Trois cuillerées dans la théière, ma fille, et elle en apporte une tasse à sa mère pendant que je sers leur déjeuner à table.

Tout le monde parle si vite au Canada! J'espère que je n'oublierai rien de tout ce que j'ai à faire.

— J'ai l'habitude de me lever à six heures, madame Baines, et de faire le thé, ai-je dit.

Elle m'a répondu que ce n'était pas comme Ruby, qui avait du mal à se lever les matins d'hiver. Elle était partie la semaine dernière, après deux ans de service, pour aller rejoindre sa sœur à Toronto. Mme Hawthorn n'était pas très contente, apparemment. J'ai demandé à Mme Baines si Ruby était orpheline elle aussi, et elle m'a répondu que j'étais la première servante recrutée à l'orphelinat. Elle m'a demandé de préparer les légumes pour le souper et de mettre la table pour ces dames.

Après avoir fini de les servir, j'ai mangé mon souper à la table de la cuisine. Mme Baines m'avait laissé une grosse assiettée, bien garnie. Puis, j'ai rangé la cuisine et nettoyé le plancher. Ensuite, je me suis assurée que la salle de couture était bien propre et en ordre avant de monter me coucher. J'ai entendu le bruit de la canne de Mme Hawthorn. Elle faisait le tour de la maison et vérifiait que tout était bien rangé.

Je mange bien et j'en suis reconnaissante. J'aime travailler. Mais ce n'est pas la famille qu'on m'avait promise.

As-tu trouvé une bonne famille, Tom? Et une chambre à toi comme la mienne? Si seulement je savais où tu es rendu! Tu es peut-être à des milliers de kilomètres d'ici. J'ai du chagrin juste d'y penser. Comment feras-tu pour tenir ta promesse de me retrouver? J'espère que tu as été bien accueilli, là où tu te trouves.

Je vais refermer mon journal, sinon mes larmes vont encore barbouiller ce que j'ai écrit.

Dimanche 30 juin 1912

M. et Mme Charles Hawthorn (le fils de Mme Hawthorn) et leur petite fille Lizzie sont venus prendre le thé après la messe. Mme Baines et moi avions préparé à l'avance des tartelettes aux fraises et des scones. Elle m'avait dit que Lizzie était en fait la belle-fille de M. Charles. La mère de la petite était devenue veuve quand celle-ci avait un an.

Je venais tout juste d'apporter le thé quand Lizzie a renversé son verre de limonade. Mme Hawthorn semblait fâchée. La petite avait les lèvres qui tremblaient. Je suis vite retournée à la cuisine, je suis revenue avec une nappe et des serviettes propres et j'ai refait la table.

Mlle Tabitha m'a demandé d'emmener Lizzie au jardin. J'ai dit à Lizzie qu'elle pouvait m'appeler Harry, comme mes frères le faisaient. Nous sommes sorties et nous avons joué à cache-cache jusqu'à ce que sa mère vienne nous retrouver pour lui dire qu'il était l'heure de rentrer. J'ai toujours aimé m'occuper des enfants. Lizzie voulait rester pour jouer encore avec moi. Sa mère a souri et m'a remerciée gentiment de m'être occupée d'elle. Je me suis sentie un peu moins seule, à ces mots gentils. J'aurais tant aimé partir avec elles! J'ai entendu la petite voix de Lizzie qui demandait à sa mère pourquoi je ne pouvais pas les suivre et jouer avec elle dans leur maison.

Lundi 1ᵉʳ juillet 1912
Fête du Dominion

Aujourd'hui, c'est jour férié. Au début de l'après-midi, j'avais terminé mes tâches. Mme Hawthorn et Mlle Tabitha étaient parties au parc Victoria pour assister à un concert de la fanfare et pour partager un pique-nique avec M. Charles et sa famille.

Je me suis rendue au parc, moi aussi. Des familles étaient assises sur la pelouse, devant un kiosque blanc. Les dames se protégeaient du soleil avec de jolies ombrelles et de grands chapeaux à large bord. J'ai entendu une petite voix m'appeler :

— Harry!

Lizzie courait vers moi.

— Pourquoi tu n'es pas venue à notre pique-nique? Nous avions du poulet, du gâteau et des oranges!

Je lui ai dit qu'elle avait bien de la chance et que je n'étais jamais allée à un pique-nique.

La mère de Lizzie m'a aperçue avec sa fille.

— Lizzie vous adore, Harriet, m'a-t-elle dit.

Je me suis sentie rougir après un tel compliment. Elle se rappelait même mon nom! Elle a entraîné Lizzie vers la fontaine et elle m'a souhaité une bonne journée.

J'ai fait la révérence, je me suis retournée et j'ai aussitôt aperçu Alice qui se dirigeait vers moi. Je ne m'attendais pas à la revoir! Elle m'a raconté que la directrice l'avait gardée à Hazelbrae pour servir le personnel. Alice espère retrouver Jane, malgré le règlement. Je l'ai suppliée d'essayer de trouver où Thomas avait été envoyé.

Presque à l'aube

Un orage m'a réveillée en pleine nuit. Le vent faisait battre la fenêtre. Je me suis vite levée, j'ai refermé la fenêtre et j'ai regardé les éclairs qui faisaient des zigzags dans le ciel.

Puis je suis retournée me coucher.

Mardi 2 juillet 1912

Mme Hawthorn est restée au lit avec la migraine. Le tonnerre l'a empêchée de dormir. Elle faisait constamment sonner sa cloche. Je lui montais des plateaux, puis je redescendais.

Mlle Tabitha m'a demandé d'aller mettre de l'ordre dans le grand placard qui se trouve à côté de ma chambre, au grenier. J'avais les oreilles qui bourdonnaient, à cause de la chaleur et des mouches bleues. J'ai trié des boîtes contenant des restes de tissu, des patrons de couturière et des catalogues du magasin Eaton. Les catalogues sont magnifiques! On y présente des vêtements à la mode, tout ce qu'il faut pour la maison et des jouets. Un camion de pompiers rouge dans un catalogue de Noël m'a fait penser à Angus. Il me manque beaucoup.

Ma tâche terminée, Mlle Tabitha m'a envoyée à la bibliothèque pour rendre le livre de sa mère et en rapporter un nouveau. Ça faisait du bien de sortir. Les trottoirs avaient eu le temps de sécher après la pluie.

C'était la première fois de ma vie que je mettais les pieds dans une bibliothèque. L'homme derrière le comptoir (M. Delafosse, bibliothécaire, comme il s'est présenté), a lu le message de Mlle Tabitha. Puis il m'a dit que *Le Prisonnier de Zenda* était un roman d'aventures passionnant. Il m'a demandé si j'étais en visite et si j'aimais la lecture. Je lui ai répondu que j'étais une orpheline venue d'Angleterre, et il a dit qu'il avait le roman idéal pour moi : *Anne… la maison aux pignons verts*, de L. M. Montgomery. La fillette sur la couverture a les cheveux roux, comme les miens!

On m'a donné une carte de la bibliothèque. On m'a dit que je devais la rapporter après l'avoir fait signer par un adulte, mais que, entre-temps, le bibliothécaire me permettait d'emprunter le roman de L. M. Montgomery! Et rien à payer. Incroyable : des livres que tout le monde peut lire! Tout compte fait, c'était une très belle journée.

Plus tard

Ce soir, j'ai découvert qu'Anne est orpheline, elle aussi. Je me demande ce qui est le pire : avoir des frères que je ne reverrai peut-être jamais ou n'en voir jamais eu?

Samedi 6 juillet 1912

Je crois avoir vu Thomas aujourd'hui!

C'était jour de marché, et Mme Baines m'avait envoyée acheter des citrons. Elle m'avait avertie de ne pas traîner, car on attendait des invités, et la limonade devait être prête. Après avoir acheté les citrons, je suis certaine que j'ai aperçu Thomas à l'autre bout du grand bâtiment du marché. Mais au même moment, une dame a accroché mon bras, et ma monnaie est tombée de ma main. La pièce a roulé derrière la table et, le temps que je la retrouve, le garçon rouquin avait disparu. J'ai couru d'un bout à l'autre du marché en criant son nom. Mais il y avait beaucoup de monde et j'ai eu peur de me mettre en retard, alors j'ai couru à la maison. Mme Baines m'a quand même grondée. Puis elle m'a accablée de toutes sortes de tâches.

Je me console en me disant que ce n'était probablement pas Thomas que j'avais vu, finalement. Que ferait-il à Peterborough?

Mercredi 10 juillet 1912

Mlle Tabitha est très occupée à faire des robes pour deux mariages qui auront lieu cet été. Elles doivent être terminées pour le mois d'août. Quand je peux enfin ranger la pièce, il est souvent très tard.

Mme Hawthorn est venue me chercher dans la salle de couture tandis que je ramassais des épingles. J'ai sursauté.

— Je vous ai sonnée deux fois. Trop « occupée » à regarder des catalogues, à ce que je vois, a-t-elle dit.

Je lui ai expliqué que je venais de les ranger. Elle a demandé où était sa fille. J'ai répondu qu'elle était partie faire une petite promenade par cette belle soirée.

— Je ne vous ai pas demandé un bulletin météorologique, ma fille, m'a-t-elle dit d'un ton cassant. Apportez-moi du thé au salon quand vous aurez terminé.

J'ignore ce que j'ai fait pour tant lui déplaire. Elle surveille mes moindres gestes, toujours à attendre que je fasse quelque chose de travers.

Jeudi 11 juillet 1912

Mme Baines a dit que, demain, ces dames vont accompagner M. Charles et son épouse à l'opéra. Ils souperont en ville avant le spectacle. Je vais avoir toute la soirée pour lire! J'ai hâte de savoir ce qui va se passer, maintenant qu'Anne a teint ses cheveux!

Mme Baines pense qu'on nous annoncera bientôt une grande nouvelle. Devant mon air interrogateur, elle m'a confié que Mme Charles attendait un enfant. Ce nouveau petit-enfant va-t-il rendre Mme Hawthorn plus gentille?

Vendredi 12 juillet 1912

Pendant que ces dames déjeunaient, j'ai fini de faire les chambres. J'avais commencé à faire les fenêtres du rez-de-chaussée quand, une fois de plus, on m'a envoyée en haut, auprès de Mme Hawthorn.

— Approchez, m'a-t-elle ordonné.

Qu'est-ce que j'avais encore fait? J'avais pourtant repassé son châle à la perfection. Mme Baines l'avait remarqué d'ailleurs. Avait-elle découvert une tache dessus?

— J'avais pourtant prévenu Tabitha de ne pas engager une fille de la rue! m'a-t-elle dit en brandissant sa canne. Mon collier de perles a disparu. Vous êtes la seule personne qui peut l'avoir pris.

Je ne suis pas comme Anne Shirley. Je ne vais pas faire de faux aveux.

— Je ne suis pas une voleuse, madame, ai-je réussi à dire.

Mais ses lèvres pincées indiquaient qu'elle ne me croyait pas.

— Dites-moi où il se trouve, a-t-elle répondu. Et si vous n'êtes pas revenue à la raison d'ici demain après-midi, je serai obligée d'en avertir la police.

J'étais terrorisée. Ses yeux scrutaient mon visage, elle martelait le plancher avec sa canne, et j'avais peur qu'elle me frappe. Puis elle m'a dit de la laisser seule. Le reste de la journée a été épouvantable. Tout le monde m'évitait. Même Mme Baines fuyait mon regard. Que valait ma parole contre celle de la vieille sorcière d'en haut?

Ce soir-là, quand tout le monde a été parti pour l'opéra, j'ai pris une décision. Je ne pouvais pas rester dans une maison où on me traitait de voleuse sans aucune preuve. À quoi bon avoir à manger et un toit où dormir, quand on ne m'appelle même pas par mon nom? *Faites ceci, ma fille!* Voilà tout ce que je suis pour eux : une fille des rues. J'espérais que la surveillante de Hazelbrae allait comprendre. J'ai fait mes bagages. Le lendemain, j'allais annoncer à Mlle Tabitha que je voulais retourner à Hazelbrae.

Samedi 13 juillet 1912

Le dîner était terminé. J'avais fini d'essuyer et de ranger la vaisselle. J'avais failli casser une assiette. Mes mains tremblaient tant je craignais de me retrouver devant Mme Hawthorn. Mon tablier était encore humide quand Mme Baines m'a envoyée auprès de la vieille dame à l'étage. J'avais fait exprès de ne pas changer de tablier. Mme Hawthorn m'avait traitée de voleuse et avait monté tout le monde contre moi. Elle ne méritait pas que je la respecte.

J'ai frappé à la porte et je me suis présentée devant elle. Elle m'a demandé si j'avais quelque chose à lui dire. J'ai secoué la tête. À ce moment-là, pas un seul son n'aurait pu sortir de ma bouche

— Eh bien? Êtes-vous revenue à la raison? m'a-t-elle demandé. Il vaudrait mieux avouer que risquer la prison, ne croyez-vous pas?

Soudainement, les mots me venaient sans difficulté.

— Je suis pauvre, oui madame. Mais jamais de toute ma vie je n'ai pris quelque chose qui ne m'appartenait pas, pas même un morceau de pain! Je jure que je n'ai pas pris votre collier.

Mme Hawthorn a levé sa canne et s'est relevée si brusquement que le coussin sur lequel elle s'était appuyée a glissé. Elle s'est retournée pour le remettre en place, et j'ai vu le collier de perles qui brillait au fond du fauteuil. Mme Hawthorn est restée sans voix pendant une bonne minute. Puis elle a grommelé que le fermoir avait dû s'ouvrir quand elle avait essayé son collier. Elle m'a dit de retourner faire mon ouvrage. À la place, j'ai couru dans ma chambre et j'ai pleuré et pleuré en pensant à Thomas qui aurait dû venir me sauver. Tu me l'avais *promis*, ai-je dit en pleurant.

Samedi 13 juillet 1912

Cher Journal,

Je n'aurais jamais pensé que je pourrais un jour écrire des mots comme ceux-ci. Aujourd'hui, rien n'est plus comme hier. Tout a changé!

Hier après-midi, Mme Hawthorn a sauté dans le train pour Lindsay. Elle avait prévu depuis longtemps rendre visite à des amis. J'espère que je ne la reverrai jamais, cette méchante femme avec son regard suspicieux et ses accusations mensongères. J'étais prête à parler à Mlle Tabitha de ma décision de partir. Mais, avant d'en avoir eu l'occasion, elle m'a fait appeler.

J'ai du mal à y croire : Mlle Tabitha ne m'a pas parlé de sa mère ni du collier. Elle m'a parlé de Mme Charles qui avait demandé si Mme Hawthorn pouvait se passer de moi afin que je travaille plutôt comme aide familiale auprès de Lizzie et du nouveau-né! Elle a dit que je savais m'y prendre avec les enfants et que Lizzie ne s'était jamais attachée à personne d'autre que moi, en dehors de sa famille. Elle profiterait beaucoup de ce qu'une grande fille s'occupe d'elle. Et Mme Charles pourrait ainsi s'occuper plus facilement de son nourrisson.

Je suis restée sans voix.

Elle a continué en disant que, heureusement, Mme Baines avait une nièce qui cherchait du travail. Personne ne verrait donc d'inconvénient à mon départ. M. Charles viendrait me chercher demain, après la messe.

Je l'ai remerciée et je suis retournée à la cuisine. Je n'en croyais pas mes oreilles : la chance de ma vie!

Plus tard

Mme Baines et moi prenions une tasse de thé quand, soudain, on a frappé à la porte. Mme Baines est allée ouvrir.

— S'il vous plaît, madame, a dit une voix. Je suis venu voir ma sœur.

J'ai reconnu cette voix : c'était celle de Thomas! Je lui ai sauté au cou.

— Harry, arrête! a-t-il dit en riant. Tu m'étouffes!

Mme Baines s'est effondrée sur une chaise. Elle s'éventait avec une serviette de table.

— Des jumeaux! s'est-elle exclamée. Ils se ressemblent comme deux gouttes d'eau!

Tom nous a expliqué qu'il devait retourner au marché. On ne lui avait donné qu'une heure pour tenter de me retrouver. J'ai demandé à Mme Baines si je pouvais faire un bout de chemin avec mon frère. Elle a passé un panier à mon bras et elle m'a donné 25 cents en disant qu'elle avait besoin d'œufs, même si je savais qu'il y en avait encore six dans le garde-manger! J'avais envie de lui sauter au cou, comme avec Thomas. *Il a tenu parole*, avais-je envie de chanter et de crier sur tous les toits. *C'est bien mon frère!*

En route pour le marché, j'ai raconté à Tom toute mon histoire chez les Hawthorn et que j'étais très contente de ma nouvelle place. Il m'a dit qu'il habitait aux limites de Peterborough, à Ashburnham, et que c'était tout près. Il adore le travail à la ferme. Il aime tout faire : donner à manger aux poules, nettoyer la porcherie, traire les vaches et surtout, aller au marché le samedi. Il décharge d'abord les caissons remplis des produits de la ferme, puis il s'occupe des clients. M. Hughes, le fermier, et sa femme le traitent plutôt comme leur propre fils que comme un employé, m'a-t-il dit.

— Par quel miracle as-tu réussi à me retrouver, Tom? lui ai-je demandé.

Il m'a expliqué qu'Alice était venue lui répondre à la porte, à Hazelbrae, quand il avait demandé à me voir. Elle lui avait dit où je demeurais, et il avait couru jusqu'ici.

À la fin de toutes ses explications, nous étions rendus au marché. Dommage que nous soyons arrivés à son kiosque si vite! Nous avions encore tant de choses à nous dire.

— Je vous présente ma sœur Harriet, madame Hughes, a dit Tom.

Elle m'a serré la main et m'a souri chaleureusement. Elle a dit qu'elle était très contente que nous ayons pu nous retrouver. Si jamais je revenais un autre samedi, elle s'arrangerait pour se passer de Tom pendant un moment. Et, dans un geste d'affection, elle lui a ébouriffé la tignasse.

Mardi 16 juillet 1912
Rue George, à Peterborough

Je me sens déjà comme si j'appartenais à une vraie famille.

Lizzie ne me lâche pas d'une semelle! Mme Charles veut aller au marché pour faire la connaissance de Thomas.

J'aurai un dollar d'argent de poche par mois. Mon premier achat sera un timbre à un sou, pour pouvoir écrire à Angus. Je dois absolument lui dire que Thomas et moi avons trouvé de bonnes familles. Je vais lui dire qu'il me manque énormément et que j'espère que, lui aussi, il pourra venir un jour au Canada.

Insy doit se faire soigner loin du territoire de trappe
de son père, en raison d'une amygdalite aigüe.
Elle traversera la grande forêt boréale et arrivera
dans un monde où tout est nouveau pour elle.

RUBY SLIPPERJACK *a grandi dans la forêt boréale,
au nord du lac Supérieur. Elle passe le plus de temps
possible dans sa région d'origine, à laquelle elle donne
une place très importante dans tous ses écrits.*

Le charleston
chez les trappeurs

❧

Journal d'Insy Pimash

Nord-Ouest de l'Ontario
Février 1924

Lundi 4 février 1924

Première page de mon nouveau journal!

Maman vient de changer le cataplasme de thuya sur ma gorge. Elle m'a fait prendre une tisane pour apaiser la fièvre. J'ai une amygdalite. J'ai dû vérifier l'orthographe dans le vieux dictionnaire de maman.

J'ai très mal à la gorge. À la tête aussi. Maman vient de rentrer dans la cabane avec une grosse brassée de bois. Quand elle a ouvert la porte, l'air froid s'est engouffré à l'intérieur. Eli est dehors en train de scier du bois. Je l'entends siffler. Il siffle tout le temps quand il travaille. Nina est devant la fenêtre avec sa poupée, mais je ne vois pas exactement ce qu'elle fait d'ici. Je vais essayer de dormir un peu.

Tehteh vient de rentrer. Il était allé vérifier ses pièges. Il s'est vite dirigé vers moi et a posé sa main sur mon front.

J'ai écouté mes parents parler. Tehteh va m'emmener à l'hôpital, je crois. Eli et Nina sont dehors. Je les entends courir et rire. Ils doivent jouer avec les chiens. Maman fait griller du poisson, mais je n'ai pas faim.

J'aime le fil vert que maman a pris pour coudre ensemble les feuilles de papier de mon nouveau journal.

Mardi 5 février
À la pause de midi

Ce matin, maman m'a habillée très chaudement. Tehteh a étendu une bâche sur le traîneau, puis quelques couvertures, et il a installé un dossier à l'arrière pour que je puisse m'y appuyer. Il m'a enroulée dans les couvertures et il m'a attachée au traîneau, comme un gros paquet. Boogy et Patch étaient déjà attelés au traîneau à chiens. Ces deux-là adorent courir. Ils sont toujours excités de partir.

Il faisait encore noir quand nous sommes partis. J'ai regardé le soleil se lever tandis que nous traversions le deuxième lac. C'était beau. Le traîneau glissait bien, jusqu'à ce que nous arrivions à un long chemin en rondins. Les cahots m'ont donné encore plus mal à la gorge. Dans les parties faciles de la piste, Tehteh se tenait debout sur les patins du traîneau, derrière moi. Chaque fois que les chiens avaient à monter une pente, il sautait à côté du traîneau et il courait. S'il le fallait, il poussait le traîneau avec une perche. D'où j'étais assise, je ne pouvais pas le voir. Mais je savais qu'il déplaçait sa perche sur la droite quand il voulait que les chiens tournent à droite et qu'il sifflait une fois quand il voulait qu'ils aillent à gauche.

Nous nous sommes arrêtés à peu près à mi-chemin pour le dîner et nous avons laissé les chiens se reposer. J'étais incapable de manger. Tehteh m'a donné un peu de gruau au thé, et j'ai pu l'avaler. Il a aussi réchauffé mon cataplasme dans un poêlon!

À *la cabane du vieux Mee-shichiimin*

Nous sommes finalement arrivés dans la clairière où vit la communauté du lac Flint. Tehteh s'est arrêté devant la première cabane que nous avons rencontrée. Le vieil homme qui y habite s'occupe toujours de nos chiens quand Tehteh vient chercher des marchandises.

Au moment où j'écris ces lignes, je suis étendue sur le lit du vieil homme. Tehteh est parti au magasin général pour échanger ses fourrures contre de l'argent. Il a aussi apporté de gros quartiers de viande d'orignal pour Mee-shichiimin. Le vieil homme est en train d'en faire cuire sur son poêle à bois, tout en sifflant gaiement. Son nom, Mee-shichiimin, est le mot pour désigner une sorte de petit fruit sauvage. Je ne sais pas comment on le dit en français. Je trouve que ce nom lui va bien.

J'ai dû m'assoupir, encore une fois. Tehteh est rentré du magasin, et le repas fume sur la table. Le vieil homme est venu me porter un bol. Il avait fait du bouillon d'orignal et des petits dumplings pour moi. J'ai tout mangé. Il voulait savoir pourquoi je griffonnais dans ce carnet. Tehteh lui a expliqué que maman voulait que je mette par écrit tout ce que je verrais. Ainsi je ne prendrais pas de retard sur les leçons d'écriture qu'elle me donne tous les jours.

À *bord du train*

Tout de suite après le repas, Tehteh a changé ses mocassins pour des bottes et il m'a transportée sur son dos jusqu'à la gare. Je ne me sentais pas bien, alors je n'ai pas remarqué grand-chose. Mais je me rappelle que la salle d'attente était bondée. J'étais étendue sur un banc, le long du mur. Il y avait un poêle dans un coin, un modèle tout en hauteur. Derrière le comptoir, le préposé, un crayon coincé derrière l'oreille gauche, vendait les billets. Je me suis demandé comment le crayon pouvait tenir.

J'ai eu très peur quand le train est arrivé tant il faisait du bruit, mais je n'ai pas vu la locomotive. Quand il s'est arrêté, nous sommes sortis de la salle. Une fois à bord, nous avons trouvé deux places face à face et nous nous sommes installés. Le train est parti, le chef de train est passé, et Tehteh lui a tendu nos billets. Il était très gentil. Il a tout de suite vu que j'étais malade.

Tehteh vient de me donner de l'eau à boire. Je peux voir un poêle à l'autre bout de notre wagon. Ça sent la fumée de cigare refroidie, ici. Je suis étendue sur la banquette, et Tehteh est assis en face de moi. Des voix bourdonnent sans arrêt tout autour de nous. De temps en temps, j'entends le sifflet de la locomotive, très loin en avant. Le bruit des roues sur les rails et le roulis du train me donnent envie de dormir.

Je sens que ma fièvre a remonté. Tehteh a mis une serviette d'eau froide sur mon front. Nous avons laissé le cataplasme chez le vieil homme. Je n'ai plus que la serviette autour de mon cou.

À *l'hôpital*

Quand le train s'est arrêté à Ojibwe Hill, la nuit tombait. Une voiture nous attendait à la sortie de la gare. Le conducteur nous a emmenés à l'hôpital indien. L'automobile était grande et noire. Elle ressemblait à une boîte. Elle a filé sur la route cahoteuse, bordée de fenêtres éclairées, et nous nous sommes fait pas mal secouer. C'était encore pire que lorsque nous étions passés sur le chemin en rondins en traîneau à chiens! Ça me faisait vraiment mal à la gorge. C'était la première fois de ma vie que je montais dans une automobile. Je pense que je préfère le traîneau à chiens.

Quand nous sommes arrivés à l'hôpital, une garde-malade m'a emmenée dans une vaste salle de bain où une belle grande baignoire était en train de se remplir d'eau chaude. Elle est restée pour m'aider à me laver les cheveux avec un shampoing qui sentait bon. Elle m'a laissé une chemise de nuit, une robe de chambre et des chaussons à mettre ensuite. Elle est revenue avec un fauteuil roulant pour que je m'assoie, car la tête me tournait. Elle a peigné mes cheveux. Elle m'a dit qu'elle s'appelait Annie. Elle a poussé mon fauteuil roulant dans un couloir, jusqu'à ma chambre. Il y avait deux lits. Le premier était près de la porte. J'ai pris l'autre, d'où je pouvais regarder par la fenêtre.

En ce moment, Tehteh est assis sur une chaise, à mon chevet. Nous attendons le docteur. Tehteh a l'air très fatigué et il a les yeux rouges, mais il me sourit quand il s'aperçoit que je le regarde. Il me frotte les pieds en me disant *oshibü-igen*, c'est-à-dire : continue d'écrire. Mais je suis trop fatiguée pour continuer, alors voilà : c'est tout.

La salle d'examen

Garde Annie est revenue un peu plus tard avec le fauteuil roulant. Le docteur était prêt à me voir. Tehteh m'a poussée dans le couloir, derrière la garde. Nous n'avons pas attendu longtemps. Le docteur était jeune. Il avait le regard pétillant. Il a écouté ma poitrine avec... un truc qu'il met dans ses oreilles. Je ne sais pas comment ça s'appelle. Puis il a jeté un coup d'œil dans ma gorge et il a tout de suite su ce que j'avais. Il a dit que je ne devais ni boire ni manger et qu'on m'enlèverait les amygdales tôt demain matin. Puis Tehteh m'a ramenée dans ma chambre en poussant le fauteuil roulant.

Plus tard, garde Annie est revenue. Elle a dit à Tehteh qu'elle allait lui montrer où il pourrait dormir et manger. Il est revenu juste avant que je m'endorme. Il m'a expliqué qu'il y avait un local de rangement au sous-sol, avec des lits. Quatre autres Ojibwés y dormiraient aussi en attendant qu'un des leurs soit assez bien pour pouvoir retourner chez eux. Ils mangent dans un endroit près des cuisines, avec deux concierges qui habitent là.

Mercredi 6 février

Hier soir, Tehteh est resté à mon chevet jusqu'à ce que je sois endormie. Les infirmières sont passées de temps en temps pour voir si tout allait bien. J'entends des bruits de verres et d'assiettes dans le couloir, et je sens l'odeur de la nourriture. Il est très tôt. Dehors, le ciel commence à peine à blanchir. Tehteh est arrivé juste au moment où on amenait un lit à roulettes pour me transporter jusque dans la salle d'opération. J'avais très peur, mais il a pris ma main et m'a dit :

soongaendun, courage! Je me demande dans combien de temps la garde va venir me chercher pour m'emmener en salle d'opération.

Après l'opération

J'ai rouvert les yeux, et Tehteh était à mon chevet. J'ai beaucoup dormi aujourd'hui. Il a enlevé les cheveux qui collaient à mon front et il m'a chuchoté que j'avais été très sage. Il a aussi dit que le docteur avait enlevé mes amygdales et que, selon celui-ci, tout irait bien. Une infirmière est arrivée, ils ont poussé mon lit à roulettes jusque dans ma chambre et ils m'ont remise dans mon lit.

Quand je me suis réveillée de nouveau, Tehteh était là, occupé à regarder par la fenêtre. Il a pointé le doigt vers un plateau, au pied de mon lit. Il s'est approché, s'est assis au bord du lit et a soulevé le couvercle. C'était l'heure du dîner. On m'avait préparé un bol de bouillon, une montagne de dessert en gelée et du jus de pomme. Je n'avais plus mal à la tête, je n'avais plus la fièvre, mais j'avais encore très mal à la gorge. J'ai bu le bouillon d'un seul coup, puis j'ai pris mon temps avec la gelée. Elle était rouge, mais je n'arrivais pas à savoir si elle était à la fraise ou à la framboise. Tehteh a souri et m'a dit : *minopagon*? J'ai hoché la tête : oui, c'était très très bon!

Après avoir écrit le passage ci-dessus, je me suis endormie. Quand je me suis réveillée, Tehteh était assis sur une chaise et me tournait le dos. Il regardait par la fenêtre. D'après la lumière à l'extérieur, c'était sûrement la fin de l'après-midi. Puis il s'est retourné et m'a fait face. Je l'ai regardé, et ma bouche s'est fendue d'un grand sourire. Il m'a souri. Il avait rasé sa moustache! Il s'était même fait couper les cheveux!

J'entendais, encore une fois, les bruits de verres et de vaisselle qui se rapprochaient dans le couloir. L'odeur du repas était merveilleuse. Mais quand Tehteh a soulevé le couvercle, il y avait encore un dessert à la gelée, du jus et une grosse quantité d'un truc blanc. J'ai voulu dire quelque chose, mais Tehteh a approché la cuillère de ma bouche : *miichin*, a-t-il dit, en insistant pour que je goûte. Il a dit que c'était du pouding au riz. C'était très bon! Je l'ai tout mangé. J'ai dit à Tehteh : *ando wiisinin kaygeen*. Il est parti en me disant que, oui, il allait manger lui aussi. Il a promis qu'il reviendrait tout de suite après.

Plus tard

Garde Annie est venue dans ma chambre. Elle a approuvé de la tête en regardant mon carnet et elle m'a demandé où j'avais appris à écrire si bien. Je lui ai expliqué que maman me l'avait montré et qu'elle l'avait elle-même appris d'un couple de missionnaires protestants, à la baie James. Comme elle semblait intéressée, je lui ai raconté qu'ils s'étaient occupés d'elle quand, à l'âge de dix ans, elle avait perdu ses parents qui étaient des Cris. Puis maman avait travaillé comme bonne pour la missionnaire qui se faisait vieille. C'était elle qui lui avait appris à parler anglais, à lire et à écrire. Je lui ai même raconté que la vieille dame avait donné une caisse en bois pleine de livres en cadeau de mariage à maman. Tehteh avait dû transporter cette boîte sur plusieurs portages, en remontant le fleuve Albany jusqu'au territoire des Ojibwés où se trouve son territoire de trappe. Quand ils ont été rendus là-bas, maman a enseigné l'anglais à Tehteh, et Tehteh lui a enseigné la langue des Ojibwés.

Garde Annie m'a dit qu'elle avait bien aimé cette histoire. Puis elle m'a demandé pourquoi j'appelais mon père Tehteh. Je lui ai expliqué que c'était le mot pour dire papa. Elle m'a dit au revoir et m'a serrée dans ses bras parce qu'elle ne travaillerait pas à l'hôpital au moment de mon départ, le lendemain matin. Elle m'a même donné quelques crayons de réserve!

Plus tard, une autre garde est venue nous chercher, et nous sommes retournés dans la même salle d'examen. Le même jeune docteur est arrivé et, cette fois-ci, il m'a parlé à moi plutôt qu'à Tehteh. Il m'a dit que je pouvais retourner à la maison le lendemain matin.

Juste avant d'aller se coucher, Tehteh m'a dit qu'il avait été très occupé tout l'après-midi, pendant que je dormais. Il s'était rendu en ville, il était allé dans un grand magasin et il avait acheté un petit cadeau pour chaque membre de la famille. Il avait aussi acheté des marchandises et il avait tout emballé dans deux caisses qu'il avait laissées en consigne à la gare. On les chargerait dans le train que nous prendrions le lendemain matin.

Jeudi 7 février
Sortie de l'hôpital et dans la salle d'attente, à la gare

Une infirmière plutôt âgée est venue allumer les lumières dans ma chambre quand il faisait encore noir! J'ai cligné des yeux, puis me rappelant que je rentrais chez moi, je suis devenue tout excitée! Elle a déposé une pile de vêtements pliés au pied de mon lit, des vêtements de Blancs, pour la ville. Alors, je lui ai demandé où étaient mes vêtements. Elle a répondu que le personnel de la buanderie jetait au feu tous les vêtements que portaient les malades à leur arrivée à l'hôpital. Elle m'a dit qu'il y avait un local plein de vêtements donnés à l'hôpital, qu'ils avaient été lavés et repassés et qu'elle avait demandé de quoi habiller une fillette de douze ans. Je lui ai dit que j'avais presque treize ans. Elle m'a regardée et elle a dit que j'étais un peu petite, même pour mes douze ans.

Je n'étais pas très contente et je ne l'aimais pas beaucoup. Elle est repartie en disant que j'avais seulement quelques minutes pour m'habiller. J'ai tiré sur les longs bas, j'ai enfilé un caleçon, j'ai passé un jupon par-dessus ma tête, puis j'ai déplié une très jolie robe charleston rose, à motifs de fleurs et ornée de dentelle à l'encolure et aux manches. Je l'aimais bien. Elle était un peu grande pour moi, mais elle était vraiment très belle! Puis j'ai enfilé des bottines qui se laçaient devant. Elles étaient très inconfortables. En dernier, il y avait un manteau pour la ville, qu'on attachait sur le côté avec un gros bouton très brillant. Enfin, j'ai enfoncé le chapeau assorti sur ma tête.

Je suis sortie de la chambre. J'ai aperçu Tehteh, debout près du poste de garde, à l'autre bout du couloir. J'ai vite marché vers lui et, quand il s'est retourné pour me regarder, j'ai ralenti. Je l'ai entendu dire à une jeune garde aux cheveux courts et avec une frange, qui se penchait sur son comptoir pour me regarder : « Elle retourne chez elle en traîneau à chiens et elle habite dans une cabane de trappeur, très loin dans le Nord. Pensez-vous qu'elle va survivre, habillée comme ça? » Il lui a souri, et elle a mis sa main sur sa bouche en ricanant. Pendant que nous attendions la voiture, les infirmières ont monté le volume de la radio derrière le comptoir et se sont mises à bouger les bras et les jambes. Elles nous ont dit que c'était une danse appelée le charleston. Ça semblait très amusant! J'ai mémorisé tous les mouvements. Je vais essayer de le danser, une fois rendue à la maison.

Quand le conducteur est arrivé, la jeune garde m'a donné mon médicament : un liquide rose dans un flacon. Elle m'a dit d'en prendre une cuillerée trois fois par jour, sans faute, jusqu'à ce qu'il n'en reste plus. Elle nous a tendu deux casse-croûte dans des sacs de papier brun. Nous avons marché jusqu'à la même grosse automobile noire qui ressemblait à une boîte, sauf que, cette fois-ci, elle nous ramenait à la gare. Nous sommes passés devant la vitrine d'un restaurant, et j'ai vu des gens attablés, en train de déjeuner. J'ai tiré Tehteh par la manche et je lui ai demandé si nous pouvions y aller, mais il a fait non de la tête. Il y a beaucoup de bruit et d'agitation ici, dans la salle d'attente.

À bord du train

Quand le train est finalement arrivé, ses roues ont crissé très fort sur les rails. On aurait dit un gros monstre de métal! J'ai serré très fort la main de Tehteh parce que le train faisait trembler le quai. Beaucoup de gens sont montés, et nous avons repris des places vers l'arrière. Tehteh a fait basculer le dossier pour pouvoir être assis en face de moi.

Quand le train est reparti, le chef de train est passé pour ramasser les billets. J'étais occupée à écrire quand il s'est penché vers moi et m'a demandé comment j'allais. J'ai levé les yeux. C'était le même type qui avait été si gentil avec nous. J'ai dit que j'allais très bien maintenant et je l'ai remercié. Il a remarqué mon carnet. Il a souri et il a dit que je devais être très intelligente, si je pouvais écrire aussi bien. Puis il a fouillé dans ses poches. De la poche de sa chemise, il a ressorti un sachet de bonbons et il me l'a tendu. Je l'ai remercié et, au moment où il se retournait pour repartir, il s'est arrêté pour demander à Tehteh où j'avais appris à écrire si bien. Tehteh a simplement dit : « Sa mère. » Les gens bougeaient encore beaucoup, enlevant leurs manteaux ou allumant des cigares. Des femmes bavardaient près du poêle. Tehteh a tapoté mon siège et il a dit : *neebaan*. Je me suis donc couchée pour dormir.

Quand je me suis réveillée, Tehteh dormait profondément devant moi, avec son manteau roulé sous sa tête en guise d'oreiller. Il avait vraiment l'air différent, sans sa moustache. Il avait toujours eu une moustache.

Le train roulait à bonne vitesse, avec le même bruit régulier que faisaient ses roues sur les rails. Puis il a commencé à ralentir. Je me suis redressée et j'ai regardé par la fenêtre. Le soleil se levait au-dessus de la ligne des arbres. Je me suis souvenue de mon sac à casse-croûte. Je l'ai sorti de sous mon manteau qui était étendu sur moi. J'ai regardé dans le sac : du jus de pomme, du pouding au riz et un muffin. J'ai décidé de commencer par le délicieux pouding au riz avec quelques gorgées de jus de pomme. Ma gorge était sensible, mais elle ne me faisait plus aussi mal. Quand le train s'est arrêté, Tehteh s'est réveillé. Nous étions au beau milieu de nulle part. Je ne voyais aucune maison. Je regardais la couche de neige fraîche qui recouvrait un rocher quand un lièvre est sorti des broussailles en bondissant. Il s'est mis à grimper sur le rocher enneigé et il s'est arrêté juste devant ma fenêtre. Tehteh s'est rassis, et j'ai montrté du doigt le lièvre. Il était là, immobile, à regarder le train. Quand le train a redémarré en faisant beaucoup de bruit, le lièvre s'est retourné et il a filé dans le sous-bois. De l'autre côté du train, j'ai vu au passage un gros réservoir de je ne sais quoi. Sans doute la raison de notre arrêt.

Je vais garder le muffin pour l'heure du dîner, en route pour la maison. Tehteh dit que nous devrions arriver bientôt.

De retour à la cabane du vieil homme

Quand nous sommes descendus du train, Tehteh m'a laissée dans la salle d'attente jusqu'à ce que le train soit reparti. Puis il est revenu avec une boîte sous chaque bras, et nous avons suivi les rails jusqu'à la cabane du vieil homme. Tandis que nous approchions, Boogy et Patch nous ont reconnus. Ils sautaient au bout de leurs chaînes et glapissaient. Ils remuaient la queue si fort que tout leur dos se tortillait en même temps! J'ai couru vers eux, je les ai pris par le cou, et ils ont léché mon visage!

Tehteh était déjà à l'intérieur quand j'ai passé la porte. Le vieil homme était devant le poêle. Il s'est retourné et, en me voyant, il a levé les sourcils d'étonnement et il m'a montrée du doigt. Puis il s'est mis à rire à gorge déployée, tant et si bien que ses épaules étaient toutes secouées! Spontanément, j'ai fait un tour sur moi-même, puis je lui ai fait une belle révérence. Il s'est mis à taper dans ses mains et à rire encore plus fort, tellement que je pouvais voir le fond de sa gorge! Puis Tehteh a dit : *Tss, tss, tss, ta-gibichita-eh!* Alors, je me suis arrêtée. Tehteh avait raison : le vieil homme risquait d'en faire une crise cardiaque!

Je me suis rendue à côté du lit et j'ai enlevé le manteau et les drôles de bottes. Le vieil homme avait préparé un ragoût de lièvre avec des dumplings pour nous. Il a expliqué à Tehteh qu'il gardait l'orignal pour les longues semaines qu'il passerait sans le revoir. Je crois que Tehteh lui apporte toujours de la viande ou du poisson quand il se rend dans leur communauté pour se procurer des marchandises. Le vieil homme m'a donné un bol de bouillon de lièvre et beaucoup de dumplings. C'était délicieux! Ils sont restés à table, à discuter. Puis Tehteh est parti au magasin général pour m'acheter des vêtements chauds.

À *la pause de midi*

Quand Tehteh est revenu du magasin, il était pressé de repartir. Il voulait arriver chez nous avant la noirceur. Il m'avait rapporté un chandail de laine. Je l'ai passé par-dessus ma robe et j'ai glissé la jupe dans un pantalon en laine pour garçon, qui avait une braguette à boutons sur le devant. Pendant que Tehteh enlevait ses bottes et remettait ses mocassins, j'ai enfilé deux paires de gros bas pour garçon. Il n'avait pas pu trouver de bottes à ma pointure, au magasin. À la place, il m'avait acheté des doublures épaisses de bottes hautes pour garçon et il les avait lacées autour de mes jambes avec des mèches de lampe à l'huile qui faisaient près de deux mètres de long. On aurait dit de bons mukluks. Emmitouflée dans la bâche et les couvertures comme à l'aller, ce serait suffisant pour me tenir au chaud. En dernier, j'ai mis le gros anorak qu'il m'avait acheté. Le capuchon bordé d'une épaisse fourrure allait protéger mon visage du vent, quand nous traverserions les lacs. Finalement, j'étais prête pour le départ. Tehteh m'a donc emmitouflée, puis attachée au traîneau.

Les chiens étaient impatients de partir. Tehteh a salué le vieil homme une dernière fois, puis il a sauté sur les patins à l'arrière du traîneau, et nous sommes partis. Les chiens couraient encore à pleine vitesse quand nous sommes arrivés au premier lac. Puis nous sommes retombés sur un autre chemin en rondins. Même avec notre arrêt pour le dîner, nous étions en avance sur notre temps.

Enfin chez nous!

Nous sommes arrivés à la maison juste avant le coucher du soleil. Boogy et Patch se sont mis à aboyer avant même d'être au milieu du lac. Puis nous avons entendu aboyer les trois autres chiens restés à la cabane. J'ai vu la fumée du poêle à bois, qui sortait par la cheminée, au-dessus de notre cabane en bordure du lac. Comme c'était bon d'être revenue à la maison!

Quand Tehteh est entré, après avoir attaché les chiens à leurs niches, maman, prise par surprise, a dit :

– John! Tu es exactement comme tu étais la première fois que je t'ai vu!

– Et toi, tu es aussi belle que la première fois que je t'ai vue, a répondu papa en riant.

Eli a sifflé en les entendant se dire ces mots doux, et nous avons tous ri.

Maman a ouvert les deux boîtes que nous avions rapportées. Tehteh en a sorti une poupée avec une très jolie robe jaune et un bonnet assorti, pour Nina. Eli s'est mis à crier de joie en recevant un harmonica. Maman est restée sans voix en dépliant la splendide robe bleu royal, ornée de dentelles et de rubans. J'ai reçu quatre vrais carnets à couverture rigide et un paquet de crayons! Une fois la boîte vide, maman a demandé à papa s'il s'était offert quelque chose pour lui-même. Il a ouvert sa chemise pour faire voir ses caleçons longs, tout neufs et tout blancs!

— J'en ai pris deux paires! a-t-il ajouté.

L'autre boîte contenait de la cassonade, du sirop de maïs, du chocolat en poudre, de la mélasse et d'autres ingrédients pour faire des gâteaux et des friandises. Depuis mon lit, j'ai regardé maman, Nina et Eli qui s'extasiaient autour de la table de cuisine. Et j'ai souri.

Ce moment de bonheur familial a soudain été ponctué par les notes criardes qu'Eli faisait sortir de son harmonica! Tehteh était en train de délacer ses mocassins. Maman s'est tournée vers lui et lui a fait les gros yeux. Il s'est vite remis debout et il a entraîné Eli dehors, avec lui.

Pendant que maman préparait le souper, j'ai décidé de montrer à Nina comment danser le charleston : un coup de pied à gauche, un coup de pied à droite, tout en croisant et décroisant ses bras devant ses genoux. Soudain, j'ai entendu un « bang », puis un bruit d'eau qui se répandait : je venais de donner accidentellement un coup de pied dans le seau de toilette!

Wong Joe-on quitte la Chine et sa mère pour aller rejoindre son père, qu'il ne connaît pas, au Canada. Celui-ci ne s'est pas installé dans le quartier chinois très animé de Vancouver; il tient un petit café dans un coin perdu de la Saskatchewan. Wong Joe-on ne comprend pas pourquoi.

PAUL YEE est né en Saskatchewan. Très jeune, il a déménagé à Vancouver. Dans son enfance, il n'existait aucun livre sur les Chinois du Canada. Il a donc décidé d'en écrire.

La dure vie dans les Prairies

❧
Journal de Wong Joe-on

Tybalt, Saskatchewan
Août à octobre 1921

25 août 1921

C'est la fin de la journée, et je me félicite. Pourquoi? Parce que personne d'autre ne le fera.

Bravo, Wong Joe-on! C'est très bien! Tu as réussi à traverser en 22 jours le plus grand océan du monde et deux provinces canadiennes et demie! Oui, oncle Chung m'a accompagné, mais seulement jusqu'à Vancouver. Je n'ai pas été malade une seule fois, je ne me suis pas perdu et je n'ai eu aucun problème!

Malheureusement, les ennuis ont commencé quand je suis arrivé à Tybalt. Moi qui avais tellement hâte de rencontrer mon père! Il a été très décevant.

À la gare, Ba m'a dit sèchement : « Une seule valise? »

Pas un sourire, pas un mot de bienvenue, pas de remerciements aux dieux pour mon arrivée sans problème. Il n'avait pas envie que je vienne au Canada? Aurais-je mieux fait de rester en Chine?

En route vers le restaurant, j'ai buté sur quelque chose et je suis tombé. Je voulais faire rire Ba. Mais il a dit en grognant que c'était sa plus grosse journée de la semaine et que je devais me dépêcher. La ville était déserte et si petite qu'il ne pouvait pas avoir beaucoup de clients, j'en étais sûr.

D'une voix forte, Ba a salué sa poignée de clients qui parlaient entre eux à voix basse : des hommes grands et baraqués, aux visages burinés par le soleil, qui portaient des bottes et des pantalons poussiéreux. À ma grande surprise, Ba les avait laissés s'asseoir dans son restaurant pendant qu'il était allé me chercher. Ba n'avait aucune aide ni à la cuisine ni aux tables, pas de cuisinier ni de garçon pour les courses. Les clients ne lui volaient-ils rien? Ils ne se sont pas occupés de moi, comme si Ba ne leur avait pas dit qui j'étais. Ba avait peut-être honte de dire qu'il n'avait jamais vu son fils de 13 ans.

Le restaurant était une pauvre cabane en bois. Il ne méritait pas son nom de « café ». Les murs étaient en bois râpeux et le plancher, en planches inégales. Les tables et le comptoir étaient recouverts de toiles cirées. Pour s'asseoir, il y avait des caisses en bois et quelques vraies chaises à dossier. Ça sentait la viande brûlée et la graisse rance. En Chine, la pire des écuries est mieux meublée que ce King's Café. Jamais un roi n'y mettrait les pieds d'ailleurs!

Ba m'a dit de laver la vaisselle et de faire du petit bois. Je n'arrêtais pas de jeter des coups d'œil dans la salle, pour voir les gens, entendre parler anglais et apprendre à faire mon travail. À l'arrière, la terre s'étendait à l'infini sous un ciel immense. Au loin, il y avait des collines et quelques arbres. Pas de constructions, pas de routes, personne. Un désert sans rien d'invitant ni d'excitant.

Je suis allé laver la fenêtre de la façade. Il faisait très chaud dehors. Le soleil m'a fait cligner des yeux. De l'autre côté de la route, des hommes se tenaient autour d'une auto. Je n'arrivais pas à en détacher mes yeux. Par quel tour de magie ces machines des Occidentaux faisaient-elles pour avancer sans l'aide d'un animal ou d'un humain? Puis j'ai vu des jambes qui sortaient de sous la voiture. J'ai couru voir s'il y avait un mort. Un homme m'a repoussé avec brusquerie. Puis Ba est arrivé et m'a ramené par le cou.

Avant d'aller me coucher, j'ai tendu à Ba la lettre de maman et j'ai commencé à parler de nos digues qui s'effondraient.

Ba m'a dit, d'un ton cassant : « Est-ce que je t'ai demandé de parler? »

Ba n'a pas le droit de me traiter si rudement. J'ai traversé tout un océan et je suis venu ici pour travailler. Je devrais être traité comme un adulte!

29 août

Cet endroit est une prison. Ba me traite comme un petit enfant. Quand je vais chercher de l'eau à la pompe, je reviens à toute vitesse, avant qu'il n'ait remarqué mon absence. Quand le restaurant s'est vidé, cet après-midi, j'ai voulu aller faire le tour du patelin. Ba a dit non et qu'il faisait trop chaud dehors. Il a ajouté que les Occidentaux ne nous aimaient pas et pourraient me faire mal. Alors, j'ai relavé la fenêtre.

Pourquoi étais-je venu au Canada, si je n'avais même pas le droit de visiter?

De la poussière et des broussailles poussées par le vent passent près du restaurant à longueur de journée. Les gens marchent tête baissée, la main plaquée sur leur chapeau, à cause du vent. Des autos passent en soulevant des nuages de poussière. Des voitures à cheval laissent des monceaux de crottin qui me font penser à celui de nos buffles, en Chine. Même notre buffle a plus de chance que moi, car maman et grand-mère le traitent avec amour.

Ba salue toujours ses clients gaiement. Quelques-uns lui répondent. Ba fait la conversation. Parfois ça s'arrête. Parfois, des gens rient. Si Ba déployait un peu de gentillesse à mon endroit comme il le fait pour ses clients, je serais content. Il faut que j'apprenne l'anglais pour comprendre ce que Ba leur dit.

Ba a toujours l'air renfrogné quand il est dans la cuisine. Mais dès qu'il est dans la salle, il sourit aux clients et les accueille à bras ouverts. Et moi, je devrais faire confiance à cet homme à double face?

J'ai blagué à propos de la chaleur. Il m'a répondu d'un ton sec que c'était une région agricole (comme si je ne l'avais pas remarqué!) et que le temps chaud permettait aux céréales de sécher suffisamment dans les champs pour pouvoir ensuite être récoltées.

2 septembre

Après mon arrivée, je n'ai pas écrit pendant quelques jours, puis j'ai décidé de continuer. Seul, ce journal m'empêche de me taper la tête contre les murs.

En quittant la Chine, je croyais que je m'étais débarrassé des questions de Ma. Mais elles continuent de m'embêter comme une nuée de moustiques : « Pourquoi ton père ne revient-il pas en Chine? »

Les gens du village lui donnaient des réponses dures à entendre : il avait pris une femme aux yeux bleus; il avait fondé une autre famille là-bas; il était devenu riche et avait décidé d'oublier son passé.

Maman pleurait.

Je ne vois rien ici qui confirme ces commérages. Ba aurait plutôt de bonnes raisons de partir d'ici. Ses clients sont impolis. Quand ils veulent quelque chose, ils tapent sur la table avec leurs tasses ou font du bruit avec leurs assiettes. Hier, un type est parti sans payer. Ba ne m'a pas laissé le poursuivre. Un autre lui a lancé son dû, mais d'un coup de pied, il a renversé notre plus belle chaise.

Ba travaille plus d'heures que nos fermiers pendant les moissons. Quand il me réveille à l'aube, les pains et les tartes sont déjà au four. Il fait la cuisine, accueille les clients, va chercher de la glace et fait les provisions. Nous fermons tard. Ba ne dort que cinq heures environ.

Hier, je me suis levé très tôt. Il faisait encore frais, et je voulais sortir discrètement pour aller me promener. Ba était occupé à empiler des bouteilles sous la fenêtre de la façade, où il avait ôté un pan de mur. Le café est si minuscule que chaque centimètre carré est utilisé pour entreposer des choses. Je suis retourné dans mon lit sur la pointe des pieds. En Chine, les fermiers se reposent un peu entre les semailles et les moissons. Ba ne se repose jamais, je crois. Se rappelle-t-il seulement comment planter le riz?

La nourriture des Occidentaux est toujours fade ou trop sucrée. Les patates, les carottes et les pois sont bouillis et toujours trop cuits. La viande, toujours en gros morceaux et pas en petites bouchées, est grillée et noire comme du charbon. Les fruits sont cuits jusqu'à rendre leur eau, entre deux épaisseurs de pâte. C'est immangeable! Tant qu'à mourir de faim, j'aurais préféré rester en Chine. Pourquoi Ba ne s'est-il pas établi à Vancouver, où il y a plein de restaurants chinois? Pourquoi rester dans cet endroit perdu, n'offrant pas grand avenir?

5 septembre

J'étais en train de peler des pommes de terre avec un couteau mal aiguisé quand Ba m'a appelé. J'ai eu la surprise de me retrouver devant un homme et un jeune garçon chinois. Je pensais que Ba et moi étions les seuls Chinois, ici. Oncle Guy tient l'unique hôtel de la ville, avec salle à manger. Son fils, Sonny, a 11 ans et il n'est pas très grand. Je suis arrivé il y a 10 jours et pourtant, je ne les ai jamais vus. La preuve que je vis enfermé!

Oncle Guy a remarqué que j'étais grand et musclé et m'a complimenté à cet effet. Il m'a demandé si j'avais eu le mal de mer et si mon train était arrivé à l'heure. Ba ne m'a jamais posé autant de questions! C'était réconfortant de parler à quelqu'un qui m'écoutait. Oncle Guy a apporté des brioches encore chaudes, sa spécialité. « Sonny a besoin d'un nouvel ami », a-t-il dit.

Mais je n'ai pas besoin de ce gars-là, moi!

En Chine, mon ami et moi, nous détestions que ses petits frères nous suivent partout. Maintenant, ils me manquent. Je suis sûr qu'ils continuent de faire des bêtises tous les jours.

Ba a dit que, demain, Sonny va m'emmener à l'école. L'école? Je suis venu pour travailler, pas pour aller à l'école! Je ne suis plus un petit garçon. Ba a ri. Il a demandé si j'étais capable de faire le service aux clients, maintenant. J'ai été bien obligé de dire non. Je sais seulement dire l'alphabet et quelques nombres. Oncle Guy a dit que l'instituteur louait une chambre à son hôtel.

Ba était sur ses gardes avec oncle Guy. Pas enjoué comme il l'est avec ses clients. Plus tard, j'ai compris que Ba avait ouvert le premier restaurant de la ville. Oncle Guy était arrivé par la suite. « Je ne devrais pas être ami avec Sonny. Nous ne pouvons pas leur faire confiance », ai-je dit en pensant que Ba allait être d'accord avec moi.

Ba m'a traité d'idiot.

Si je suis un idiot, pourquoi devrais-je perdre mon temps à aller à l'école? Je déteste rester assis pendant des heures.

6 *septembre*

Je savais que l'école ne m'apporterait rien de bon. J'ai été humilié!

Comme je ne parlais pas l'anglais, j'ai dû m'asseoir avec les petits de première année. Perchés sur leurs bancs, ils ne touchaient même pas terre avec leurs pieds. Mes genoux touchaient le dessous du pupitre. J'avais l'air d'un imbécile, trop idiot pour être avec le groupe de mon âge. Sonny parle déjà l'anglais. Il était assis loin de moi. Tous les autres sont des Occidentaux.

L'instituteur est trop jeune pour avoir beaucoup d'instruction. Il a montré du doigt les pages d'un livre et il a dit des mots. J'ai répété ce qu'il avait dit. L'image montrait un chat pourchassant une souris.

Au milieu de l'avant-midi, tout le monde a couru dehors. Je pensais que la classe était finie. Sonny a dit que c'était la pause. Il m'a expliqué qu'on devait parler seulement en anglais à l'école. Quand j'ai appris que des élèves venant d'Europe ne parlaient pas l'anglais eux non plus, j'ai été rassuré.

Je suis allé aux latrines. J'ai entendu crier et rigoler. Deux grands s'amusaient à bousculer Sonny. Je suis allé le tirer de là, mais un des grands m'a attrapé par la manche. Sonny et moi lui avons dit de nous ficher la paix, mais le grand m'a poussé dans les griffes de son copain. Sonny leur a encore crié d'arrêter. Le premier a couru vers moi, tête baissée, pour me donner un coup dans le ventre. Je me suis retourné et j'ai giflé son copain à toute volée. Il a hurlé de douleur. J'ai planté un pied derrière lui et je l'ai fait tomber à la renverse.

Sonny avait les yeux tout écarquillés.

À midi, nous avons couru chez lui, à l'hôtel. Il m'a dit les noms de ces deux gars. Je n'ai pas très bien compris. C'était quelque chose comme « Choch » et « Oui-yam ». Nous nous sommes entendus pour ne rien dire de cette bagarre à nos pères. Ça ne nous amènerait que des ennuis.

Après la classe de l'après-midi, nos ennemis nous attendaient. Choch m'a attrapé par-derrière, et son copain Oui-yam a poussé Sonny dans les escaliers. Des élèves se sont mis à crier et sont venus voir de près.

J'ai réussi à me dégager à coups de coude. J'ai évité la main de Choch et je lui ai enfoncé mon coude dans le ventre. Il a eu le souffle coupé et il s'est plié en deux. Je l'ai attrapé à bras le corps, et je l'ai envoyé par terre.

Je suis rentré à la maison sans me presser. J'avais promis à mon maître de ne jamais déclencher de bagarres. J'avais tenu parole. Sonny m'a questionné à propos de mon kung fu. Je lui ai parlé des grandes brutes qui me harcelaient en Chine, comme cet homme qui disait que je n'avais pas de père parce qu'il n'avait jamais vu Ba dans les parages. Ce n'est pas moi qui avais déclenché ces bagarres-là non plus, mais je savais comment les finir.

Pendant toute la soirée, chaque fois que la porte du café s'ouvrait, j'avais peur de voir apparaître mes ennemis. Qu'allais-je faire si Ba m'interdisait de me battre?

7 septembre

Aujourd'hui, Choch n'est pas venu à l'école. Quel soulagement! Il cache peut-être ses bleus. Ou il a peur de se retrouver face à face avec moi. Je n'ai pas peur de lui. Mais nous avons commencé une bagarre qui n'est pas terminée. Choch mijote sa revanche, c'est sûr et certain. En tout cas, moi, c'est ce que je ferais si j'étais à sa place.

Plus tard dans l'après-midi, je suis sorti pour jeter l'eau de vaisselle dans la cour, à l'arrière du café. Très loin à l'horizon, un petit nuage flottait près du sol dans le ciel bleu. Quand je suis ressorti 15 minutes plus tard, le nuage était devenu très gris et 10 fois, même 15 fois plus gros en hauteur. Je n'avais jamais vu un nuage grossir aussi vite. Le gigantesque nuage plongeait dans l'ombre le paysage en dessous, et des éclairs le traversaient. Tout ce temps-là, à l'autre bout de l'horizon, le ciel était toujours bleu. J'ai couru à l'intérieur. Et si les éclairs mettaient le feu aux récoltes? C'était trop affreux pour être possible.

Quinze minutes plus tard, quand j'ai jeté un autre coup d'œil dehors, le nuage avait rétréci et s'éloignait, plus haut dans le ciel. Le ciel était redevenu presque tout bleu. Quel étrange pays... terrifiant!

8 septembre

Aujourd'hui, je ne me suis pas battu, même si on m'a provoqué. Mon maître m'aurait félicité.

Ba a servi une soupe bien chaude à un client et il est tout de suite reparti dans la cuisine. L'homme n'avait pas de cuillère, alors je lui en ai apporté une en lui adressant un sourire. Quand je me suis retourné, un objet dur a frappé ma tête. La cuillère est retombée par terre. Ba est allé en chercher une autre. Je n'avais pas apporté la bonne cuillère. Pour la soupe, il en faut une grande. Ce n'était pas un client régulier. S'il revient, je vais cracher dans son café avant de le lui servir.

9 septembre

L'instituteur a pris son souper ici. Il a commandé du rôti de bœuf.

J'étais surpris de le voir ici, parce que c'est bien mieux chez oncle Guy. Le plancher y est recouvert d'un truc qui est un peu mou sous les pieds et qui brille. Les tables sont en pierre blanche, avec de jolis pieds en fer forgé. La chemise blanche et la cravate d'oncle Guy sont propres, et son tablier est impeccable. La chemise foncée de Ba est pleine de grosses taches, et il pense que personne ne les voit.

Ba a souri à l'instituteur. Je les ai écoutés parler, mais je ne comprenais rien. Plus tard, Ba a dit que l'instituteur était quelqu'un de plutôt futé, car il mangeait un jour ici, et l'autre chez oncle Guy. Ainsi, il n'offensait personne.

Ba n'a pas crié après moi. Je suppose donc que l'instituteur n'a pas parlé à Ba de ma bagarre à l'école. Je me demandais quand Choch allait revenir à l'école, mais je n'ai pas osé faire traduire cette question à Ba.

10 septembre

Pas d'école aujourd'hui. Ba m'a demandé si j'avais des devoirs. J'ai répondu que non. Ba m'a menacé d'aller le demander lui-même à l'instituteur.

Pour la première fois, j'ai vu une femme avec des enfants, ici, au café. Les enfants du village n'entrent jamais au café de Ba. Mais ils passent souvent en coup de vent : ils ouvrent la porte, crient des insultes, puis s'enfuient en riant.

La femme avait les joues creuses et les traits tirés. Sa robe n'avait plus de forme à force d'avoir été lavée, et ses pieds flottaient dans ses chaussures. Mais les enfants étaient bien potelés, avec des visages en santé et des vêtements achetés au magasin. Les tresses des filles étaient attachées avec des rubans rouges. Avec leur frère, les filles ont mangé de la tarte aux pommes. La femme a appuyé son dos sur le dossier de sa chaise et elle a fermé les yeux. Elle était épuisée. Ba lui a servi plusieurs tasses de café. Chaque fois, elle le remerciait d'un signe de tête. Je me suis dit qu'elle était l'épouse d'un fermier. Ces femmes-là travaillent très fort.

J'ai pensé aux habitantes de Tybalt. Quand je passe, elles raidissent le dos et s'écartent de moi, comme si j'étais atteint d'une étrange maladie. Cette fermière-là m'a souri quand je suis venu desservir la table.

11 septembre

Je bous de rage. Choch a pris sa revanche aujourd'hui, mais pas contre moi. Il a attaqué Ba et notre café. Je n'ai jamais parlé à Ba de ma bagarre avec Choch, alors il croit que les dégâts sont dus au manque de respect des Occidentaux.

Choch est entré à dos de cheval dans le café! Le cheval a henni, il s'est cabré et il a donné des coups avec ses pattes avant. Il s'est cogné la tête au plafond. Ses yeux écarquillés lançaient des regards enragés. Des tables et des chaises se sont renversées. De la nourriture et des boissons se sont répandues par terre. Nos clients ont pris la fuite. D'un seul coup de sabot, il aurait pu tuer quelqu'un.

Choch, toujours à cheval, a crié des insultes à Ba et l'a pourchassé. Mais Ba, près de la fenêtre, a résisté à l'attaque. Il a crié et il a secoué son tablier devant les yeux du cheval. Plusieurs fois, Choch a foncé sur Ba en lui criant de sortir de là et de quitter le village. Mais Ba a tenu bon. J'ai couru vers lui pour l'emmener dehors afin que le cheval nous suive, mais il m'a repoussé. Quand le cheval nous a sauvagement envoyé une ruade, j'ai hurlé. Mais il était bien décidé à protéger les bouteilles qu'il avait entreposées dans le mur. J'ai soulevé une chaise et j'ai menacé Choch de la lancer, mais Ba m'a arrêté. Finalement, le cheval est ressorti au galop.

Ba l'a insulté en chinois. Je tremblais de peur et de rage. Les repas n'avaient pas été payés. Le cheval avait fendu le plancher par endroits. Imagine si un crâne humain avait ainsi été fendu... Je frissonnais juste à y penser.

12 septembre

Choch était à l'école. Il parlait très fort dans le fond de la classe. Je rassemblais mes forces pour la bagarre. À la récréation, l'instituteur a gardé Choch et Oui-yam à l'intérieur. Puis, au dîner, il nous a retenus, Sonny et moi. Il a parlé à Sonny qui m'a dit en chinois que je devais arrêter de me battre avec Choch, que je devais me considérer à égalité puisque je l'avais emporté deux fois sur lui. J'ai dit à Sonny de lui expliquer que Choch avait causé plus de dommages que moi. L'instituteur a dit que, si j'arrêtais de me battre, il ne parlerait pas à Ba de la bagarre dans la cour de l'école. Comment pouvait-il savoir que je n'avais rien dit à Ba? Sonny le lui avait-il dit? Il faut que j'apprenne l'anglais au plus vite!

À la fin de la journée, dans la cour, des élèves se sont regroupés autour de Choch et Oui-yam. Quand Sonny et moi sommes sortis, quelqu'un a crié quelque chose, et ils ont tous éclaté de rire. Par moments, mieux vaut que je ne comprenne pas l'anglais.

15 septembre

Ba me laisse enfin servir les clients. En premier, il ne voulait pas. Il disait que j'échapperais les assiettes et que les clients ne seraient pas à l'aise d'être servis par un enfant.

Maintenant il me dit où porter les commandes : la table à la fenêtre, celle près de la porte, la petite table, la table inclinée. Si c'est pour un client assis au comptoir avec d'autres, Ba m'indique lequel aller servir : les quatre yeux, le chapeau et la cravate, le chef de train, le policier. Jusqu'à maintenant, aucun signe de soldats armés comme les escouades de fiers-à-bras, armés de carabines, qui sont la plaie des marchés en Chine. Ba me dit bien clairement le nom de chaque plat. Ainsi, je peux le répéter quand j'arrive à la table où je dois le servir. J'espère que je vais bientôt pouvoir compter l'argent et faire la cuisine.

Choch vient à l'école tous les deux jours. Je ne sais jamais quand il va être là, mais je m'en fiche. Je me bats mieux que lui.

19 septembre

L'instituteur s'est aperçu que je connaissais déjà l'alphabet, en majuscules et en minuscules, car je l'ai appris en Chine. Maintenant, je dois recopier des mots en lettres attachées. Les lettres changent de forme, et c'est difficile à faire. Au moins, ça me sépare des petits de première année, et je veux apprendre vite. Ba est content quand je fais des devoirs. Il dit en chantonnant sans arrêt : *Les livres et les pages d'écriture sont remplis d'or et de jade.* Il devrait me laisser travailler tranquille.

J'avais promis à Ma de lui écrire. Mais je ne l'ai pas encore fait. Je me sens coupable, car elle va être inquiète si elle ne reçoit aucune nouvelle de moi.

22 septembre

Deux policiers sont entrés au café aujourd'hui. Nos clients les connaissaient. Ba les a accueillis avec des sourires et de bons mots, puis il a demandé deux tasses de café. Quand je suis arrivé pour les servir, un des agents m'a serré la main solennellement et m'a parlé en anglais. Ba m'a dit en chinois de sourire et de dire bonjour. Ils ont ri tous les trois puis, avec un grand sourire, Ba m'a dit d'aller vider la théière blanche dans les latrines.

J'ai trouvé cela bizarre parce que nous mangeons et nous buvons tous les restes du restaurant. Aux latrines, j'ai reniflé la théière. De l'alcool. Pourquoi en faire toute une histoire? En Chine, on sert de l'alcool dans les salons de thé.

Dans la cuisine, les agents ont inspecté les étagères et ont déplacé des pots et des sacs de nourriture. Ils ont trouvé des bouteilles fermées hermétiquement et ils ont voulu qu'on les ouvre. Ba a protesté. Ils ont insisté. Ils ont reniflé et ils ont plissé le nez. Ba les a accompagnés jusqu'à la sortie. J'ai reniflé les bouteilles : du vinaigre!

Plus tard, Ba m'a expliqué que le gouvernement veut que les Canadiens cessent de boire de l'alcool et a interdit qu'on en vende dans les commerces ou les restaurants. Mais les gens veulent avoir de l'alcool, alors des hommes d'affaires en fabriquent clandestinement. Ba ne respecte pas la loi! J'ai alors compris que Ba cache des bouteilles d'alcool dans le mur. Heureusement, les policiers ne savent pas lire le chinois, sinon ils auraient pu découvrir le secret de Ba en lisant mon journal!

Ce soir, Ba m'a confié un secret important. Il m'a traité comme un adulte.

24 septembre

Je n'arrête pas de penser à l'alcool. Quand mon instituteur boit à la bouteille ou qu'oncle Guy remplit les verres de ses clients, je me demande toujours si c'est vraiment de l'eau. Quand Ba m'a envoyé au magasin pour acheter des épices, j'ai vu des étagères remplies de bouteilles. J'ai voulu demander si la police les avait senties. Ma et grand-mère détestaient les hommes qui avaient trop bu. Moi, je me demande comment les hommes peuvent prendre plaisir à boire une chose qui a si mauvais goût.

26 septembre

Le pire moment à l'école, c'est quand on chante. Les petits gazouillent de leurs petites voix aiguës. La mienne est plus grave. Même moi, j'entends comme nous chantons mal. La lecture à voix haute, ça va mieux parce qu'il n'y a pas de notes aiguës.

Tous les jours, la classe commence par une chanson. Les plus vieux la connaissent. Nous, les nouveaux, nous devons l'apprendre à l'oreille, jour après jour. Sonny dit que, dans cette chanson, nous demandons à Dieu de veiller sur notre roi. Je croyais que le Canada avait une démocratie, pas un roi. Maintenant je comprends d'où vient le nom que Ba a choisi pour son café!

Tous les jours, j'ai hâte que la classe soit terminée. Si j'apportais ce journal en classe, je pourrais écrire beaucoup plus, mais en chinois. L'instituteur me le confisquerait.

28 septembre

J'ai enfin vu le Canada! Ce matin, nous avons terminé l'école tôt parce que l'instituteur allait aider aux récoltes. Sonny et moi avons échangé des regards complices en franchissant la grille de la cour d'école. Sans dire un mot, nous sommes sortis du village. Tant pis pour nos deux pères!

La liberté! J'étais si heureux que je m'en fichais qu'il n'y ait pas grand-chose d'intéressant à voir. Le village disparaissait au loin, derrière nous. Devant nous, la prairie s'étendait à perte de vue. Les champs de céréales étaient couleur de paille ou d'un jaune plus ocré. La terre de la route crissait sous nos pas, et des insectes voletaient partout autour de nous.

Sonny s'est mis à courir devant moi en criant, le visage tourné vers le ciel. Il a tournoyé de plus en plus vite, et il s'est écrasé par terre. Il s'est relevé en riant. J'étais trop vieux pour ce genre de jeu. Je me suis pourtant laissé entraîner par la gaieté de Sonny. Nous avons tournoyé ensemble. Nous avons couru, les bras tendus de chaque côté, comme les faucons qui planaient très haut dans le ciel. Nous avons crié comme les corneilles et comme les hiboux. Nous avons couru jusqu'à être à bout de souffle.

Une fumée noire s'élevait dans le ciel. Nous avons vu des hommes près d'un grand baril de métal qui crachait cette fumée noire. Des sacs de charbon attendaient d'être enfournés. Une longue courroie reliait le baril de métal à une machine bruyante dans laquelle des hommes jetaient des gerbes de céréales. À l'autre bout, la paille ressortait. Des machines tirées par des chevaux ratissaient les champs et coupaient les céréales tandis que des charrettes attendaient d'être chargées. Des femmes sont venues porter aux hommes quelque chose, probablement à manger. Des conducteurs nous ont salués de la main. Ils devaient être trop loin pour se rendre compte que nous étions chinois.

Sonny a pourchassé un papillon. Une voiture avançait lentement derrière nous. Je me suis rangé sur le côté de la route pour la laisser passer. Mais elle s'est arrêtée à côté de

Sonny, qui s'est mis à crier. Puis il a sauté dans la voiture. L'instant d'après, nous foncions le long des champs. Je me faisais pas mal brasser. Je me suis agrippé au siège et à la portière, tout excité de mon premier tour en auto. Sonny a vu mon grand sourire et il a donné un coup de coude au conducteur. Celui-ci a ri et m'a fait un grand sourire. Ils ont continué à rire et à bavarder, en criant pour couvrir le bruit du vent. Nous roulions si vite que j'avais l'impression de voler!

Dans les champs déjà moissonnés, il ne restait que des chicots plus ou moins alignés. Ailleurs, des hommes fauchaient avec de longues lames qui me faisaient penser à des doigts crochus. Des petits enfants ramassaient les épis ou trimballaient des seaux, allant d'une tâche à l'autre. J'aurais dû proposer mon aide à l'instituteur pour les moissons.

De retour au village, un homme à cheval a coupé notre route sans crier gare. Les pneus de notre voiture ont crissé, et notre conducteur a protesté furieusement. Le cavalier a regardé à l'intérieur de notre voiture. C'était Choch! Il nous a fait un geste de menace et il a insulté notre conducteur. Puis il est reparti au galop.

Quand nous sommes descendus de voiture, Sonny a été surpris d'apprendre que je ne savais pas que notre conducteur était celui qui faisait les livraisons d'alcool. Et là, j'ai compris qu'oncle Guy vendait de l'alcool. Pourtant, il a un établissement de classe. Sonny s'est vanté de connaître l'endroit où son père cachait l'alcool. Je lui ai dit où se trouvait la cachette de Ba.

Je pensais que Ba allait me gronder. Mais il avait la tête ailleurs. Il ne comprenait pas pourquoi le père de Choch avait ordonné à son fils de venir lui présenter ses excuses pour avoir fait entrer son cheval dans le café. Je lui ai raconté que notre conducteur avait failli heurter Choch. Ba m'a ordonné de ne plus jamais sortir sans l'en avertir.

5 octobre

Les récoltes sont finies, et Choch est revenu à l'école. Le temps des moissons a donné l'idée à notre instituteur de nous faire travailler avec nos mains. Il nous a donné de longues bandes de papier et nous a dit de les tisser pour faire une natte. Quand j'ai montré mon petit tissage à Ba, il a ricané en disant que je perdais mon temps. Je me dis que, si nous avions plus d'activités inutiles comme celle-là en classe, Ba accepterait peut-être que je n'aille pas à l'école.

8 octobre

Il ne faut jamais faire confiance à personne.

Aujourd'hui, les policiers sont venus; ils sont allés tout droit à la fenêtre de la façade et ils ont retiré le panneau du mur, dessous. Ils ont trouvé l'alcool et ont arrêté Ba. Nos clients ont pris la poudre d'escampette, même si je les ai poursuivis pour qu'ils nous paient.

Seul Sonny peut avoir éventé notre secret. J'ai couru jusqu'à l'hôtel et je l'ai attrapé par le cou. Je lui ai donné des gifles et des coups de poing. Il ne sait pas se défendre. Oncle Guy est accouru et m'a poussé de là. Je voulais le frapper lui aussi, mais il m'a tenu fermement à bout de bras. Il a fait comme s'il n'était au courant de rien. Alors je l'ai mis au défi. Sonny lui avait-il dit où Ba cachait son alcool? Oncle Guy avait-il parlé aux policiers? Oncle Guy a dit que je racontais n'importe quoi et il m'a chassé de chez lui.

Comme de raison, ils étaient coupables. Sinon, pourquoi les policiers seraient-ils allés directement à notre cachette?

J'ai remarqué que nos clients s'en allaient chez oncle Guy. Voilà pourquoi il nous avait dénoncés : pour nous voler nos clients d'aujourd'hui, le jour le plus occupé de la semaine!

J'ai fermé à clé notre porte d'entrée et j'ai réparé le mur défoncé avec des planches et des clous. J'ai rangé la viande que Ba avait fait cuire. Tout au long de la journée, des gens ont frappé à notre porte. J'ai calculé à peu près l'argent que nous perdions, et c'était entièrement ma faute.

Allait-on jeter Ba en prison? Pour des semaines, ou même des mois? Pourrais-je m'occuper tout seul du café? Comment allais-je faire pour retrouver Ba? L'instituteur pourrait sans doute m'aider, mais j'avais besoin de Sonny et d'oncle Guy comme interprètes, pour lui parler. Quel désastre! Si je retournais maintenant en Chine, je serais la risée de tout le district.

9 *octobre*

Ce matin, j'ai fait du feu, puis j'ai fait bouillir de l'eau. Il y avait du pain et de la tarte qui restaient d'hier. J'avais souvent regardé Ba préparer le déjeuner. J'ai sorti du beurre et de la confiture. Quand un client est entré, je lui ai crié un beau bonjour et je lui ai versé du café. J'ai écouté attentivement, pour savoir s'il disait « jambon » ou « bacon », puis j'ai fait cuire la viande et les œufs à la poêle, et j'ai fait griller du pain. J'ai laissé les clients me dire ce qu'ils voulaient. J'ai fait un deuxième, puis un troisième et, enfin, un quatrième déjeuner.

Quand j'ai reçu les premiers 20 cents en paiement, j'étais au septième ciel.

Au milieu de l'avant-midi, Ba est revenu. Il n'a rien dit au sujet de la police. Nous avons travaillé comme des fous pour rattraper le temps perdu. J'ai préparé le dessert en gelée. Ba a fait cuire du pain, a tranché de la viande pour le dîner et le souper, et a fait mijoter la soupe. J'ai pelé les pommes de terre, tranché les tomates et écossé les petits pois. Ba m'a dit d'un ton bourru que j'avais bien fait de servir le déjeuner.

Je me demandais comment m'y prendre pour lui dire que j'avais dit à Sonny où était sa cachette.

Finalement, les clients sont tous partis, et notre journée de travail était terminée. J'ai fait la vaisselle tandis que Ba mettait les choses en place pour le lendemain. Je lui ai parlé de ce que j'avais dit à Sonny et je lui ai conseillé de se venger en disant à la police où oncle Guy cachait son alcool.

À ma grande surprise, Ba a déclaré qu'oncle Guy ne l'avait pas trahi. J'ai dit qu'il l'avait certainement fait, sinon comment la police aurait-elle pu savoir où aller chercher? Ba a avancé le nom de Choch. Il m'avait vu dans la voiture de livraison de l'alcool. Il avait vu Ba qui protégeait le mur contre les coups de sabots du cheval. Ba a aussi mentionné que, la semaine dernière, la police avait intercepté la voiture du contrebandier et l'avait questionné. Choch et son père étaient justement au village à ce moment-là et avaient assisté à la scène. « Ne prends pas Choch pour un imbécile, a dit Ba. Il n'est pas bête du tout! »

Je me suis tu. Je n'y avais jamais pensé. C'était moi l'imbécile!

Je suis parti pour aller passer le balai, mais Ba m'a tendu

une pièce de viande et des légumes, et il m'a demandé de préparer le dîner du lendemain. Il a pris un stylo et du papier et s'est assis au comptoir.

J'avais souvent regardé Ba faire du pot-au-feu. J'ai donc fait saisir la viande dans de l'huile bien chaude, puis j'ai fait revenir des oignons et des carottes hachés. J'ai ajouté de la bonne eau, du sel, du poivre et des fines herbes. Puis j'ai laissé le tout mijoter à petit feu.

Ba n'est pas venu voir ce que je faisais. Il doit me faire confiance maintenant. Je suis prêt à parier qu'il n'avait jamais imaginé que je pouvais préparer et servir le déjeuner tout seul.

Quand il est passé à côté de moi pour se rendre aux latrines, je suis allé en catimini dans la salle, en avant.

Il s'était enfin décidé à écrire une lettre à Ma! Il lui disait que j'étais bien arrivé et qu'il se réjouissait d'avoir un fils intelligent et en santé, ce qui m'avait permis de lui donner un bon coup de main.

Pourquoi ne me le disait-il pas à moi, en personne?

Ba lui expliquait pourquoi il était resté si longtemps à l'étranger. Il avait ouvert plusieurs cafés, mais dans un village, un concurrent l'avait acculé à la faillite. Dans un autre, un incendie avait tout détruit. Il avait quitté un troisième village parce que les habitants le maltraitaient. Chaque fois, oncle Guy lui avait prêté de l'argent pour ouvrir un commerce.

Voilà donc pourquoi Ba dit qu'oncle Guy ne l'a pas trahi!

À la fin, Ba demandait à Ma de lui pardonner d'avoir été trop orgueilleux pour admettre ses erreurs.

Quand Ba est revenu par la porte arrière, j'ai vite attrapé le balai et je me suis précipité vers le trottoir pour cacher mes larmes.

Je ne comprends toujours pas très bien Ba, mais maintenant, je le respecte.

Après la Deuxième Guerre mondiale, bien des familles juives ont immigré en Amérique du Nord, dont plusieurs au Canada. Nombre de ces gens étaient abattus à force d'avoir lutté pour leur survie pendant cette guerre. Ils pleuraient encore la perte de leurs proches, morts dans les ghettos ou dans les camps de concentration. Certains tentaient de retrouver des membres de leur famille dont ils avaient perdu la trace.

LILLIAN BORAKS-NEMETZ *a elle-même survécu au ghetto de Varsovie. Elle a écrit à propos de ces années de guerre dans son roman intitulé* The Old Brown Suitcase.

Dans le silence de mon cœur

ᡣᥤ

Journal de Miriam Hartfeld

Montréal, Québec
Juin à septembre 1947

10 juin 1947, le soir

Cet après-midi, quand j'ai ouvert mon sac d'école, quelque chose de bleu en est tombé. Croyez-le ou non, c'était un petit carnet relié en cuir, avec un fermoir à clé. Sur la couverture, le mot *Journal* était inscrit en lettres dorées et dedans, les pages étaient lignées, mais sans rien d'écrit. Je ne comprends pas comment il a pu se retrouver là. Personne n'a accès à mon sac d'école, et mes parents ne se permettraient jamais d'y fouiller. Je me demande si je devrais oser écrire dedans, quitte à me le faire reprocher par la suite.

Et si on découvrait tout sur ma vie secrète? Personne ne semble très intéressé, sauf Abigail et Deborah. Je suis contente d'avoir de nouvelles amies. Abi m'aide quand je ne comprends pas quelque chose à l'école, et Deborah est un exemple à suivre. C'est une jeune Canadienne beaucoup plus mature que moi, même si nous avons le même âge.

En tout cas, j'ai décidé d'écrire à propos de mon anniversaire.

Bon anniversaire, moi!!!

Je m'appelle Miriam Hartfeld. Je suis immigrante et je viens de Varsovie, en Pologne. Je suis née le 10 juin 1934.

Je suis juive.

C'est si bon de pouvoir écrire cela, de dire mon vrai nom, après six ans à me cacher dans un village de Pologne, avec de faux papiers d'identité indiquant que je m'appelle Zosia Bielska, que je suis catholique et que mes parents sont morts quand les nazis ont attaqué la Pologne en 1939. Un tissu de mensonges, évidemment. Mais papa disait que nous devions faire ce qu'il fallait pour survivre.

Ici au Canada, nous sommes en sécurité, même si papa a dit que ce pays ne voulait pas accepter les Juifs, après la guerre. Grâce à Dieu, oncle Bronek est arrivé ici il y a bien longtemps et il a pu nous parrainer. Et nous voilà à Montréal, au Québec, et j'adore la langue française. Parfois même plus que l'anglais.

Voilà plus de six mois que maman, papa, Georges et moi sommes arrivés dans le port d'Halifax. C'était en janvier dernier. Je n'arrive pas à croire que nous sommes venus sans Katya. Mais comment faire pour retrouver une sœur qui a tout bonnement disparu pendant la guerre, même après avoir cherché partout? Elle me manque beaucoup. Elle reste ma meilleure amie, même si elle a six ans de plus que moi.

C'était affreux d'être placée en septième année et de rater tous les examens. J'étais assise dans la classe comme une idiote. Au moins, quand mon anglais s'est amélioré, j'ai commencé à avoir de meilleurs résultats en étudiant très fort.

Je dois avouer une chose.

J'ai écrit la première entrée de ce journal en polonais, puis je l'ai traduite en anglais. Ça m'a « tuée » (comme ils disent ici) de voir que la traduction permettait de remplacer les mots d'une langue à l'autre. Voir le polonais se changer en anglais et signifier la même chose m'a réconciliée un peu avec l'anglais. J'avais l'impression que les barrières se brisaient entre les deux cultures. Bien sûr, je me suis beaucoup servie du dictionnaire et d'un manuel de grammaire. L'usage des mots, dans une langue ou dans l'autre, me surprend. Par exemple, ce verbe « tuer », qui peut signifier « assassiner », mais aussi « étonner, épater ». Pourtant, « tuer » est un mot sérieux.

Mon anglais est encore très rudimentaire. Je commence à peine à faire des phrases qui tiennent debout comme mon frère Georges, il y a quelques mois.

Maman et papa sont sortis très tôt ce matin. Ils ont laissé un petit mot dans lequel ils me souhaitent un bon anniversaire. Ils ont aussi laissé un paquet. C'était un cadeau, mais des choses utiles : des petites culottes et des chaussettes. J'étais un peu déçue de ne pas avoir reçu le sac à main rouge que je voulais tant avoir pour les jours de congé. Pourtant, ils le savaient. Deborah en a un, et aussi les autres filles de l'école. Mes parents pensent qu'une fille de mon âge a seulement besoin d'avoir un porte-monnaie. Il me semble qu'à 13 ans, on est assez grande pour avoir un sac à main! Maman et papa sont si vieux jeu! En Pologne, les filles de mon âge n'ont pas la permission de porter du rouge à lèvres, et encore moins d'avoir un sac à main ou – que Dieu me garde! – des talons hauts. J'ai beau répéter à maman et papa que nous sommes en 1947 au Canada, où les filles de 13 ans sont beaucoup plus évoluées, ils ne veulent rien entendre.

Je sais que nous n'avons pas d'argent pour ce que mes parents appellent des « frivolités ». En tout cas, pas pour le moment. Papa étudie l'anglais et il a promis de se trouver un bon travail d'ici l'an prochain. On dirait que ça ne compte pas, ici, qu'il ait été médecin en Pologne. Il doit repasser tous ses examens de médecine. Entre-temps, je sais qu'il fait de son mieux en travaillant à temps partiel dans une petite clinique. Et maman travaille pour une amie dans une boutique.

Je déteste avoir à m'occuper de Georges après l'école. C'est ennuyeux! Les jours me semblent mornes, et il n'y a rien d'excitant en perspective. Mais les miracles, ça arrive, comme d'avoir trouvé ce journal.

J'aime bien pouvoir écrire dans ces pages des choses dont je ne pourrais pas parler autrement. Comme mes petites affaires personnelles... Surtout que maman et papa n'approuvent pas certaines de mes idées, comme de vouloir paraître plus vieille que mon âge. Si seulement Katya était ici!

Je pourrais m'adresser à *elle* dans ce journal! Je lui dirais tout, et je n'aurais rien à craindre, car je peux le fermer à clé. Surtout que je trouve un peu stupide d'écrire dans un cahier neuf sans que personne puisse lire ou entendre ce que j'ai à dire. Mais je ne voudrais pas que d'autres connaissent mes sentiments les plus profonds, surtout pas maman et papa. Ils ne comprendraient pas.

Je ne devrais pas tant les critiquer. Après tout, ils ont fait un souper spécial, ils ont invité Deborah et ils ont chanté *Sto*

Lat pour me souhaiter de vivre jusqu'à cent ans. Après avoir dévoré le délicieux gâteau au chocolat, je me suis mise à parler de la guerre. Papa m'a dit de me taire et de ne plus jamais aborder ce sujet. Et aussi d'oublier le polonais, la guerre, l'Holocauste et tous les souvenirs de mon pays, de redémarrer ma vie au Canada et en anglais. Puis papa et maman ont replongé le nez dans leur grammaire anglaise pendant que je jouais avec Georges. Plus tard, je me suis endormie en pleurant. Je n'ai pas oublié toutes ces choses, et je ne veux pas les oublier, ni maintenant ni plus tard. Jamais je n'oublierai! C'est une partie de mon gros secret. L'autre partie, je n'ose même pas y penser, pour le moment.

Ici, dans mon journal, je peux me rappeler tout ce que je veux, et dans la langue de mon choix.

Plus tard

Je devrais donner un nom à mon journal, comme si c'était une personne à qui je parlerais. Mais pas n'importe quel nom.

Après avoir longtemps réfléchi, j'ai décidé de lui donner le nom de Kati. C'est le surnom de ma sœur chérie. Et je lui parlerai en anglais, puisqu'il faut bien que je me décide à me mettre à cette langue difficile.

11 juin 1947

Chère Kati,

Je viens de faire un affreux cauchemar. On entendait des bruits de pas, puis des coups à la porte, et...

Non... Je ne peux pas l'écrire maintenant. C'est trop dur!

15 juin 1947

Chère Katia,

Peut-être que, si je te raconte mon rêve, j'arriverai à tout te dire jusqu'au bout.

J'entends des bruits de pas dans le couloir. On frappe à la porte. La poignée tourne, et un homme en uniforme noir, celui des SS d'Hitler, entre. Il s'approche de moi. Je ne vois que ses yeux. Les soldats qui l'accompagnent sont méchants et ils s'approchent de plus en plus près de mon visage. Je ne peux plus respirer. J'ai si peur! Je sais que le soldat en uniforme noir va me faire du mal. Je veux crier, mais aucun son ne sort de ma bouche.

La nuit du cauchemar, je me suis réveillée en sueur. Je n'arrivais même pas à écrire le début de mon rêve. Mais maintenant que je te l'ai raconté, je me sens un peu mieux.

J'ai déjà fait ce genre de cauchemars, auparavant.

Voilà pourquoi je ne peux pas oublier, Kati.

On dirait que j'ai un album d'images dans la tête. Il s'ouvre de temps en temps, et j'y vois des photos de la guerre, de soldats, de fusils, de gens qui courent... Notre pauvre grand-mère, qui a été laissée derrière, en Pologne, toute seule... Papa disant que nous ne pouvions pas l'emmener parce que nous avions obtenu seulement quatre visas... Grand-père qui se faisait battre par un soldat nazi, dans une rue du ghetto... Et je me souviens aussi de lui ensuite, couché dans son lit, très malade dans la petite chambre sombre et miteuse qui sentait l'ail et la moisissure, et ses dents jaunes qui trempaient dans un grand verre sale... Papa qui revenait à la maison, les larmes aux yeux, et qui nous annonçait que grand-père était parti; que les nazis n'avaient rien à faire de nos vieux.

Je ne me rappelle pas avoir pleuré, Kati. Quand j'y repense, je me rends compte que j'étais en état de choc. Et je le suis encore.

Dans mon album mental (voilà comment je vais l'appeler), j'ai aussi des images de toutes nos tantes, oncles et cousins morts dans les camps de concentration. Je me rappelle qu'ils ont été envoyés dans cette horrible Umschlagplatz, dans le ghetto, où ils ont été embarqués dans les wagons à bestiaux qui attendaient là, puis transportés jusque dans ce camp appelé Treblinka. Et nous n'en avons plus jamais entendu parler. Je me souviendrai toujours d'eux. Alla, qui dessinait des portraits, était la plus vieille de nos cousines. Tu te rappelles qu'elle se regardait souvent dans le miroir et qu'elle plaçait ses cheveux pendant des heures parce qu'elle voulait se faire belle pour le garçon qui l'attendait à l'autre bout du couloir? « C'est difficile, disait-elle, quand tout ce qu'on a à se mettre sur le dos, c'est une vieille robe à pois sale. » Et Irena, qui écrivait de magnifiques poèmes et qui voulait tant ressembler à sa sœur et se faire belle pour le même garçon.

Tu te rappelles nos deux cousins, l'un qui voulait devenir médecin et l'autre, inventeur? Adam avait l'habitude d'assembler des objets incongrus pour en faire de nouveaux objets tout aussi incongrus. Ils étaient si sérieux pour leur âge. Ils lisaient tout le temps. Et nos trois tantes qui, un jour, ont tout simplement disparu. Tu te rappelles comme elles étaient bonnes musiciennes et comme elles étaient belles avec leurs yeux et leurs cheveux brun foncé? Nous voilà ici, tous les quatre, plus oncle Bronek, sans tout le reste de notre grande famille.

J'ai aussi une photo de toi, Kati. Une belle jeune fille aux cheveux bruns qui ondulaient, avec de grands yeux noisette, pleins de larmes, le jour où tu as échappé au ghetto et où tu es passée de l'autre côté du mur. J'ai pleuré et pleuré, quand tu es allée vivre avec cette famille, au village. Tu n'as jamais su qu'ensuite, j'ai été envoyée dans un autre endroit et que j'ai survécu. Nous t'avions perdue, avait dit maman.

Je me sens toujours coupable quand maman me regarde avec ses yeux bleus si tristes, comme si tu aurais dû être à ma place. Dans ces moments-là, je voudrais m'enfuir en courant ou disparaître sur place et ne plus jamais revenir.

À la prochaine, ma Kati.

Je t'aime.

Miriam

30 juin 1947

Chère Kati,

Je préférerais t'écrire des lettres que je t'enverrais et auxquelles tu pourrais répondre. Mais je ne sais pas où tu es. Alors je te lirai toutes mes lettres à voix haute, en m'imaginant que, où que tu sois, tu peux m'entendre.

Depuis le jour où tu as disparu de nos vies, notre famille n'a plus jamais été la même. Maman et papa ont tant changé à cette époque-là! Évidemment, bien des vies ont été brisées par cette guerre dont je me rappelle certains moments. Par exemple, le jour où, à Varsovie, j'étais censée t'aider à faire tes bagages pour ta fuite du ghetto et que, à la place, je suis partie jouer dans la cour avec le petit voisin. Quand je suis rentrée, tu étais partie, et je ne t'ai plus jamais revue. Le petit voisin a attrapé le typhus; il est mort la semaine suivante. Puis les Allemands ont envahi notre quartier, et nous avons été envoyés au centre de déportation. Papa avait un ami qui a réussi à nous faire entrer dans l'hôpital qu'il y avait là-bas. Nous sommes ressortis par l'arrière et sommes montés dans un camion qui nous a ramenés dans le ghetto. Tandis que nous roulions dans ce camion couvert, j'ai regardé par un petit trou et j'ai vu des soldats allemands qui pointaient leurs fusils dans notre direction. Seule la bâche derrière laquelle nous étions nous séparait d'eux. Je me suis dit qu'ils pouvaient nous tuer à tout moment. Mais ils n'ont pas tiré.

Tu n'as rien su de tout ça, Kati. Tu ne sais pas non plus que j'ai fini par réussir à sortir du ghetto. J'avais très peur, car les Allemands avaient ordre de tirer sur tous les fuyards. J'ai été conduite hors du quartier par une dame catholique qui faisait ce genre de choses afin de sauver des enfants juifs. Elle a prétendu que j'étais sa nièce et elle m'a fait sortir en passant par le palais de justice. Évidemment, il fallait être blonde aux yeux verts, comme moi, et avoir de faux papiers disant que j'étais catholique. Les gens aux cheveux foncés étaient tous soupçonnés d'être juifs et devaient se cacher. En pensant à tes cheveux et à tes yeux foncés, je tremble à l'idée de ce qui a pu t'arriver dans la partie aryenne de la ville. La partie aryenne, c'est le nom qu'ils ont donné à la partie non juive de Varsovie, à l'extérieur, de l'autre côté du mur qui nous cernait, nous, les Juifs. Le pire a été de dire au revoir à maman et papa. Ce jour-là, je suis devenue une autre : une jeune catholique du nom de Zosia Bielska. Même maintenant, je ne suis pas tout à fait sûre d'être redevenue Miriam.

Je n'arrête pas de demander à maman pourquoi nous sommes partis sans savoir ce que tu étais devenue. Chaque fois, elle secoue la tête et, en pleurant, elle dit : « Nous n'avions pas le choix » ou « Je ne sais pas. » Ça me rend folle! Si j'avais pu, je ne serais jamais partie sans savoir où tu étais rendue. Un jour, Kati, quand je serai grande, je jure que je retournerai en Pologne et que je tenterai de te retrouver.

Tu peux compter sur moi.

Je t'aime.

Miriam

5 *août 1947*

Chère Kati,

Tu te demandes où j'étais passée. Je n'ai pas écrit depuis très longtemps parce qu'il s'est passé beaucoup de choses. J'étais perdue entre l'anglais et le polonais, dans un monde sans langage. Je détestais les mots anglais, avec leurs doubles et leurs triples sens, et je luttais contre eux de toutes mes forces, en m'accrochant à ma langue maternelle. Avant la fin de l'année scolaire, l'enseignante a remarqué ce tiraillement et elle m'a dit que, quand deux bêtes se battent pour une même proie, une troisième arrive et l'emporte.

Maintenant, je vis et j'écris enfin en anglais, du moins presque. Cela nous a permis de nous rapprocher beaucoup, Deborah et moi. J'ai reçu un peu d'argent pour avoir gardé Georges et j'ai pu acheter le sac à main rouge qui me faisait tant envie. Je te confie mon secret Kati : dedans, je cache un rouge à lèvres rose. Je m'en mets à l'école et je l'enlève avant de rentrer à la maison. Un jour, j'ai oublié de l'essuyer, et on m'a fait venir dans le salon pour un conseil de famille.

Je me suis assise devant eux (nos parents, les juges) pendant que, remplis de colère, ils m'interrogeaient à propos de ce rouge à lèvres. Je leur ai dit que Deborah me l'avait mis, à l'école. Entre-temps, Georges était allé dans ma chambre. Il avait pris mon sac à main et, avec le rouge à lèvres, il avait barbouillé le miroir de ma commode en gloussant de plaisir. Maman et papa se sont précipités dans ma chambre, et papa m'a frappée parce que j'avais menti. Les parents ne devraient pas terroriser leurs enfants au point de les pousser à mentir. J'avais tout simplement trop peur de leur dire la vérité. La faute à qui?

Bien entendu, ils sont extrêmement tendus, et papa est vraiment découragé, surtout ces derniers temps. Il n'a jamais frappé aucun de nous, tu es bien d'accord? Récemment, il m'a dit qu'il était désolé. Sa main tremblait quand il a touché l'endroit où il m'avait frappée.

Même si papa m'a fait des excuses, par moments je déteste nos parents. Comment puis-je pardonner papa de m'avoir frappée?

Je t'aime.

Miriam

10 août 1947

Chère Kati,

Voici l'autre partie de mon secret, en plus de mon album mental et du rouge à lèvres. J'ai rencontré un garçon durant une danse à l'école. Il s'appelle Abraham, comme le père de nos ancêtres. Le savais-tu? C'est dans l'Ancien Testament et je l'ai appris de Deborah. Son père lui a raconté plusieurs histoires, et elle connaît très bien le passé de notre peuple. Tu dois te rappeler que, pendant la guerre, nous devions cacher que nous étions juifs quand nous sortions du ghetto. Ici, la culture juive est partout : dans les restaurants de « smoked meat », dans les gros bocaux de cornichons à l'aneth et dans les pots de harengs marinés. Elle s'affiche aussi : étoile de David (roi des Juifs) peinte sur les vitrines, hommes en manteaux noirs, portant chapeaux et mèches bouclées de chaque côté du visage.

La dernière fois que j'ai vu l'étoile juive, c'était dans le ghetto, quand les adultes devaient la porter sur un brassard pour indiquer qu'ils étaient juifs. Ici, il n'y a rien de tout cela, et tous les Juifs se promènent fièrement dans la grand-rue, comme si elle leur appartenait. Et tu sais... Elle leur appartient vraiment. C'est différent ici. Les gens sont plus libres et plus pacifiques. Les seules sirènes qu'on entend sont celles des camions de pompiers. Pas pour nous avertir d'un bombardement aérien. Abraham m'a vraiment aidée à me sentir chez moi ici, même si je n'y arrive pas encore tout à fait. Et Deborah aussi. Elle m'a offert en cadeau mon premier soutien-gorge. Maman a dit que je n'en avais pas besoin. Et Abraham m'a embrassée dans le couloir, à l'école, quand personne ne regardait. Papa me tuerait s'il l'apprenait.

J'aime vraiment Abraham. Mais papa en ferait une crise s'il apprenait l'existence de ce garçon et qu'en plus, j'ai bien aimé quand il m'a embrassée.

Tiens, encore un de ces mots à plusieurs sens. Faire une crise peut signifier être très en colère, mais aussi faire une crise cardiaque ou d'épilepsie, ce qui est un grave problème de santé. Ça peut aussi vouloir dire aussi des problèmes économiques comme la Crise de 1929. Plutôt compliqué de s'y retrouver! Toujours est-il que papa en ferait une crise, dans le sens de grosse colère.

Je t'aime.
Miriam

4 septembre 1947

Chère Kati,

Je ne vois pas beaucoup nos parents. Tout ce que je fais, c'est bûcher mon anglais et mon français et garder Georges. Un vrai petit monstre! Un jour, j'ai invité Abraham à le garder avec moi et, ce jour-là, je ne sais pas pourquoi, papa est rentré plus tôt que d'habitude. Tu aurais dû voir la scène! Rien que d'y penser, je voudrais rentrer dans le plancher!

En voyant Abraham, le visage de papa est devenu vert. Il s'est précipité sur lui, le regard haineux, et lui a demandé d'un ton agressif : « Qui êtes-vous, jeune homme? » S'il avait été armé, je crois qu'il l'aurait tué.

Abraham se tenait bien droit, sans bouger. Papa lui a sauté dessus, les deux poings bien serrés, en visant sa mâchoire. Abraham a plié les genoux, et papa est allé atterrir sur la table de la salle à manger. J'ai eu envie de rire et de pleurer en même temps. D'un côté, je me disais « Bravo Abraham ». De l'autre, « Pauvre papa ». Tout en se relevant avec difficulté, il a ordonné à Abraham de prendre la porte.

Abraham m'a dit au revoir et il est sorti très calmement.

D'une poussée, papa m'a fait asseoir sur une chaise de la salle à manger et, en criant, m'a posé des tas de questions sans jamais me laisser la chance de répondre. Quand, d'une petite voix, j'ai répliqué qu'Abraham était simplement venu m'aider à garder Georges (ce qui était la pure vérité), il est redevenu tout vert et m'a giflée sur les deux joues jusqu'à m'en rendre sourde. Je voyais des étoiles devant moi, Kati. Georges s'est alors mis à hurler. Papa s'est retourné vers moi, le visage tordu comme par une extrême douleur, et il m'a dit d'un ton penaud : « Je suis désolé, Miriam. Je ne voulais pas te frapper. J'essayais simplement de te protéger. » Puis il s'est retourné vers la fenêtre.

J'ai accepté ses excuses d'un ton neutre. Mais honnêtement, je ne sais pas très bien de quoi papa voulait me protéger. En même temps, je me disais que je devais une fière chandelle à Georges. C'est vrai : c'est lui qui, en criant, à ramené papa sur Terre.

Quand maman est rentrée, elle n'a pas semblé se préoccuper de ce qui était arrivé, et je me suis sentie abandonnée. Comme tu le sais toi-même, en Pologne une fille de mon âge ne peut pas se promener au bras d'un garçon. Papa voulait me protéger. Mais ne trouves-tu pas qu'il est allé un peu trop loin, cette fois-ci?

Deborah a un petit ami. Il s'appelle Jacob, et ses parents ne semblent pas embêtés de les voir ensemble. Mais ce sont des Canadiens. Ici, les gens sont moins conservateurs. En plus, les jeunes de notre âge sortent souvent en groupe, au cinéma, ou vont à des danses surveillées par des adultes, dans leurs écoles.

Maintenant, quelque chose de beaucoup plus excitant : aujourd'hui, une mystérieuse lettre est arrivée de Pologne.

Je l'ai vue quand je suis rentrée de l'école. Elle était adressée à papa, et l'adresse de retour était celle de M. Gertner, un avocat ami de papa.

Elle était bien scellée dans une enveloppe de courrier aérien. Je n'ai pas osé l'ouvrir. J'aurais pu, comme quelqu'un me l'a expliqué, la mettre dans la vapeur d'une bouilloire bien chaude pour la décoller, mais je n'ai pas eu le cran de le faire. C'est la première lettre qui nous arrive de Pologne depuis que nous sommes partis.

Je t'aime.

Miriam

10 septembre 1947

Chère Kati,

Il est arrivé quelque chose. Hier soir, j'ai entendu maman et papa parler à voix basse, et je crois que j'ai entendu des pleurs. J'ai voulu entrer dans la cuisine, mais ils m'ont dit d'aller dans ma chambre. Papa tenait la lettre dont je t'ai parlé. Je me demande bien ce que c'est!

11 septembre 1947

Je n'arrivais pas à dormir. Ils ont parlé toute la nuit. Ce matin, maman avait les yeux rouges, et papa avait l'air très abattu. Je me demandais si c'était à cause de moi. J'avais l'impression d'avoir fait quelque chose de mal.

Aujourd'hui, l'école n'en finissait plus, et je me sentais déprimée. Même Abraham n'arrivait pas à me remonter le moral. Il m'a même acheté un cornet de crème glacée à la récréation, au petit camion blanc qui passe en jouant de la musique. Deborah m'a demandé ce qui n'allait pas. Tout ce que j'ai pu lui répondre, c'était que je ne le savais pas. J'ai beaucoup de chance d'avoir de si bons amis qui s'en font pour moi!

Dans l'après-midi, je suis retournée à la maison, impatiente de savoir ce qui se passait.

À plus tard.

Je t'aime.

Miriam

12 septembre 1947

Encore ce problème de lettre! Je me suis glissée dans la chambre de mes parents et j'ai regardé partout, mais pas moyen de la trouver. Nos parents ne me parlent plus, Kati. Ils sont devenus encore plus comme des étrangers. À cause de ça, je me rends compte que je ne les considère plus vraiment comme mes parents.

Après le ghetto de Varsovie, ils ont eu tant de mal à survivre, à s'enfuir d'une grange à l'autre, puis à se cacher dans des forêts enneigées afin d'échapper aux nazis! Évidemment, je ne les ai pas revus pendant quelques années, tout comme toi, et quand ils sont revenus et qu'ils m'ont dit que tu avais disparu, ils avaient déjà changé. Ils étaient épuisés, démoralisés et déguenillés. Je vois encore les larmes dans leurs yeux. Notre père, qui a toujours été tiré à quatre épingles, et notre mère, qui était très belle et qui portait toujours des vêtements très élégants avant la guerre (pour le peu que je me rappelle de cette époque), ces parents-là n'existaient plus. Ils semblaient effrayés et ressemblaient plutôt aux mendiants des rues les plus pauvres de Varsovie. Et ils avaient faim. La vieille dame de la maison où j'habitais ne voulait même pas me laisser les serrer dans mes bras, quand ils sont venus me voir, parce que des voisins auraient pu le remarquer et penser que j'étais leur fille. Nous ne pouvions pas prendre le risque qu'ils découvrent la vérité.

Quand j'ai vu ce qu'ils étaient devenus, j'ai eu peur de

leur poser des questions. Pourtant, il y avait tant de choses que je voulais savoir à ton sujet, Kati! Ce jour-là, et les jours et les nuits qui ont suivi, je sentais le danger tout autour de moi. La vieille dame m'a expliqué que, si on découvrait que j'étais juive, je serais exécutée.

Ici à Montréal, maman ne m'a pas dit grand-chose. Elle ne me parle que pour me dire de faire ceci ou cela. Et papa semble toujours préoccupé, avec les sourcils froncés. Si je lui parle, il ne m'écoute pas. Il ne s'adresse à moi que pour me rappeler de faire mes devoirs ou pour crier quand je fais la moindre chose qui est plus canadienne que polonaise. Pourtant, ils veulent que je devienne au plus vite une Canadienne!

J'ai souvent envie de m'enfuir. Deborah dit que je pourrais rester chez elle. Abraham dit que je devrais essayer de dire à nos parents que j'aimerais qu'ils me traitent comme ils le faisaient quand ils m'aimaient. Comment m'y prendre? J'ai l'impression qu'ils ne m'aiment plus et que je ne sers qu'à garder Georges, ce qui est une vraie plaie pour moi, car j'aimerais tant que Georges soit toi, Kati. J'essaie d'oublier toutes ces horreurs, mais cette mystérieuse lettre aiguise ma curiosité et me fait peur. Je sais que je dois la trouver, si je veux comprendre le comportement étrange de nos parents.

Je te tiens au courant.

Je t'aime.

Miriam

15 *septembre 1947*

Ma chère sœur,

J'ai trouvé la lettre et je l'ai lue. Je vais la copier ci-dessous parce que, si je ne le fais pas, je ne serai jamais capable d'accepter la vérité.

Je n'arrive pas à croire ce qui est écrit dedans. Je veux juste croire que, par je ne sais quel miracle, tu es encore en vie pour m'entendre…

Cher Jan,

J'irai droit au but.

J'ai enquêté sur la disparition de ta fille et j'ai recueilli les faits suivants.

J'ai bien peur, mon cher ami, que ta fille Katya ne soit plus parmi nous.

Après avoir été dénoncée par quelqu'un, la Gestapo est allée chez les voisins pour leur poser des questions. Elle s'est sauvée par la porte arrière et a quitté les gens qui la cachaient. Elle a couru à travers la forêt où elle a rejoint de jeunes résistants polonais. Ils l'ont enrôlée, lui ont donné un fusil et, même si elle était très jeune, elle a tiré sur l'ennemi. Après quelques attaques contre des espions nazis dans le village, ces résistants ont été trouvés et fusillés par les soldats nazis.

Ta fille est morte courageusement, en défendant non seulement le peuple polonais, mais aussi la cause des pauvres Juifs persécutés.

Je suis désolé d'être celui qui t'annonce cette terrible nouvelle. Si jamais tu reviens en Pologne, les membres de ce groupe ont été inhumés dans le cimetière du village où habitaient les gens qui ont généreusement offert de cacher Katya.

Ma chère Kati, je suis engourdie. J'ai l'impression d'avoir cessé d'exister. Quand j'ai lu la lettre, je me suis sentie envahie par une sensation affreuse, comme si un voile très épais s'abattait sur moi. J'ai du mal à imaginer ce qui t'est arrivé et comment tu as pu te sentir, ainsi menacée par l'ennemi. Mon rêve de te revoir un jour est mort, mais pas mon rêve de me souvenir de toi comme tu as été, ma sœur et mon amie que j'ai tant aimée.

Ta photo est dans mon album mental, bien accrochée dans un coin de mon cœur. À partir de maintenant, je vais toujours penser à toi. Plus que jamais, j'ai besoin de continuer de t'écrire, dans l'espoir d'entendre ton âme chuchoter dans le silence de mon cœur.

Un jour, j'écrirai à propos de toi et de moi et de nous tous, afin que le monde sache ce que les gens ont enduré et endurent encore, et afin que les enfants et les jeunes ne se retrouvent plus jamais dans la ligne de tir, entre deux pays ennemis.

Je ne peux plus écrire, ma sœur bien-aimée.

Je t'aime pour l'éternité.

Miriam

BRIAN DOYLE *a passé sa jeunesse dans la vallée de la Gatineau, à écouter son père et ses amis raconter des histoires extraordinaires à propos de la Dépression, de la Deuxième Guerre mondiale, puis de l'après-guerre, quand une attaque atomique semblait inéluctable. Brian a écrit plusieurs romans dont l'action se situe dans les environs d'Ottawa, à l'époque de son enfance.*

Brian aime les histoires qui permettent au lecteur de lire entre les lignes. « Le monde dans lequel nous vivons ne se laisse pas deviner d'un seul coup », a-t-il dit un jour. Et le fait d'arriver dans un endroit n'est pas nécessairement un acte physique. C'est parfois aussi un phénomène intérieur, beaucoup plus intime…

Le brevet d'études

❧

Journal d'un homme de plume

Ottawa, Ontario
Juillet 1948

1er juillet 1948
Bâtiment n° 14
Unité deux
Abri d'urgence d'Uplands
Hangar de l'aéroport d'Uplands
Ottawa, Ontario

Cher papa,

L'autre soir, j'ai entendu maman et Phil se disputer dans la chambre. Le réveille-matin a volé contre la porte, et ils criaient et juraient à ton sujet.

J'ai eu envie d'entrer dans la chambre avec une chaise à bout de bras, et d'en fracasser le visage de Phil. Mais je n'ai pas pu parce que j'ai peur de lui.

Puis hier, j'ai vu maman qui écrivait à la table de la cuisine. Quand elle m'a entendu arriver, elle a caché la feuille de papier sous un napperon. Puis elle a tenté de se débarrasser de moi en m'envoyant acheter du lait et des œufs au dépanneur, de l'autre côté du champ de manœuvre. Au même moment, quelqu'un est arrivé par la porte arrière. Maman était demandée au téléphone.

155

Quand elle est sortie dans le couloir pour utiliser le téléphone payant, j'ai jeté un coup d'œil à sa lettre. Elle était pour toi. Je n'ai pas pu toute la lire parce que maman est revenue très vite. Mais j'ai vu ton adresse écrite au dos d'une enveloppe et je l'ai glissée dans ma poche. Maman m'a vu faire et elle s'est mise à pleurer.

Quand elle a eu fini de pleurer, elle m'a dit de sortir l'enveloppe de ma poche et que je pouvais noter l'adresse et t'écrire une lettre.

Alors c'est ce que je fais, comme tu peux le voir.

Mais je ne sais pas quoi te dire.

Elle a dit que je devais te raconter comment j'allais et ce que je faisais.

Je vais bien.

Je ne fais pas grand-chose.

Je voulais te dire que je ne me rappelle pas très bien à quoi tu ressembles; les seules images que j'ai de toi sont celles des vieilles photos d'avant la guerre.

Quand je veux penser à ton visage, je me regarde dans le miroir. On dit que tu me ressembles. Ou que je te ressemble. Ça marche dans les deux sens.

Quand je regarde mes pieds nus, ils me font penser à ceux de maman. Quand je vais nager à la Côte-de-Sable, je regarde mes pieds nus et je pense à maman.

Quand je regarde dans le miroir et que je vois mon visage, je me dis que je pense à toi.

J'essaie de calculer depuis combien d'années…

Tu le sais probablement, mais je vais avoir 14 ans en août prochain.

Tu le sais probablement aussi, mais tu oublies toujours mon

anniversaire.

Cette lettre n'est pas très bonne.

Voilà, c'est tout!
D'habitude, mes lettres sont mieux écrites que ça.
Signé
L'homme de plume

P.-S. Je viens de penser à quelque chose : m'aimes-tu?
Signé
L'homme de plume

P.-P.-S. Je viens d'avoir une idée. Je vais t'envoyer des extraits
de mon journal personnel. Ainsi tu sauras comment je vais et ce
que je fais en cette année de grâce mil neuf cent quarante-huit
(comme dirait mon prof d'anglais).
Signé
L'homme de plume

EXTRAITS DE MON JOURNAL

Avant les vacances de Noël, mon professeur M. Ketcheson a dit que j'échouerais en anglais si je ne faisais pas plus d'efforts et que je n'étais pas plus sérieux. Et que, si je ne passais pas, je n'aurais pas mon brevet d'études; ainsi je n'irais pas au secondaire ni à l'université et je ne ferais pas une belle carrière de médecin, d'ingénieur ou de je ne sais quoi d'autre.

Il a ajouté que je serais un bon à rien pendant toute ma vie et que j'aboutirais en maison de correction (pour les délinquants) ou pire, en prison, et que mes meilleurs amis seraient des escrocs et des meurtriers sadiques et que je finirais pendu au bout d'une corde jusqu'à ce que mort s'ensuive.

Ou que je serais accusé de contrefaçon, comme c'est arrivé avec la note d'absence de Sybille Vane.

Un après-midi, Sybille ne s'est pas présentée à l'école. Elle est allée voir un film au trou à rats avec un gars qui va au secondaire et qui est une grande vedette au basket-ball. Il s'appelle Stretch « The King » King. M. Ketcheson dit que ce n'est pas bien de donner ce nom de trou à rats à un beau cinéma comme le Rialto. (Je parie qu'il n'y a jamais mis les pieds!)

Toujours est-il que Sybille ne pouvait pas demander à sa mère de lui écrire une note d'absence. Elle m'a donc demandé d'en écrire une et de la signer du nom de sa mère. Pourquoi ne l'a-t-elle pas demandé à Stretch « The King » King? Probablement parce qu'il ne sait même pas écrire son propre nom. En tout cas, c'est ce que tout le monde raconte.

Et puis, c'est la faute de mon professeur d'anglais si j'ai écrit cette note d'absence, à cause d'un discours qu'il nous sert souvent à propos de l'écriture. Voici ce qu'il nous dit, à peu près.

Vous devez écrire tous les jours. Et cela, en plus et au-delà de votre journal personnel quotidien qui, soit dit en passant, est dû pour vendredi, comme tous les vendredis sans que j'aie besoin de vous le rappeler. Mais « il me sied » de vous le dire quand même. Prenons le cas où vous avez à écrire une note à afficher sur votre porte pour avertir que vous reviendrez dans une minute. Mettez deux ou trois phrases de plus. Écrivez de longs messages à votre frère pour lui dire exactement ce que vous pensez de lui. Écrivez une page pour décrire la jeune fille que vous aimez. Laissez-la dans un endroit où elle la trouvera. Si vous êtes timide, signez-la du nom de quelqu'un d'autre. Ce n'est pas grave. L'important, c'est que vous pratiquiez l'écriture. Mieux encore, gardez ces échantillons d'écriture et classez-les. Fabriquez-vous un fichier d'écriture quotidienne. Mettez par écrit des paroles entendues. Écrivez des lettres à vos amis. Ne les postez pas. Écrivez au journal. Gardez vos lettres et classez-les dans votre fichier. Écrivez à votre oncle défunt et classez cette lettre sous « L », pour lettres ou sous « O », pour oncle.

Un vol d'outardes passe dans le ciel. Vous les entendez piailler. Vous les apercevez. Écrivez trois ou quatre phrases. À quoi ressemblent-elles? Classez la feuille sous « O », avec votre oncle.

On vous envoie chercher une prise de courant à la quincaillerie. Vous revenez avec le mauvais modèle. On vous renvoie au magasin. Vous vous sentez minable. Vous *êtes* minable! Écrivez-le. Racontez comment on se sent quand on est minable avec les prises de courant. Classez votre rédaction sous « M », pour minable.

Vous donnez à manger à des moutons à la ferme expérimentale. Les gens pensent que les moutons sont tous semblables. Ils se trompent. Chaque mouton est particulier. Vous le savez, vous. Écrivez-le. L'un a l'air de venir d'apprendre qu'il doit encore mille dollars d'impôts. Un autre semble sur le point d'éclater en sanglots. D'un autre, on dirait qu'il vient de cambrioler une station-service. D'un dernier, qu'il est ivre mort. Écrivez-le et classez-le sous « M », pour mouton. Écrivez, écrivez…

C'est un très bon discours.

Donc, c'est à cause de mon professeur d'anglais, qui n'arrête pas de nous dire d'écrire tout le temps, que j'ai écrit un mot d'excuse pour Sybille Vane. Elle m'a dit d'écrire : « Veuillez excuser l'absence de Sybille hier. Elle était malade. » Mais je trouvais que ce n'était pas suffisant. J'ai donc écrit ce qui suit :

Chère Mme Black,

Sibylle était si malade hier que sa tête et ses pieds étaient tout enflés. Elle ne ressemblait plus à un être humain. Les bandages dont j'avais enveloppé tout son corps ont lâché vers l'heure du souper, et du pus mauve s'est mis à couler. Quand le docteur est finalement arrivé et qu'il a vu Sybille, il a paniqué. Il est ressorti de notre maison en se tenant la tête à deux mains et en hurlant. Vous comprendrez que ma fille pouvait difficilement se présenter à l'école dans un état pareil.

Veuillez agréer mes meilleures salutations.

Mme S. Vane
(maman de Sibylle)

Sibylle n'avait même pas pris la peine d'ouvrir l'enveloppe et de lire la note d'absence. Elle déteste lire et écrire, même si elle a toujours de bonnes notes à l'école. Je ne sais pas comment elle fait. Elle m'a demandé de lui écrire ce mot parce que je lui avais dit en secret que j'aimais écrire, sauf quand c'était pour des devoirs. Je lui avais dit de ne le répéter à personne.

Je lui avais fait cette confidence parce que je pensais qu'après, elle me laisserait l'embrasser. Mais ça n'a pas marché. Je crois qu'elle laisse « The King » l'embrasser et probablement faire un paquet d'autres choses.

En tout cas!

Toujours est-il que Mme Black a piqué une crise. Elle a montré la note à M. Black, alias le directeur, et je suppose qu'il a téléphoné à Mme Vane. Ensuite, Sibylle la traîtresse a tout avoué, et j'ai été bon pour un tour dans le bureau. Mon chef d'accusation : contrefaçon!

M. et Mme Black m'ont gardé dans le bureau et ils m'ont cuisiné.

~

Cette Mme Black, elle peut vous faire trembler juste en vous regardant. Les élèves qui l'ont comme professeure disent tous qu'il ne faut jamais la regarder droit dans les yeux, sinon elle vous hypnotisera. À mon avis, ce n'est pas à cause de son regard, mais plutôt de ses sourcils. Elle a de gros sourcils touffus. Quand elle parle, ils montent et ils descendent. Personne ne comprend ce qui a poussé M. Black à l'épouser. Elle me fait penser à un acteur de cinéma qui fait tout le temps des rôles de gardien de prison nazi, maniaque et meurtrier. En plus, elle a les bras tout poilus. Elle a même des poils noirs sur les doigts.

M. et Mme Black m'ont dit que, avec ce genre de comportement, je n'obtiendrai jamais mon brevet d'études, que je n'irai pas au secondaire et que je ne réussirai pas dans la vie.

La contrefaçon, c'est un crime, et Mme Vane songe sérieusement à me poursuivre. Elle veut me faire arrêter et jeter dans un cachot infesté de rats en attendant d'être pendu haut et court. Que Dieu ait mon âme!

Bien sûr, M. Black a averti mon professeur d'anglais qui a menti en lui expliquant qu'il n'a jamais encouragé ses élèves à signer leurs écrits d'un nom qui n'est pas le leur. Il m'a retenu après la classe pour me mettre en garde des « graves conséquences » de ne pas obtenir mon brevet d'études et que « de façon sûre et certaine » et « sans l'ombre d'un doute », sans brevet d'études, je me dirigeais vers une vie de « débauche ». Il a affirmé tout cela « sans aucune réserve ».

~

Je crois que je vais quitter l'école et partir pour les États-Unis. Tant qu'à mener une vie de criminel, autant le faire en grand, à Gotham City ou à Chicago, plutôt qu'ici, à l'école publique Hopewell. Je pourrais devenir célèbre en cambriolant des banques et mourir d'un coup de pistolet en sortant du cinéma, après avoir vu *La Grande Évasion*, avec en vedette Humphrey Bogart et Ida Lupino. Ou encore mieux, je pourrais devenir un motard criminel et être condamné à la chaise électrique. Je préfère suer de peur sur la chaise que de m'étouffer au bout d'une corde.

Par moments, j'ai l'impression d'étouffer quand je suis assis sur mon banc d'école. Je n'aime pas du tout cette sensation et je l'affirme « sans aucune réserve ».

~

J'aime bien aller aux toilettes à l'école parce que je n'ai jamais besoin d'attendre. Il y a beaucoup de places. Pas comme chez nous : il y a presque toujours une file d'attente devant les deux toilettes, celles des hommes et celles des femmes. Il y a des bancs le long des murs, et on peut s'asseoir en attendant. Si la file est vraiment longue, j'apporte mon journal et j'écris, comme en ce moment. Il y a des gens qui ne s'assoient pas et qui marchent de long en large en se contorsionnant : ceux pour qui ça presse vraiment. Ce sont plutôt des hommes que des femmes. On dirait qu'ils ont plus de mal à se retenir. Maman dit que c'est parce que les hommes manquent de maîtrise d'eux-mêmes. Et aussi parce que leur vessie est souvent trop pleine de bière.

Maman écrit régulièrement aux « autorités » pour leur dire qu'on ne peut pas demander à huit familles de se débrouiller avec seulement deux toilettes.

Et aussi, qu'il fait toujours trop chaud dans la baraque.

Et aussi, qu'il y a des gens qui ne respectent pas l'horaire des douches. Sur le mur, à côté des cuves de lavage, une liste indique les moments où chaque unité a le droit d'utiliser la douche. Des gens raturent les noms des autres et les remplacent par les leurs. Chacun est censé pouvoir prendre une douche chaude tous les huit jours. Quand finalement votre tour arrive, en général il n'y a plus assez d'eau chaude, alors je m'en fiche un peu.

Le plus souvent, je me rends dans le local des cuves de lavage, je me mouille les cheveux, puis j'attends un peu avant de retourner dans notre unité.

Maman n'y voit que du feu!

~

Ce matin, en me rendant à l'école Hopewell (aussi appelée Hopeless, ce qui veut dire sans avenir) à bord de l'autobus d'Uplands, je me suis demandé si mes amis et moi, nous sentions mauvais.

Dans un livre de médecine de maman, j'ai lu tout sur les punaises des lits et les poux. Les gens pauvres en ont souvent. Les punaises vous sucent le sang pendant que vous dormez, la nuit. Elles laissent des petites gouttes de sang sur les draps. En séchant, ce sang prend une odeur douceâtre, comme les corps en décomposition. Comme les morts!

Le groupe d'Uplands est le premier à monter dans l'autobus. Je ne sais pas pourquoi, tout le monde s'assoit toujours à l'arrière. Nous sommes environ 20 : des adultes qui vont travailler et des écoliers.

Puis, le long du chemin au bord de la rivière Rideau, des gens chics montent dans l'autobus : les riches qui habitent dans les grandes maisons. Ils s'assoient à l'avant. Et ceux qui ne trouvent pas de place assise restent debout, à l'avant, même s'il y a des places libres au centre de l'autobus.

Il y a toujours un grand vide entre les gens du fond et ceux du devant.

Parfois, je m'assois exprès vers l'avant pour voir ce qui va se passer. Jamais personne ne vient s'asseoir à côté de moi.

Je n'ai pas l'impression de sentir mauvais, mais je me trompe peut-être.

~

Il y a quelques semaines, j'étais assis à l'arrêt d'autobus, et mon pied a buté sur quelque chose, sous le banc.

C'était un livre, oublié par quelqu'un : *Le portrait de Dorian Gray*, d'Oscar Wilde. Je l'ai feuilleté pour me faire une idée de ce que ça racontait et, soudain, je suis tombé sur un nom qui a tout de suite capté mon attention.

Sibylle Vane! C'était le nom du personnage féminin

principal. Son nom revenait très souvent dans le livre. Puis je suis tombé sur un passage où elle était morte, victime de suicide ou de meurtre. Je ne suis pas arrivé à savoir lequel des deux. C'était une actrice, une femme très belle. Elle était la petite amie de Dorian Gray. Et elle était morte par sa faute. Ou parce qu'il l'avait tuée.

Au début du livre, on donnait un résumé. Il comprenait des mots comme « débauche », « corruption », « péché », « femmes de mauvaise vie », « lieux de perdition », « torture », « opium », « sadisme » et « meurtre ».

Pauvre Sibylle Vane! Héroïne d'un livre cochon!

Alors voilà. Dorian Gray est un très bel homme, très élégant. Il fait faire son portrait par un artiste peintre. Il installe le tableau dans son grenier, puis il mène une vie de corruption et de débauche, mais sans que rien n'y paraisse sur son visage. Il reste toujours jeune et beau. Mais tu ne devineras jamais! Par contre, le visage du portrait au grenier devient de plus en plus laid et horrible à voir.

Dorian Gray me fait penser à Phil.

Phil est très beau garçon. Mais à l'intérieur, il est laid. Quand il se fâche, son visage se tord, comme celui de Dorian, dans le portrait. Quand il est ivre et qu'il hurle ou raconte une de ses blagues stupides qui le font rire comme une hyène, sa moustache et son nez bougent.

Dans nos baraquements, il n'y a pas de grenier, alors je ne peux pas prouver que Phil garde un portrait de lui je ne sais où. Mais je parie que oui. Et je parie que son visage s'enlaidit très rapidement.

Phil vend des autos neuves. Des Buick. Il se promène toujours en Buick, et tout le monde sait qu'elles ne lui appartiennent pas. L'été dernier, j'ai vu une femme monter dans sa Buick neuve, et ils sont partis en riant.

Je m'inquiète pour maman.

Je devrais peut-être lui raconter l'histoire de Dorian Gray.

J'allais oublier : j'ai cherché dans toutes les pages du livre et je n'ai pas trouvé un seul passage cochon. Peut-être que je ne sais pas lire comme il faut?

Qu'y a-t-il de juteux, de corrompu et de débauché dans cette histoire? Rien de rien, et pourtant j'ai bien cherché!

Et qu'est-ce que Dorian a fait de si affreux à Sibylle?

Je me demande si Stretch « The King » King a lu *Le Portrait de Dorian Gray*.

Probablement pas. D'après moi, il ne sait même pas lire son propre nom. C'est ce que tout le monde dit, en tout cas.

~

Mon professeur de métallurgie, Flux Fasken, se trouve très drôle. Nous devions fabriquer une pelle à sucre avec de la tôle. Il faut dessiner la forme sur une feuille de tôle et la découper avec des cisailles. Puis avec des pinces, il faut plier la tôle pour former le creux de la pelle. On fabrique le manche à part, puis on soude les deux parties ensemble. Flux Fasken a jeté un coup d'œil à ma pelle à sucre, et il s'est mis à rire. Son ventre tressautait, et son visage est devenu tout rouge. Puis il s'est plié en deux; il étouffait de rire. Finalement, il a dû s'appuyer à l'armoire où il range ses fers à souder, sinon il se serait écrasé par terre.

Pour vérifier si une pelle à sucre est bien faite, on la remplit d'eau. Si elle ne fuit pas, c'est bon.

Le professeur a pris ma pelle, l'a mise sous le robinet et l'a remplie d'eau.

Elle fuyait de partout.

— Regardons la chose du bon côté, a dit Flux. Tu peux rapporter ta pelle à la maison et la donner à ta mère pour arroser ses plantes!

Très drôle, Flux.

~

Si ça continue, je ne l'aurai jamais, mon brevet d'études.

~

Mon deuxième meilleur ami, Poupou Prud'homme, a dessiné ses fesses et il a écrit dessus le nom de Mary Jane Ballantyne. Il lui a montré son dessin, et elle s'est mise à hurler. Elle a tout raconté au professeur. Il a attrapé Poupou et l'a accusé d'obscénité. Poupou lui a expliqué que c'était de l'art moderne et, maintenant, il est expulsé de l'école pour deux semaines.

Je n'ai pas l'impression qu'il va prendre la peine de revenir. L'école, ce n'est plus pour lui. Peut-être pas pour moi non plus.

~

Notre professeur d'anglais veut que nous lui montrions nos journaux intimes. Mais je ne peux pas lui montrer ce que j'ai écrit dans ces pages. Je vais donc être obligé d'en écrire un faux, mais je ne sais pas quoi dire dedans. Bof! Je vais tout inventer et dire que tout est formidable.

~

Notre voisin de l'unité un a donné un coup dans son mur, et son poing s'est retrouvé chez nous. Maman a accroché un portrait de Winston Churchill pour cacher le trou.

~

En ce moment, mes amis sont Richie, Dinny, Jamie, Mickey et Lucky. Maman n'aime aucun des cinq. Je suis aussi ami avec Bonnie et Connie. Maman les aime encore moins.

Tout le monde prétend que Connie est ma petite amie. Jamais de la vie! L'autre jour, elle attendait devant le bureau du directeur de l'école, M. Black. Quand il est sorti pour aller se chercher une tasse de thé, comme il le fait tout le temps, Connie s'est pliée en deux et a fait un gros pet sous son nez.

Qui voudrait avoir une petite amie comme ça?

~

Maman trouve que ce serait bien si j'apprenais à jouer de la clarinette. Elle a dit : « La musique adoucit les morses. » J'ai dit à mon professeur d'anglais que ma mère pensait que j'étais un morse féroce et je lui ai répété ce qu'elle avait dit sur la musique. Il a dit qu'elle s'était trompée : il faut dire « adoucit les mœurs », et non « les morses ».

Maman a loué une clarinette et elle m'a inscrit à des leçons. Dans l'autobus, en revenant à la maison après ma première leçon, un des gars plus âgés a attrapé ma clarinette et l'a lancée par la fenêtre, en pleine tempête de neige. Il a dit qu'il avait fait ça parce qu'il détestait la musique. Maintenant, je ne pourrai jamais devenir le roi du swing, comme Benny Goodman. C'est mon professeur de musique qui a dit ça. Je devrais ranger cette remarque sous la lettre « S », comme sarcastique.

~

Papa,

Dans cette lettre, je dois te dire quelque chose à mon sujet. T'expliquer à quoi je ressemble parfois.

Parfois, je me sens étourdi et un peu malade, et je me mets à suer à grosses gouttes. J'ai du mal à respirer. Et je ne comprends pas ce que les gens me disent. J'ai mal au ventre comme si j'avais

peur de quelque chose, mais je ne sais pas de quoi. La semaine
dernière, j'ai manqué deux ou trois jours d'école à cause de ça.

— Oh! L'homme de plume, qu'est-ce que je vais faire de toi?
a dit maman.

Tu vois, maman ne sait pas quoi faire avec moi. Je la
comprends. Moi-même je ne le sais pas. Le saurais-tu, toi?

Je veux dire, que faire de moi? Je me le demande.

Il doit bien y avoir quelqu'un qui le sait!

En tout cas, voici un autre extrait de mon journal.

~

Jusqu'à maintenant, ma meilleure note de huitième année
est en planche à pain. En menuiserie, nous avons fabriqué
une planche à pain. On colle ensemble des lamelles de bois
de couleurs différentes, puis on laisse sécher toute une nuit
avec des serre-joints. Le lendemain, on enlève les bavures de
colle séchée et on retire les serre-joints. On a un carré. On
trace un cercle sur le carré et, avec une scie à ruban, on
découpe sur la ligne en faisant attention de ne pas se couper
les pouces. On a une rondelle en bois qu'on dépose sur le tour
à bois, à côté du prof. La machine fait tourner le bois à une
vitesse à donner le vertige. On presse alors un ciseau à bois
contre la tranche et on regarde les copeaux revoler. (Ne pas
oublier de mettre les lunettes de sécurité.)

Puis on ponce la planche à pain parfaitement ronde et,
quand le bois est bien doux, on l'enduit de gomme-laque.

J'ai eu un « D moins ». Ma meilleure note.

J'ai rapporté ma planche à la maison, et nous l'utilisons
déjà. Elle semble bien fonctionner : le pain se tranche comme
il faut.

~

Hier soir, Phil était soûl et il hurlait. Maman criait et, soudain, elle a saisi ma planche à pain à deux mains et elle a frappé Phil sur la tête.

La planche est retombée par terre, en trois morceaux.

Faut croire que j'ai eu « D moins » parce qu'elle était mal collée!

J'étais déçu. Peut-être que, si elle avait été bien collée, elle aurait mieux assommé Phil, puis nous l'aurions traîné dehors jusqu'au chemin et nous aurions attendu qu'un camion l'écrase en passant.

~

Le propriétaire de la pharmacie Coulter, à côté de l'école Hopeless, nous a conduits, Richie et moi, au bureau de M. Black avec des tablettes de chocolat. Il a dit que nous les avions volées. Comme punition, je devais m'asseoir à une grande table dans la bibliothèque de l'école et lire *David Copperfield* de Charles Dickens.

Pendant deux jours!

Je ne comprenais pas un mot, dans ce *David Copperfield* de Charles Dickens. Non, attends! J'ai compris la première phrase : « Je suis né. » Tout le monde peut comprendre ça. Et alors? Tout le monde sait qu'il doit être né, sinon il ne pourrait pas écrire ce truc.

Le deuxième jour, j'ai apporté mon livre de Dorian Gray. Je l'ai glissé à l'intérieur du Dickens et j'ai encore cherché des passages qui parleraient de débauche.

Je me suis fait pincer par le bibliothécaire, et il m'a hurlé d'aller voir le directeur. M. Black a doublé ma punition et m'a « confisqué » mon livre de Dorian Gray. Il a dit que je le récupérerais quand je quitterais enfin son école pour de bon et que ce jour serait un jour béni pour lui.

~

Presque un jour sur deux, mon ami Dinny se bat avec quelqu'un dans la cour, durant la récréation. Dinny cherche tout le temps la bagarre et il ne perd jamais. Il m'a dit qu'il ne s'arrêterait pas tant qu'il n'aurait pas donné une volée à tous les gars de huitième année. Il va probablement y arriver.

Dinny aime s'en prendre aux gars qui sont bien habillés : jolis vestons, belles chemises et bonnes bottes. Il aime faire couler leur sang sur leurs vêtements.

Il les frappe d'abord sur une pommette, pour que leur joue saigne. Puis il recule et choisit un autre endroit sur leur visage.

Je suis content d'être l'ami de Dinny et pas un des gars bien habillés de sa liste.

Hier, le massacre a été interrompu par Mme Black. Elle a emmené Dinny et quelques-uns de ses admirateurs dans la salle d'interrogatoire de son mari.

Puis nous avons vu Dinny se faire renvoyer de l'école pour de bon. Pas de brevet d'études pour Dinny!

Pendant le sermon sur le brevet d'études, Mme Black me regardait méchamment.

— Vous êtes un élément que nous n'apprécions pas, m'a-t-elle dit, avec ses sourcils qui bougeaient dans tous les sens.

Un élément.

Je suis allé vérifier le mot « élément » dans le gros dictionnaire, à la bibliothèque. Celui qui est très gros, avec plein de pages, sur le lutrin. J'aime bien ce gros livre. Il y avait presque toute une page sous l'entrée « élément ».

Il y avait plusieurs sens différents. Celui que je préfère :

« Une des quatre substances, soit la terre, l'air, le feu et l'eau, dont on croyait anciennement que tous les corps étaient composés. »

Je crois que je suis du feu.

~

À midi, Bonnie est au coin de la rue avec des élèves du secondaire. L'un d'eux a une demi-bouteille de whisky canadien. Bonnie fait l'imbécile : elle ouvre la bouche pour qu'on voie la bouchée de sandwich qu'elle est en train de mastiquer. Je renifle le whisky dans la bouteille. Ça sent comme Phil.

~

La fin de semaine dernière, Jamie et moi, nous avons dévalisé un camion de boulanger : des tartes, des beignes, des gâteaux, des biscuits au gingembre. Nous avons tout transporté jusque dans la baraque abandonnée, la n° 666. Jamie a eu l'idée de poser une affiche et d'ouvrir un magasin : BOULANGERIE – PAS CHER

Notre premier client était un gros policier.

Nous sommes allés chez nous, et j'ai présenté le policier à maman. Il lui a dit que Jamie avait essayé de lui vendre un beigne dans la voiture de la police.

~

Lucky s'est fait mettre au défi en classe de sciences. Au défi de boire un truc. Il l'a bu.

L'ambulance est venue le chercher.

~

L'école est finie.

J'ai eu mon bulletin : *Admis conditionnellement.* Ils ont dit que conditionnellement signifiait que j'avais à peine la note de passage et que si je ne faisais pas mieux au début de la neuvième année, ils me renverraient en huitième. Ils ont dit que maman recevrait une lettre lui disant que j'avais mon brevet d'études, mais conditionnellement.

Donc je l'ai, mais je ne l'ai pas vraiment.

~

Il y a une toile d'araignée au plafond. Je la vois tous les soirs en me couchant. Chaque fois, je me dis que demain, je vais aller chercher le balai et l'enlever de là. Je ne veux pas qu'une araignée me tombe sur le visage pendant que je dors.

Mais je l'oublie tout le temps.

Et chaque soir, elle est encore là.

Et chaque soir, je me dis que demain, je vais aller chercher le balai et l'enlever de là.

Et chaque matin, j'oublie.

~

J'ai tout un paquet de cochonneries de l'école. Un bulletin, avec des F sauf en anglais et en travail manuel. Des cahiers d'exercices (avec rien d'écrit dedans), des cahiers de notes (avec presque rien), la chanson de l'école, un nécessaire à géométrie (brisé), *Le Portrait de Dorian Gray* d'Oscar Wilde, des cahiers de brouillon, un chandail, ma pelle à sucre bonne à arroser les plantes, des messages de Connie, une carte de la Saint-Valentin avec des lèvres dessinées dessus, des contrôles ratés, des listes de jours d'absence, des rondelles à renforcer les feuilles à trois trous, deux crayons, des cartes géographiques, un tableau horaire pour planifier les moments réservés aux études (rien d'écrit là non plus), un écusson en souvenir de l'école publique Hopeless, une photo de Sibylle Vane posant devant une auto avec « The King »…

J'ai manqué l'autobus.

Bonnie s'en vient.

Nous décidons de faire de l'autostop.

Bonnie m'offre une bouffée de sa cigarette.

Une auto s'arrête pour la prendre tout de suite après qu'elle s'est mis une beurrée de rouge à lèvres.

Ils ne veulent pas de moi dans la voiture.

Je décide de marcher.

Au milieu du pont Billings, je décide de m'arrêter et de regarder l'eau qui coule en bas, avec des trucs qui flottent.

La rivière Rideau se jette dans la rivière Outaouais. L'Outaouais descend vers Montréal et tourne à gauche en se jetant dans le fleuve Saint-Laurent. Au bout du fleuve, on peut tourner à droite et descendre tout l'Atlantique et encore à droite pour remonter le Pacifique jusqu'en Australie ou ailleurs, si on veut.

~

Je dois me rendre à pied jusque chez moi. Je ne vais pas transporter toutes mes cochonneries jusque-là. Ça fait plus de six kilomètres.

Je les jette du haut du pont Billings, dans la rivière Rideau, et je les regarde flotter et partir lentement, doucement, à la dérive.

Toutes ces cochonneries de l'école qui partent au fil de l'eau, toujours plus loin de moi.

Qui vont se rendre très loin d'ici.

FIN DES EXTRAITS DE MON JOURNAL

P.-P.-P.-S.
Voilà
Ça devrait aller comme ça.
Signé
L'homme de plume

P.-P.-P.-P.-S.
Comme tu peux le voir, papa, je vais bien.
Et je ne fais pas grand-chose.
Signé
L'homme de plume

P.-P.-P.-P.-P.-S.
Essaie de ne pas oublier mon anniversaire cette fois-ci.
Signé
L'homme de plume

P.-P.-P.-P.-P.-P.-S.
À la prochaine et à ton retour.
Signé
L'homme de plume

P.-P.-P.-P.-P.-P.-P.-S.
Je l'espère.
Signé
L'homme de plume

Solomon et sa famille sont des Noirs libres. Un jour,
Solomon échappe de justesse à des chasseurs d'esclaves.
Sa famille décide alors de fuir la Virginie et de se rendre
au Canada-Ouest. Mais le racisme les suit jusque là-bas.
Il se manifeste le jour où Solomon se fait expulser de
son école simplement parce qu'il n'est pas un Blanc.

AFUA COOPER est historienne et poétesse.
Elle a fait une thèse sur les communautés noires
en Ontario au XIXe siècle.

Avoir la chance de m'instruire

✦

Lettres de Solomon Washington

Village de Charlotteville, Canada-Ouest
Février 1853 à août 1854

15 février 1853
À Julius Solomon
Charlottesville
Comté de Norfolk
Virginie
États-Unis d'Amérique

Cher cousin Julius,

J'ai reçu ta lettre et j'ai eu beaucoup de plaisir à la lire. Quand je pense que tu vas fréquenter un collège pour les gens de couleur dans la capitale nationale! Nous sommes tous très fiers de toi et nous pensons que tu es appelé à faire de grandes choses dans la vie. Ta lettre m'a vraiment réconforté et, crois-moi Julius, j'en avais grand besoin. Mes nouvelles sont à l'opposé des tiennes : j'ai été expulsé de mon école! Expulsé par un certain M. Philip Glasgow, membre du conseil d'administration de l'école, qui est venu dans sa voiture et qui, en présence de tous mes camarades de classe, m'a ordonné de ramasser mes affaires et de quitter l'école immédiatement. Ne comprenant pas, je lui ai demandé pourquoi.

— Pourquoi? a-t-il crié. Parce que la civilisation anglo-saxonne ne se laissera pas bafouer par la barbarie africaine!

Julius, ce sont exactement ses mots. Je ne comprenais rien à ce qu'il me disait. Mais il me regardait d'un œil si mauvais que j'ai ramassé mon sac, et j'ai quitté la salle. Quelques élèves m'ont hué et d'autres ont ricané.

— Voilà ce qu'on récolte quand on se bagarre avec ses camarades de classe, m'a lancé mon professeur au moment où je passais la porte.

J'ai alors compris pourquoi on m'expulsait. Je suis rentré à pied chez moi, à la ferme. Une marche de 2,5 km.

Je t'explique cette histoire de bagarre. Hier, je me suis battu avec quatre élèves dans la cour de l'école. Depuis le début de l'année scolaire, je suis harcelé par ces brutes. En faisant référence à la couleur de ma peau, ils m'ont traité des pires noms. Je suis certain que tu sais très bien de quels noms il s'agit. Ils ont commencé à me frapper à coups de poing. L'un d'eux a cassé une branche dans un arbre et s'est mis à me frapper. Je me suis défendu, évidemment. J'ai utilisé les techniques de lutte que mon père m'a enseignées. Autrement dit, je les ai tous battus à plate couture.

Puis notre professeur est arrivé et s'est mis à crier après moi. Il a dit qu'il avait observé la bagarre depuis le portique de l'école et qu'il avait vu que j'étais l'agresseur. Les quatre gars étaient d'accord avec lui. Je lui ai demandé de me dire pourquoi et comment j'aurais pu attaquer quatre garçons. Et aussi s'il avait entendu les méchancetés qu'ils m'avaient dites. Il m'a dit de cesser de poser des questions. Et il a continué en disant que j'étais mal élevé et impertinent. Puis il m'a dit de rentrer chez moi et de ne plus remettre les pieds à l'école à moins d'être accompagné de mon père.

En arrivant à la maison, il a fallu que j'explique à mes parents ce qui était arrivé, car ils ont bien vu que je saignais. Je leur ai dit que je ne pouvais pas retourner à l'école, sauf accompagné de papa. Ma mère a nettoyé mes blessures et a fait de son mieux avec ses remèdes maison. Je me sentais seul, triste et humilié. Papa était en colère. Il voulait sortir en pleine nuit pour se rendre chez le professeur et exiger des explications pour mes blessures et mon expulsion. Mais maman avait peur que le professeur appelle la police et que papa se fasse arrêter. Nous avons donc attendu jusqu'au lendemain matin.

Ce matin, nous sommes arrivés très tôt à l'école. Les quatre gars, leurs pères et le membre du conseil d'administration, M. Glasgow, étaient déjà là. Notre professeur a envoyé les autres élèves jouer dehors et il a présidé notre réunion. J'ai raconté ma version des faits et que, pendant des mois, j'avais été la cible de leurs insultes racistes. Les quatre gars ont simplement dit que, chaque fois que je les rencontrais, je les regardais d'un œil méchant. Leurs pères ont dit qu'ils songeaient à entamer des poursuites contre moi pour avoir battu leurs fils. Aucun d'entre eux n'a reconnu que leur fils m'avait attaqué. Je crois qu'ils étaient gênés du fait qu'à moi seul, j'avais réussi à les maîtriser tous les quatre.

Mais le professeur prenait le parti des garçons. Mon père était fâché de tant d'injustice. Il a dit qu'il payait la taxe scolaire et que, par conséquent, j'avais le droit d'aller à l'école et que je devrais pouvoir étudier sans avoir peur.

La réunion s'est terminée là-dessus, Julius. Papa est parti, ainsi que le membre du conseil d'administration et les quatre autres pères. Puis, le professeur m'a dit que je pouvais m'asseoir au fond de la classe. Peu après, M. Glasgow est revenu et il m'a dit que j'étais expulsé. Il a annoncé la même nouvelle aux quatre autres élèves noirs de l'école. Papa était déjà parti à ce moment-là. Je suis donc rentré chez moi et j'ai annoncé la nouvelle à mes parents. Papa s'est rendu aussitôt chez M. Glasgow pour avoir des explications. M. Glasgow lui a répondu que l'école était seulement pour les enfants blancs, que M. Ryerson, qui est le commissaire principal des écoles, avait créé une école pour les enfants noirs dans la ville de Simcoe et que c'est dans cette école que je devrais aller.

Papa a rappelé à M. Glasgow qu'il payait la taxe scolaire au secteur du comté de Norfolk où nous habitons et où se trouve mon école. Mais M. Glasgow a répété que l'école était pour les élèves blancs et seulement pour eux. Il a répété que les cinq élèves noirs expulsés devaient fréquenter l'école ségrégationniste de Simcoe.

Julius, voici le plus ridicule de toute cette affaire : cette école est fermée depuis plus d'un an, faute d'avoir trouvé un professeur. Et même si elle n'était pas fermée, elle est à 13 km de chez nous et pas du tout dans le secteur du comté où nous habitons.

Papa dit qu'il n'acceptera pas mon expulsion. Il a un plan, mais pour le moment, il refuse de le révéler.

Maman vient de passer me dire qu'il était très tard et que je devais éteindre la lampe et me coucher. Qu'est-ce que ça peut bien faire? Je n'ai pas d'école demain. Mais je dois lui obéir et me coucher. Je t'enverrai une autre lettre bientôt.

Ton cher cousin,
Solomon Washington

15 mars 1853

Cher Julius,

Je trouve réconfortant de pouvoir profiter de cette lettre pour me soulager un peu de mes inquiétudes et j'espère que tu ne trouveras pas trop difficile de les entendre. Tu as toujours été comme un grand frère pour moi. Je n'oublierai jamais que tu m'as sauvé des mains de mes ravisseurs quand j'avais sept ans. Je revois encore cette journée dans ma tête : toi et moi en train de jouer dans les pommiers de grand-père quand ces deux Blancs se sont glissés dans notre dos et nous ont ensuite traînés jusqu'à leurs chevaux. Une main couvrait ma bouche; je ne pouvais pas crier. Mais toi, tu as pu. Tu te rappelles nos pères et grand-père qui sont arrivés en courant et qui se sont battus avec nos ravisseurs? C'est ce qui a convaincu mes parents de quitter les États-Unis et de déménager au Canada. Papa disait que les Noirs libres ne devraient jamais être obligés de vivre dans la peur de se faire enlever. Je frissonne juste de penser à ce qui me serait arrivé si j'avais été vendu comme esclave.

Cette expulsion a bouleversé toute la famille. Mon père est assis et écrit des lettres. Ma mère chante tout le temps. Cela semble la soulager. Les jumeaux me regardent avec des yeux tristes. Ramona, qui est plus sensible que Charles, pleure et me dit qu'elle m'aime chaque fois que je sors de ma chambre. Que Dieu la bénisse!

Vous avez de la chance d'avoir une école privée pour les gens de couleur, que tes jeunes frères peuvent fréquenter. Maintenant, je comprends mieux ce qui pousse ton père à vouloir partir pour le Libéria. Mon père dit que les difficultés que nous éprouvons dans les deux pays sont suffisantes pour vouloir partir vivre dans un endroit plus accueillant.

Le Canada était censé être, pour nous, cet endroit plus accueillant.

Il l'a été pendant un certain temps.

Quand nous sommes arrivés de la Virginie, il y a sept ans, et que nous nous sommes établis à Sandwich pour que papa puisse commencer à cultiver la terre, nous avons été déçus d'apprendre qu'il n'y avait pas d'école pour les enfants de couleur et qu'on ne leur permettait pas de fréquenter les écoles publiques locales. C'est ce qui a poussé Mme Mary Bibb à déménager et à ouvrir une école pour les enfants noirs. Je t'ai probablement déjà dit qu'elle était une merveilleuse professeure. Elle nous a appris à aimer les mots. Tous les vendredis après-midi, nous avions des leçons de diction et, une fois par mois, nous préparions des discours sur des sujets qu'elle choisissait. Nous étions encore très jeunes et, grâce à elle, nous avons appris beaucoup de mots nouveaux. Apprendre était un véritable plaisir.

Quand nous avons déménagé de Sandwich à Charlotteville, j'étais très triste de devoir quitter l'école de Mme Bibb. Mais comme papa avait acheté une plus grande ferme ici et qu'il voulait cultiver le tabac, je n'ai pas eu le choix. Il avait dit qu'à Charlotteville, il y aurait un vaste choix de possibilités.

C'est le contraire qui est arrivé, comme tu l'as appris dans mes lettres précédentes. Les gens d'ici trouvent les Noirs trop ambitieux. Des fermes de nos voisins noirs ont été incendiées, et ce n'étaient pas des accidents. Apparemment, tout le monde connaissait les coupables, mais personne n'a voulu les dénoncer. Et c'est sans parler de la façon dont on nous regarde quand nous nous rendons en ville, avec les messes basses et les ricanements.

Le professeur d'ici, à Charlotteville, s'est moqué de ma façon de parler. Il a dit que je devrais parler comme le nègre que je suis, et non pas comme un Blanc. Il n'y a pas de mot pour te dire à quel point j'ai été blessé. Alors, j'ai décidé de parler seulement quand j'étais obligé. À bien y penser, mon professeur était une brute tout autant que mes camarades de classe.

Mes parents connaissaient mes tourments, j'en suis certain. Mais quand ils me questionnaient à propos de mon école, je leur disais que tout allait bien. Et je me suis retenu de te parler de certains de mes problèmes aussi, jusqu'à récemment.

Je ne peux toujours pas aller à l'école. Mais je suis occupé à la ferme. C'est presque la fin de l'hiver, et il y a beaucoup à faire, en prévision des semailles.

J'adore sortir les chevaux pour leur faire faire de l'exercice. Frédéric est mon préféré, comme tu sais. Le conduire jusqu'à Port Dover, puis le faire trotter le long de la plage est une des choses que je préfère. Je parcours des yeux l'immensité du lac qui s'étend au-delà de la ligne d'horizon et je sais que de l'autre côté se trouve mon pays natal, et le tien aussi : les États-Unis. Je pense à toi, loin de l'autre côté, en Virginie.

Je crois que mes parents sont venus au Canada-Ouest pour trouver la liberté. Mais de mon point de vue, on la leur a refusée. Ont-ils fait le bon choix en décidant de venir ici?

J'adore le lac Érié. J'adore venir m'asseoir au bord de l'eau et écouter le murmure des vagues. Cela m'apaise et m'aide à croire que des jours meilleurs viendront. En général, Frédéric vient se planter à côté de moi, comme s'il comprenait mes états d'âme. En fait, je crois qu'il me comprend. Les animaux sont parfois plus intelligents que les humains.

Il arrive que, dans mes moments libres, j'enseigne l'alphabet à Ramona et à Charles; j'ai commencé à leur apprendre à lire. Je fais aussi un peu de calcul avec eux. Mais de mon côté, je n'avance pas beaucoup. J'ai lu et relu tous les livres que nous avons à la maison. En ce moment, j'ai entrepris de lire la Bible de la première jusqu'à la dernière page. Je suis rendu à la fin de l'Exode.

Un grand débat fait rage au Canada-Ouest, à savoir si on devrait permettre aux élèves noirs de fréquenter les écoles publiques. Tous les parents doivent payer la taxe scolaire. Les parents de couleur paient leurs taxes, mais se voient refuser l'entrée à l'école pour leurs enfants. Les Blancs disent que M. Ryerson a créé des écoles pour les Noirs et que ceux-ci doivent aller dans ces écoles-là. Il est vrai que certaines villes et certains villages ont ce genre d'écoles, mais il n'y en a pas partout. Pourtant, on veut que j'aille dans une de ces écoles, qui sont beaucoup trop loin de chez moi. En fait, les élèves noirs étaient si nombreux à se voir refuser l'entrée à l'école publique que leurs parents avaient demandé à M. Ryerson d'intervenir. C'est ainsi que les écoles pour Noirs ont vu le jour. Mais il n'avait pas prévu que les élèves noirs n'auraient pas le droit de fréquenter leur école locale s'il y en avait une près de chez eux.

Quand les Blancs se rendent compte qu'ils ont tort, ils se rabattent sur autre chose, comme déclarer que les écoles publiques sont des écoles privées ou changer les limites du territoire desservi par une école afin d'exclure les fermes dont les propriétaires sont des Noirs. C'est du magouillage, un stratagème pour nous priver de nos droits, m'a dit papa.

Quant à moi, j'ai l'impression d'avoir été trahi. J'ai passé presque toute ma vie dans ce pays. J'ai autant le droit à l'éducation et au respect que n'importe qui d'autre. Mais ce que je ressens surtout, c'est de la tristesse. Une profonde tristesse qui m'habite dès que je pose le pied à terre en me levant le matin et qui dure jusqu'à ce que je m'endorme enfin, le soir.

Sur ce, je te quitte en t'adressant mes salutations les meilleures.

Ton cousin,
Solomon

P.-S. Julius, je me sens à l'aise de te raconter mes préoccupations. Il n'y a aucun garçon qui demeure près d'ici et à qui je pourrais me confier. Au fil des ans, nous nous sommes souvent écrit, et tu es devenu mon meilleur ami même si tu habites très loin d'ici. J'espère que tu ne me trouves pas trop geignard. Je ne peux pas me soulager en parlant à mes parents. Ils ont déjà bien assez de problèmes.

15 mai 1953

Cher Julius,

Merci pour ta lettre du 30 avril. Donc les dés sont jetés; toute ta famille part pour le Libéria! Je suis peiné d'apprendre qu'en Virginie, des enfants noirs se butent au même problème que nous ici, dans les écoles publiques, et que ton père en est arrivé à la conclusion que les Noirs ne seront jamais vraiment libres nulle part en Amérique du Nord et qu'il a décidé de vous emmener au Libéria.

Tu avais mentionné ce pays dans une lettre précédente, puis j'ai lu des choses à propos de cette migration vers le Libéria dans *The Voice of the Fugitive*, qui est le journal de notre communauté au Canada-Ouest. L'éditeur est M. Henry Bibb, le mari de ma professeure Mme Mary Bibb; c'est un fugitif de l'esclavage aux États-Unis. Plusieurs sont contre ce mouvement vers le Libéria, mais d'autres pensent que c'est le seul espoir pour ceux de notre race. Ils trouvent que c'est tout à fait sensé de vouloir nous rendre dans un endroit où les gens veulent de nous et où nous pouvons mettre nos connaissances et nos talents à profit.

Toutefois, je ne souhaite pas que tu t'en ailles. Vous êtes notre seule famille sur le continent. Tu vas tant me manquer! C'est très égoïste de ma part. Je ne souhaite que ton bien et celui de ta famille. Mais qu'en est-il de tes études au collège universitaire? Aux dernières nouvelles, tu comptais entrer au mois d'août au Collège pour les gens de couleur à Washington, D. C.

De mon côté, il y a quelques bonnes nouvelles. Ma mère m'a trouvé une école. Voici comment c'est arrivé. Maman et les parents des autres écoliers expulsés de notre école sont allés voir notre pasteur, le Révérend Sorrick, et lui ont demandé de nous faire la classe. Il est le pasteur de l'Église britannique méthodiste épiscopale (BME) locale. Après avoir réfléchi à leur requête, il a converti son salon en salle de classe et, tous les mardis et jeudis soirs, je me rends à ma nouvelle école à cheval. Mes parents lui versent une certaine somme pour sa contribution. Et je profite de l'occasion pour sortir Frédéric.

J'apprends la calligraphie, l'arithmétique, la grammaire, et l'histoire de l'Antiquité. Je fais aussi des études bibliques et de la lecture. Le Révérend Sorrick nous a initiés à une nouvelle matière, la rhétorique, et au latin et au grec. Il a la plus grosse bibliothèque que j'aie vue de toute ma vie. À mon école précédente, notre professeur avait seulement quelques livres et il les gardait sous clé, dans une armoire. Il y a un genre de bibliothèque à Simcoe, mais il faut payer pour pouvoir l'utiliser, et elle est accessible aux Blancs seulement.

Le Révérend a des livres sur tous les sujets imaginables. Un jour, je suis arrivé avant l'heure de la classe et j'ai pris le temps de jeter un coup d'œil sur quelques étagères. Le Révérend m'a dit qu'il commandait ses livres à des libraires de Montréal et de Boston. Inutile de te dire que je suis plus qu'impressionné par sa bibliothèque. J'espère qu'un jour j'aurai autant de livres que lui. (Mon père dit que le Révérend est non seulement un des Noirs ayant le mieux réussi au Canada, mais aussi une des personnes les plus instruites de notre pays.) Je ne sais pas combien de temps notre petite académie durera, car on m'a dit que le Révérend songeait à un poste aux Bermudes où l'église BME s'est aussi établie.

Le Révérend Sorrick a fréquenté le collège Oberlin. Je rêve d'y aller un jour. Comme tu le sais probablement, c'est la seule institution d'Amérique du Nord qui accepte tant les Noirs que les Blancs, homme ou femme de surcroît.

Nous avons une très grande admiration pour le Révérend Sorrick. Il parle si bien, avec sa voix grave qui porte loin. Je vois en lui ce que je pourrais devenir plus tard, dans ma vie. (Il a exprimé le souhait de me voir m'orienter vers le saint ministère. Mon père voudrait plutôt que je devienne médecin.)

Je vais te laisser, car je dois fabriquer des casiers à ruche. Maman est bien décidée à élever des abeilles. Je t'écrirai encore demain.

16 mai 1853

Cher Julius,

Hier soir, maman m'a demandé d'éteindre ma lampe avant que j'aie fini ma lettre. Je la continue donc maintenant.

Étudier avec le Révérend me remplit d'une nouvelle joie. Je suis plus heureux que jamais. J'adore tout ce qui est nouveau : les choses, les idées, les mots et les façons de penser. J'adore lire des histoires, comme l'*Odyssée* d'Homère (une traduction, évidemment). Je serais le plus heureux des hommes si je pouvais passer tout mon temps à étudier et à apprendre. Peut-être que le Révérend me connaît mieux que je ne me connais moi-même? Maintenant, le collège Oberlin me semble accessible. Je me sens rempli d'une toute nouvelle énergie.

Je veux encore te parler d'une chose, avant de t'envoyer cette lettre. Le conseil d'administration de Charlotteville est bien décidé à m'interdire l'accès à l'école publique. Il a modifié la zone de fréquentation de l'école en traçant une ligne qui exclut notre propriété. Puis il a envoyé une lettre à mon père pour lui signifier que notre ferme de 32 hectares était hors du territoire de l'école. Papa a dit qu'il était un des plus gros contribuables du comté, qu'il avait fait 12 jours de travail bénévole pour le comté (soit 6 de plus que le nombre réglementaire) et qu'il voulait que ses droits soient respectés.

Je dois te dire au revoir. Il est tard, et j'entends maman qui arrive. Je sais qu'elle vient me dire d'éteindre ma lampe, comme d'habitude. Que Dieu vous garde, toi et ta famille.

Ton cousin et humble serviteur,
Solomon

30 mai 1853

Cher Julius,

Ramona et Charles sont d'excellents lecteurs maintenant. Ils lisent tous les deux avec facilité le premier manuel de lecture et ils s'attaquent maintenant au deuxième . Je leur ai aussi appris à compter. Papa et moi avons commencé à planter le nouveau tabac et, la semaine prochaine, nous allons ériger une nouvelle grange avec l'aide de nos amis et voisins.

Il y a même des nouvelles encore meilleures! C'est pourquoi je t'écris avant d'avoir reçu ta réponse à ma dernière lettre. Mon père l'a fait : il a décidé de poursuivre le conseil d'administration de l'école. En fait, il poursuit l'ensemble du conseil scolaire. La cause sera bientôt entendue en cour. Tu te rappelles quand je te disais qu'il écrivait tout le temps des lettres? Eh bien! Il a écrit à M. Egerton Ryerson, le commissaire principal de l'éducation de tout le Canada-Ouest. Il a expliqué à M. Ryerson ce qui m'était arrivé et il lui a demandé son avis. Le commissaire a conseillé à papa de poursuivre le conseil d'administration!

L'avocat que papa a engagé s'appelle M. George Hanson. Il a récemment ouvert un bureau à Simcoe. Il a accusé le conseil d'administration de renvoi injuste des élèves, de préjugés raciaux, de manipulations frauduleuses des limites du territoire de l'école et de déni d'instruction à mon endroit.

L'affaire a causé tout un émoi! Chaque fois que nous nous rendons au village, papa et moi, pour faire des courses ou vendre nos produits, les gens s'arrêtent et, en nous regardant approcher dans notre voiture, ils nous montrent du doigt et se parlent à voix basse. Parfois, ils nous traitent de manière offensante. L'autre jour, papa et moi sommes allés voir M. Copperfield, le négociant en tabac du village, et il a refusé d'acheter notre tabac traité de la récolte de l'an dernier. Il a dit que nous nous prenions pour d'autres, que nous devrions être reconnaissants de pouvoir vivre au Canada et que nous devrions mieux nous conduire plutôt que de faire des histoires et de poursuivre en justice le conseil scolaire. Mon père a encaissé l'insulte sans broncher et, le lendemain, il est allé vendre son tabac à un agent de Hamilton.

Des Noirs de tous les coins viennent à la ferme pour parler à mes parents. Beaucoup d'enfants ont été expulsés de l'école publique. Ces gens-là voient mon père comme un héros parce qu'il a osé défier le conseil scolaire. Parfois ils nous apportent des plats cuisinés ou des produits frais de leur ferme. Quelques-uns nous donnent de l'argent pour nous aider à payer les frais d'avocat. La même histoire se répète partout : des enfants noirs se font expulser de l'école et se voient refuser le droit à l'éducation. À Amherstburg, Windsor, Hamilton, Brantford, Ancaster. Partout dans le Canada-Ouest.

Le Révérend Sorrick nous rend visite régulièrement. Il vient prier avec nous et nous offre son soutien spirituel. Nous attendons la date de la comparution en cour. J'ai hâte mais, en même temps, j'ai peur. Comment cela se terminera-t-il?

Je t'écrirai bientôt. S'il te plaît, envoie-moi de tes nouvelles, surtout en ce qui concerne votre départ au Libéria, et transmets mon meilleur souvenir à ta famille.

Ton cousin,
Solomon Washington

18 juillet 1953

Cher Julius,

Nous étions à la cour ce matin. Nous avons perdu. Le juge a déclaré que le conseil d'administration avait parfaitement le droit de décider qui il voulait dans son école et que les élèves africains devaient fréquenter les écoles pour les gens de couleur. Quand notre avocat, M. Hanson, a expliqué au juge que l'école pour les gens de couleur était fermée depuis plus d'un an faute de professeur, et aussi parce qu'il n'y avait pas assez d'enfants vivant dans son territoire, le juge a répondu que ce n'était pas son problème. Il a dit qu'il suivait les règlements et que la *Loi sur les écoles du Canada-Ouest* stipulait que les enfants de couleur devaient fréquenter l'école pour les gens de couleur, s'il y en avait une.

Les gens ont hué dans la salle, après qu'il a rendu son jugement. C'étaient des Noirs, bien sûr. Je ne me suis jamais senti aussi découragé de toute ma vie en entendant ce jugement. Aussitôt, M. Hanson est allé retrouver mon père et il lui a dit qu'il porterait la cause en appel auprès de la Cour du Banc de la Reine, à Toronto. Il a dit que nous n'obtiendrions jamais justice ici, car un des membres du conseil d'administration était apparenté au juge.

Je te ferai savoir la suite, si l'affaire progresse (ou ne progresse pas). J'ai hâte d'en savoir plus sur vos projets de départ.

Ton cousin,
Solomon

17 août 1854

Cher Julius,

Plus d'une année a passé depuis la dernière lettre que je t'ai envoyée. La dernière que j'ai reçue de toi était datée du 8 novembre 1853. Nous avons été ravis d'apprendre que vous étiez bien arrivés au Libéria, que vous aviez trouvé où vous installer, que tu vas au collège et que tes deux frères vont à la petite école. Le Libéria et sa capitale Monrovia semblent être des endroits de rêve. J'ai relu ta lettre plusieurs fois. Je t'ai répondu, mais comme je n'ai pas reçu de tes nouvelles pendant des mois, j'ai supposé que tu n'avais pas reçu ma lettre.

Nous étions tous inquiets de ne pas avoir de nouvelles de ta famille et de toi. Je t'ai écrit quelques lettres depuis, mais elles sont restées sans réponse. Tu peux imaginer ma surprise et ma joie quand j'ai reçu ta lettre en mai, dans laquelle tu me demandais pourquoi je ne t'avais pas écrit! Mes lettres se sont probablement perdues en mer ou peut-être qu'on n'a pas fait suivre le courrier après que ta famille est partie pour le Libéria. Ta lettre est arrivée juste au bon moment, car récemment, il s'est produit un événement important dans ma vie. Je vais essayer d'être bref. J'espère que tu recevras cette lettre.

Il y a tant de nouvelles à te donner! Je suis maintenant âgé de presque un an de plus et je mesure plus de 1,75 m. On me donne généralement plus que mes 15 ans. J'ai continué avec le Révérend Sorrick jusqu'au mois de janvier de cette année, quand il a fermé son école, principalement pour deux raisons. Nous avons eu un hiver très froid, avec beaucoup de neige. Les déplacements étaient très difficiles, par moments. En même temps, il se préparait à partir pour les Bermudes. De mon côté, on avait besoin de moi à temps plein chez nous, entre autres parce que maman était enceinte et qu'elle n'allait pas très bien. J'ai l'honneur de t'annoncer, cher Julius, que tu es maintenant le cousin d'une belle petite fille. Maman l'a appelée Patience-Liberté. Je te laisse deviner tout le sens de ce prénom.

Les jumeaux ont beaucoup grandi. Ils lisent maintenant très bien, pour des enfants de sept ans, et ils ont déjà entamé le troisième manuel de lecture. Je me dis que ce sont de jeunes prodiges, mais je sais que j'ai un parti-pris favorable, car je suis leur grand frère et leur professeur.

Tu dois te demander comment s'est terminé le procès contre le conseil d'administration de l'école. Je ne te tiendrai pas en haleine plus longtemps. Voici la suite de l'affaire. M. Hanson a porté la cause en appel auprès de la plus haute cour de justice du pays : la Cour du Banc de la Reine. Selon M. Hanson, c'était le seul endroit où nous avions une chance d'obtenir justice.

Mon père et moi, nous nous sommes rendus en train à Toronto pour le procès qui a eu lieu le 17 juin. Quelle belle ville! Les bâtiments sont hauts et magnifiques. Jamais de ma vie je n'avais vu circuler autant de calèches et de chariots. Si on ne fait pas attention, on risque de se faire écraser par tous ces véhicules. (Une compagnie de taxis de la ville a été fondée par un Noir : Thornton Blackburn. C'est un esclave réfugié du Kentucky. Sa compagnie de taxis l'a rendu très prospère.) À Toronto, tout le monde est bien habillé. Nous avons logé dans une pension appartenant à deux amis de mon père venus de la Virginie.

Notre cause a finalement été inscrite au rôle de la Cour du Banc de la Reine. Le plus important juge du pays, le juge en chef John Beverley Robinson, la présidait. Mon père m'a dit que le père de M. Robinson était un loyaliste de la Virginie, propriétaire d'esclaves. Je n'avais pas très confiance en ce juge Robinson. L'an dernier, il a tranché en défaveur d'un Noir, un certain Dennis Hill. M. Hill, tout comme mon père, avait poursuivi le conseil d'administration de sa ville qui avait refusé que son fils fréquente l'école locale. Quand la cause a été entendue en cour, le juge a dit que le conseil d'administration avait parfaitement le droit de refuser d'admettre le fils de M. Hill à l'école. Je me suis demandé si nous pouvions nous attendre à plus de justice de sa part.

Dans la salle, pendant que nous attendions l'arrivée du juge, un Noir à l'allure imposante s'est approché de notre groupe. M. Hanson lui a aussitôt saisi la main pour le saluer chaleureusement. Il nous l'a présenté : M. Robert Sutherland, avocat! M. Sutherland est le premier avocat noir formé au Canada. Il vient de la Jamaïque et il a fréquenté l'université Queen's au Canada-Ouest. M. Hanson et lui étaient tous deux étudiants à Queen's. M. Hanson nous a dit que M. Sutherland avait remporté quatre prix d'excellence durant ses années d'études, dont un en latin et l'autre en mathématiques. M. Sutherland a discuté avec M. Hanson et mon père à propos de certains points qui semblaient un peu nébuleux dans notre affaire. M. Hanson hochait la tête tout au long de leur discussion. Durant tout ce temps, je suis resté figé d'admiration devant ce M. Sutherland. Il n'était pas seulement un avocat noir; il était surtout un avocat qui connaissait la loi sur le bout des doigts!

Le juge est arrivé avec son air d'aristocrate, conformément à la rumeur. Je n'arrivais pas à oublier son passé familial esclavagiste. J'espérais qu'il y avait quand même un brin de justice en lui. L'avocat du conseil d'administration a présenté sa défense. Philip Glasgow – tu te rappelles, c'est le président du conseil d'administration qui m'a expulsé – nous regardait d'un air condescendant, mon père et moi. M. Hanson a présenté notre affaire. Le juge a écouté en prenant des notes. Puis il a annoncé que l'audience était suspendue. Je n'avais pas grand espoir, mais M. Hanson semblait croire que nous allions obtenir justice.

Après un temps qui m'a semblé interminable, M. Robinson est revenu et a rendu sa décision. Il a tranché en notre faveur! Voici ce qu'il a dit : « Il n'y a pas d'école séparée à Charlotteville. La tentative de tracer la frontière du district scolaire de manière à en exclure la propriété du demandeur (celle de mon père) avait pour effet de le priver de tout accès à l'école. Pour la simple raison qu'il n'existe pas d'autre école, le demandeur doit avoir droit d'accès à cette école publique. »

Vois-tu Julius, après un an de luttes contre le conseil d'administration de Charlotteville, nous avons finalement obtenu justice. En entendant le verdict du juge Robinson,

M. Glasgow est sorti de la salle en furie. M. Hanson est venu me serrer la main chaleureusement. Je débordais de joie et j'ai sauté au cou de mon père.

Nous sommes rentrés chez nous deux jours plus tard. Nous avons pris une diligence jusqu'à Hamilton, puis une autre jusqu'à Simcoe. M. Sidney Crosby nous attendait dans sa voiture. La nouvelle de notre victoire était arrivée avant nous. En nous apercevant, M. Crosby a lancé son chapeau en l'air.

Tandis que nous traversions la campagne, je réfléchissais à la longue bataille menée par mes parents pour que je puisse aller à l'école. Tout ce qu'ils veulent, c'est qu'on me laisse la chance de m'instruire. Je n'oublierai jamais que mon père a tenu tête pour moi. Je n'oublierai pas la ténacité dont ma mère a fait preuve afin que je ne prenne pas de retard. Je n'oublierai pas non plus la méchanceté de mon professeur et des membres du conseil d'administration qui ont privé des enfants de leur droit à l'instruction. Les préjugés raciaux sont une bien vilaine chose!

Tu te rappelles peut-être que je t'ai dit que le Révérend Sorrick et ma mère voulaient que je devienne pasteur et mon père, médecin. Maintenant que j'ai vu M. Hanson à la cour et que j'ai constaté que la loi pouvait être au service de la justice, une idée a germé dans ma tête, et je crois que c'est la voie que je devrais suivre. Je veux devenir avocat et aider ceux qui ont besoin de ce genre d'aide. Il n'y a rien de déraisonnable pour un Noir de vouloir devenir avocat. Il n'y a qu'à regarder M. Sutherland!

Même si le juge Robinson a décidé que je pouvais

retourner à l'école publique, est-ce que je veux vraiment fréquenter une école où le professeur, les élèves et le conseil d'administration ne veulent que ma perte?

Comme s'il avait lu dans mes pensées, M. Crosby s'est retourné vers nous, avec un sourire jusqu'aux oreilles. Nous l'avons regardé, l'air interrogateur.

— Vous ne croirez jamais ce qui est arrivé, a-t-il dit. À cause du procès et de son retentissement, le professeur et M. Glasgow ont décidé de quitter la région. On dit qu'ils veulent aller vers l'ouest pour s'établir dans la région de la rivière Rouge. Ils disent que là-bas, on peut obtenir des centaines d'hectares pour rien du tout.

M. Crosby a ajouté que l'école aurait un nouveau professeur.

Au moment où je t'écris ces lignes, Julius, je suis assis sur le perron arrière. J'ai l'impression que le futur est comme un gros point d'interrogation. Mais je dois croire que l'avenir me réserve de bonnes choses, puisque le procès est réglé et qu'un nouveau professeur va arriver à l'école. J'ai pris du retard depuis un an, mais en travaillant fort, je vais me rattraper. Mon seul regret est que papa a dû vendre Frédéric pour arriver à payer les frais de procès. C'était très dur. Mais au moins, nous avons gagné, et papa dit qu'il va faire son possible pour récupérer Frédéric.

Le soleil se couche et la noirceur s'installe. Les invités commencent à arriver pour un souper que ma mère a organisé en l'honneur de notre victoire. La première voiture vient d'entrer dans la cour. Je dois donc terminer cette lettre maintenant. Qui sait? Peut-être qu'un jour, je deviendrai avocat et que je me rendrai au Libéria pour y aider mes frères?

Je dois y aller. Cher Julius, je prie pour que tu reçoives cette lettre. Tous mes respects à toi, à mon oncle, à ma tante et à tes deux frères. Mon cher cousin, prie pour moi et ma famille autant que je prie pour toi et ta famille. Que Dieu te protège, et le Libéria aussi!

Ton cousin et humble serviteur,
Solomon Washington

Traverser la Crise économique est en soi une rude épreuve.
Pour Yvonne et sa famille, il faut aussi ajouter un incendie
dévastateur qui a fait s'envoler en fumée tout ce qui leur
était précieux. Yvonne espère que le déménagement à
Thetford Mines marquera le début d'un temps nouveau.
Mais d'autres écueils l'attendent.

MARIE-ANDRÉE CLERMONT *a passé tous
les étés de son enfance et de son adolescence chez ses
grands-parents à Thetford Mines. Les faits relatés dans
le journal d'Yvonne sont inspirés d'événements
authentiques qu'on lui a rapportés.*

Pour fuir les cendres

❧

Journal d'Yvonne Boissonneault

Thetford Mines, Québec
Novembre – décembre 1938

Dimanche 27 novembre (tard le soir)

J'ai fait quelque chose d'épouvantable, cher journal. Maman et papa se disputaient encore et je suis restée là à les écouter. Je n'écoutais pas aux portes à proprement parler. J'étais en train d'écrire dans tes pages, assise dans ma penderie, et voilà qu'ils se sont mis à crier tout à coup dans la chambre à côté. Les murs sont tellement minces que je ne perdais pas un mot.

Toute la famille a du mal à s'habituer à vivre ici, chez grand-papa, mais c'est pour maman que c'est le plus dur.

— Ton père est un tyran, hurlait-elle. Il n'arrête pas de me donner des ordres, comme si j'étais sa servante.

Elle s'est plainte du niveau de pollution à Thetford Mines. Sa colère grandissait au fur et à mesure qu'elle déversait son interminable flot de récriminations.

— Tu t'imagines peut-être que nettoyer la maison, matin et soir, pour éviter que nous respirions de la poussière d'amiante est une partie de plaisir? a-t-elle lancé avec une telle furie que mon cœur s'est arrêté de battre.

J'ai étouffé un hurlement au fond de ma gorge.

Papa lui a alors reproché son ingratitude, faisant valoir que sans l'aide de grand-papa, nous n'aurions pas de toit sur la tête et que lui-même serait au chômage.

— Nous avons tout perdu dans cet incendie, l'aurais-tu oublié? Aimerais-tu mieux crever de faim en Abitibi?

Là-bas, en Abitibi, l'atelier de papa nous faisait vivre. Nous avons déménagé ici en pensant que la région de l'amiante surmonterait la Crise économique plus vite que les autres. Mais c'est vrai que Thetford est une ville extrêmement poussiéreuse – je n'ai pas besoin qu'on me le rappelle.

Après ça, mes parents ont commencé à se lancer des méchancetés et je me suis bouché les oreilles. Quand je les ai débouchées, après un long moment, ils parlaient plus doucement. Papa essayait de convaincre maman de tirer le meilleur parti de la situation en soulignant à quel point elle était forte. Mais elle l'a interrompu sèchement.

— Ma force s'est envolée en fumée quand la maison a brûlé.

Puis elle lui a expliqué en grommelant qu'elle ne se sentait pas chez elle dans cette maison où elle ne pouvait même pas bouger un meuble sans que mon grand-père pique une crise. Ils ont baissé le ton, après ça, et j'ai dû tendre l'oreille.

— Viens dans mes bras, Rachel, chuchotait papa. Embrassons-nous et faisons la paix.

Mais maman a éclaté en gros sanglots qui n'en finissaient pas, si bien que j'ai fini par ramper hors de la penderie pour me réfugier ici dans la salle de bains.

Il est presque minuit et j'ai la mort dans l'âme.

Lundi 28 novembre

Flûte de FLÛTE de FLÛTE! pour tout ce qui a mal été, aujourd'hui. Ma mère m'a donné une fessée, ce matin, elle qui affirme haut et fort ne pas croire aux châtiments corporels. QUELLE HUMILIATION!

De plus, je me suis mise dans un GROS pétrin à l'école!

Maman a fait irruption dans notre chambre, très tôt ce matin pour nous demander de l'aider.

— Il y a tout simplement trop de travail à faire dans la maison pour une seule personne, a-t-elle expliqué.

Elle était tendue et vraiment pas belle à voir. Elle n'avait sans doute pas dormi de la nuit. Elle a déclaré qu'à l'avenir, Laura allait balayer les planchers de l'étage des chambres tous les matins avant le déjeuner. Sainte Laura a fait oui de la tête. Elle a ajouté que ma tâche à moi serait de faire les lits et de ramasser les traîneries sur le plancher. Voyant que je grimaçais, elle a précisé qu'elle nettoierait le rez-de-chaussée elle-même, donc que je n'avais pas à m'occuper de la chambre de grand-papa.

J'ai fait la moue.

— Et Bernard, lui? Il a 17 ans, après tout. Il pourrait bien faire son lit lui-même. Pourquoi faut-il que Laura et moi fassions tout le travail?

Maman a rétorqué que Bernard devait déjà garder la boîte à bois bien remplie pour le poêle et faire des commissions pour papa au magasin. Pendant qu'elle répartissait les tâches à accomplir, mon frère est sorti de la salle de bains de son pas nonchalant et, en passant devant l'entrée de notre chambre, il m'a tiré la langue. Je l'ai entendu qui scandait Yvonne-la-grognonne en descendant l'escalier. Oh la peste! Je bouillais de colère. Maman a dit qu'elle comprenait à quel point c'était difficile pour nous d'avoir perdu notre maison dans l'incendie et d'avoir dû déménager dans une autre ville, mais que nous devions nous adapter.

Elle a toujours des larmes dans la voix quand elle évoque notre vie d'avant. Non seulement elle a perdu tout ce qu'elle possédait dans ce feu, mais c'est comme si une gomme à effacer géante avait balayé d'un seul coup toutes les années qu'elle avait consacrées à notre vie de famille en nous inculquant des habitudes qui nous avaient permis de tisser des liens étroits et de nous sentir si bien ensemble. Maman n'est plus la même depuis la nuit fatidique, et je me demande si un jour nous retrouverons le bonheur de ce temps-là.

Cher journal, Laura est bel et bien une sainte. Elle s'est habillée en vitesse et s'est mise à balayer. Pour ma part, je me suis dirigée vers la salle de bains en bâillant et j'ai pris mon temps pour enfiler mon uniforme d'école avant de commencer à faire les lits. D'abord le mien, puis celui de Laura. Je me suis dépêchée de faire celui de mes parents pour échapper aux relents de colère qui flottaient encore dans l'air. Les deux petits babillaient joyeusement quand je suis entrée dans leur chambre, alors je me suis amusée avec eux pendant un moment. Après ça, Martine m'a aidée à tirer les draps et Charles a lancé ses toutous et ses camions dans le coffre à jouets pour être gentil avec moi.

Je n'avais pas la moindre intention de faire le lit de Bernard. La simple idée me révulsait. La vue de son pyjama chiffonné m'a donné un haut-le-cœur, et je ne parle même pas de ses draps tout emmêlés. Par-dessus le marché, son oreiller me narguait du haut de son armoire, hors d'atteinte.

— Pas question que je fasse son lit! ai-je ronchonné.

Maman a dû m'entendre puisqu'elle est remontée aussitôt en me faisant de gros yeux. Mais je n'en démordais pas. Je tapais du pied en hurlant que mon grand frère était un porc, qu'il pouvait ramasser ses propres cochonneries et que je ne nettoierais pas sa soue.

Alors maman m'a saisie par le bras et traînée dans ma chambre. C'est là qu'elle m'a donné une fessée. Ouille! Ensuite, j'ai été obligée de faire le lit de Bernard, puis maman m'a entraînée dans l'escalier, m'a mis mon manteau et m'a envoyée à l'école. Elle m'a donné un morceau de pain pour manger en chemin et m'a poussée dehors avec mon sac de livres, en refermant la porte derrière moi. Je suis restée figée sur le perron, incapable de bouger.

Je ne pouvais pas croire ce qui m'arrivait, cher journal. J'avais envie de pleurer. J'avais mal partout. Je me sentais malheureuse et en colère. Est-ce que maman m'aimait encore? Pourquoi était-elle aussi cruelle? Avait-elle oublié que moi aussi, j'avais perdu ma maison dans l'incendie?

Puis je me suis retournée et je l'ai vue qui me regardait par la fenêtre. Son visage était tellement triste que j'ai été prise d'un remords épouvantable et, tout le long du chemin de l'école, je me suis blâmée de lui avoir fait encore plus de peine.

Tu le sais, cher journal, un malheur n'arrive jamais seul…

Figure-toi que plus tard, à l'école…

Oups! Je te raconterai plus tard… maman m'appelle. Le temps de l'époussetage. FLÛTE!

Après souper

L'atmosphère était encore très tendue ce soir autour de la table, même si maman avait cuisiné mon repas préféré : pâté chinois et pouding à l'érable. On a lavé la vaisselle en vitesse, puis les autres se sont regroupés autour du piano pour chanter des cantiques. Laura est une bonne pianiste et les petits adorent les airs de Noël. Eh bien, qu'ils savourent leur moment musical! Moi, j'ai des choses à écrire et, comme Bernard est occupé à fendre du bois, je suis à l'abri de son asticotage.

En classe, donc, mère Saint-Armand m'a rendu ma composition avec un gros ZÉRO griffonné en travers. J'étais stupéfaite. Elle nous avait demandé de raconter un événement important de notre vie et je m'étais efforcée d'écrire une histoire intéressante. Là-bas, en Abitibi, la composition était ma matière forte et j'obtenais toujours de bonnes notes.

— Quel texte magnifique! s'est exclamée mère Saint-Armand d'un ton sarcastique.

Elle a vanté mes belles longues phrases, mes verbes bien choisis, mon grand sens du rythme. C'est là qu'elle m'a fait sursauter en ajoutant :

— Le problème, c'est que vous avez manifestement copié ce texte. Eh bien, tenez-vous-le pour dit, mademoiselle Boissonneault, je ne tolère pas la tricherie.

Elle m'avait fait venir à son bureau et me grondait devant

mes camarades de classe. Le cœur gros, j'ai gardé la tête basse pendant qu'elle expliquait en long et en large à quel point le plagiat était abominable.

— Mais, mère Saint-Armand, je n'ai pas copié, je le jure! ai-je protesté.

Alors elle a ricané en disant que mentir en plus de tricher ne m'aiderait pas du tout, et jurer encore moins.

— Mais, comme ça semble vous faire tellement plaisir de copier, vous serez certainement heureuse de transcrire une page complète de l'évangile en guise de punition. Je la veux sur mon pupitre demain matin, a-t-elle jeté sèchement. Et j'exige que votre mère et votre père signent votre composition, pour qu'ils soient bien au courant que leur fille est une tricheuse.

Là-dessus, elle m'a renvoyée à ma place et s'est mise à enseigner une leçon dont je n'ai pas entendu un seul mot. « Je n'ai pas triché! Je n'ai pas triché! Je n'ai pas triché! Et je vais le prouver! » Voilà tout ce que j'avais à l'esprit.

Mais comment? Avec l'humeur de maman, ces jours-ci, ma situation ne fera qu'empirer si elle pense que j'ai triché. Je sais bien que je vais être obligée de lui montrer ma

Plus tard

Désolée, cher journal, il a fallu que j'aille ouvrir la porte en bas.

Dieu merci pour oncle Albert! Il est tellement sympathique et jovial. Il est venu faire un tour avec ma cousine Colette. Ah! si seulement Colette pouvait être dans la même sixième année que moi! Nous sommes de si bonnes amies toutes les deux! Mais c'est impossible : elle va à l'école anglaise parce que sa mère, tante Harriet, est Irlandaise. On s'est tous assis au salon et, pendant qu'oncle Albert racontait des anecdotes amusantes – même maman riait –, j'ai entraîné Colette à l'étage pour lui confier mon problème de composition.

— Fais confiance à tes parents, m'a-t-elle conseillé, ajoutant qu'ils sauraient que je n'ai pas triché et qu'ils le diraient à mon enseignante.

— Mais mère Saint-Armand va me détester encore plus si elle perd la face, comme ça.

Colette a fait valoir que ce serait encore pire si mes camarades me prenaient pour une tricheuse. Puis elle m'a demandé le sujet de ma composition.

— Ça parlait de l'incendie, lui ai-je dit, et mes yeux se sont remplis de larmes.

Colette est au courant de ce qui s'est passé et elle comprend à quel point ma famille en a souffert. Elle a saisi ma main et a laissé passer l'émotion en silence.

Quand on est redescendues au salon, oncle Albert avait des nouvelles formidables à nous annoncer. Lui et quelques collègues de travail sont en train d'acheter un terrain au bord d'un lac, pas loin de Thetford. Si tout se passe comme prévu, il va nous emmener nous baigner là-bas l'été prochain. N'est-ce pas merveilleux, ça? Maman s'amuse à dire qu'oncle Albert est son « frère préféré », ce qui est une petite plaisanterie entre eux puisqu'il est, en fait, son seul et unique frère. Une des rares choses qui réjouissaient maman en déménageant ici était de se rapprocher de lui.

Cette visite a complètement transformé l'atmosphère de la maison. Une fois qu'ils ont été partis, j'ai montré ma composition à papa et à maman. Ils m'ont crue quand j'ai affirmé que je l'avais rédigée moi-même – quel soulagement! Maman l'a lue et elle a dit que j'avais capté l'essence de la nuit de l'incendie avec une grande sensibilité. Elle a écrit une note à l'intention de mère Saint-Armand, et mes parents l'ont signée tous les deux. Et bien sûr, je n'ai pas eu besoin de copier la fameuse page d'évangile! Fiou!

Lundi 5 décembre

Je t'ai négligé, cher journal, désolée. Mais je suis heureuse de t'annoncer que les choses se sont considérablement améliorées sur le front scolaire. J'aime vraiment beaucoup le couvent Saint-Alphonse, avec sa discipline stricte et tout et tout. C'est tellement différent de la petite école où j'étudiais en Abitibi. Le couvent, ici à Thetford, est une imposante bâtisse de quatre étages où il y a des règles à suivre et des rituels à observer. Et il est reconnu pour l'excellence de son enseignement. Les diplômées n'ont aucune difficulté à se trouver des emplois si elles ont envie de travailler. Certaines filles ont la vocation et finissent par entrer chez les religieuses. Remarque bien, cher journal, que je n'ai aucune envie que cela m'arrive, même si j'adore le bon Dieu et que j'essaie d'observer ses commandements. On récite le bénédicité avant les repas, on va à la messe tous les dimanches et je fais ma prière matin et soir… mais c'est si difficile d'être parfaite tout le temps. Je déteste Bernard et je sais que c'est un péché; en plus, je suis paresseuse, égoïste et tellement gourmande! D'ailleurs, avec mon mauvais caractère… Non, franchement, il y a peu de chances que j'aie la vocation. Fiou!

Quoi qu'il en soit, mère Saint-Armand a reconnu qu'elle m'avait faussement accusée et elle s'est excusée en classe. Je dois avouer qu'elle a dit quelque chose de très aimable : elle a expliqué qu'elle m'avait, en quelque sorte, fait un compliment en pensant que j'avais triché, parce que, d'après elle, mon texte était trop bien écrit pour être de mon cru.

L'autre jour, pendant la classe, elle nous a demandé de rédiger un texte sur une personne qu'on admirait. J'ai décrit oncle Albert et j'ai obtenu une bonne note.

Sur le front familial, maman est toujours un paquet de nerfs. Hier, papa lui a demandé de remplacer un employé du magasin qui était malade, et grand-papa était outré. Il a tonné que la place de la femme était à la maison. Papa a répliqué qu'il avait besoin d'aide pour servir les clients depuis que lui – grand-papa – avait décidé d'accrocher son tablier. En fin de compte, maman est bel et bien allée travailler au magasin et allez comprendre pourquoi – elle en est revenue de bien meilleure humeur, même si ça lui avait grugé du temps pour faire ses tâches ménagères.

Papa voudrait vendre d'autres aliments que de la viande au magasin, mais grand-papa ne veut pas en entendre parler. Son magasin est une boucherie, pas une épicerie, et c'est ça qui est ça. Point final. Mais selon papa, comme beaucoup de gens souffrent de la Crise économique et n'ont pas beaucoup d'argent à dépenser pour se nourrir, nous attirerions plus de clients en offrant du riz, des pâtes et d'autres aliments moins chers que la viande. Mais grand-papa est une vraie tête de mule. Lui et papa s'obstinent constamment là-dessus.

Je fais les lits tous les matins – la même routine ennuyante. Bernard-la-peste est toujours aussi fatigant et je lui tordrais le cou avec joie. Il m'asticote chaque fois qu'il me surprend à lire ou à écrire dans tes pages, cher journal, en insinuant que je devrais plutôt m'occuper à des choses utiles. C'est pour ça que je me cache dans la penderie, où il ne peut pas me voir. Elle est presque vide, de toute façon : aucun de nous n'a beaucoup de vêtements depuis l'incendie. Bien sûr, parce qu'il coupe du bois, Bernard est exempté de toutes les autres tâches ménagères. C'est injuste parce qu'en réalité, il adore fendre des bûches. Et il lui reste quand même du temps pour jouer aux quilles au centre paroissial en sortant de l'école. Il a déjà beaucoup d'amis. Mais Laura et moi devons rentrer directement à la maison pour donner un coup de main, de sorte que ni elle ni moi n'avons encore d'amie ici à Thetford.

Je m'inquiète beaucoup pour maman. C'est une jolie femme, mais quand elle est triste, sa beauté est ensevelie sous son chagrin. À l'époque, c'était la plus belle de toutes les mères. Cette maman-là me manque énormément.

Oncle Albert travaille les quarts de soir depuis la semaine dernière, et il vient souvent faire un tour à la maison pendant la journée. Il remonte le moral de maman par sa bonne humeur contagieuse, ses pitreries font rire les petits et il met grand-papa au défi de le battre aux dames. Ses visites rendent tout le monde plus heureux et je sens la légèreté dans l'air en rentrant de l'école.

En dehors de ces visites, grand-papa passe ses journées dans sa chaise berceuse, à lire le journal ou à somnoler; c'est devenu sa routine depuis qu'il a cessé de travailler au magasin et que papa a pris la relève. Je pense qu'il s'ennuie encore de grand-maman. Après tout, ça fait seulement un an qu'elle est décédée.

Grand-papa critique beaucoup de choses, mais pas la cuisine de maman. Il la complimente en lui disant que ses repas lui rappellent ceux de grand-maman. J'imagine qu'il n'a pas dû trop bien se nourrir durant les mois où il a vécu seul. Comme ses enfants sont dispersés aux quatre coins de la province, il devait se sentir très seul. C'est oncle Henri qui habite le plus près. Il a promis qu'il nous paierait la traite au printemps prochain : il va nous inviter à une partie de sucre dans son érablière, en Beauce. Oncle Henri sera ici pour le jour de l'An – avec sa femme et ses huit enfants – pour recevoir la bénédiction de grand-papa avec nous.

Cher journal, je m'éparpille, ce soir. Rien à dire pour ma défense. Pas de nouvelles, bonnes nouvelles!

Jeudi 8 décembre

Cher journal, c'est trop atroce! Je me suis fait réveiller au milieu de la nuit par des chuchotements et des gémissements. J'ai pensé que maman et papa se chicanaient encore, alors je me suis bouché les oreilles et j'ai enfoui ma tête sous mon oreiller. Mais ce n'était pas ça du tout. Et ce matin, dès l'instant où on est descendues, Laura et moi, j'ai compris que quelque chose de bien pire avait dû se produire. Maman paraissait complètement hébétée. Elle avait le visage rouge et enflé. Papa était encore là, lui qui est normalement à la boucherie à cette heure-là. Grand-papa, qui a l'habitude de se lever beaucoup plus tard, était déjà debout. Ils étaient tous en état de choc. Mon cœur s'est mis à battre la chamade.

Grand-papa a fini par trouver la force de nous annoncer la terrible nouvelle.

— Votre oncle est mort, a-t-il dit d'une voix rauque. Un terrible accident s'est produit dans la mine hier soir... un mur s'est écroulé sur des mineurs qui nettoyaient des débris à l'entrée d'un tunnel, après une opération de dynamitage...

— Pas oncle Albert! ai-je hurlé et me jetant dans les bras de maman.

Je pleure encore en écrivant, cher journal. Je suis complètement anéantie. SEPT MINEURS SONT MORTS. SEPT!

Nous allons aller voir tante Harriet et Colette tout à l'heure. Maman va cuisiner des tonnes de plats que nous allons leur apporter. Laura et moi, nous allons préparer des montagnes de sandwichs. Pas d'école pour nous aujourd'hui. Pauvre Colette! Perdre un parent, ça doit déchirer le cœur! Surtout dans un accident comme celui-là!

Dimanche 11 décembre

Les funérailles ont eu lieu hier. C'est le moment le plus triste de toute ma vie. L'église Saint-Alphonse était remplie à craquer, et des centaines de personnes se massaient aussi à l'extérieur, même s'il faisait un temps absolument épouvantable. Jamais je n'aurais cru que des adultes pouvaient pleurer aussi fort. Voir les sept cercueils alignés côte à côte... c'est indescriptible. Les gens sanglotaient. Même Martine et Charles se sont mis à pleurnicher quand maman a éclaté en sanglots pendant la cérémonie. Laura et moi, nous les avons pris sur nos genoux pour les bercer doucement jusqu'à ce qu'ils s'arrêtent. Mais une fois consolés, ils se sont élancés dans l'allée centrale et il a fallu courir pour les rattraper et les calmer. Les pauvres choux! Ils sont bien trop petits pour comprendre ce qui arrive.

Assise dans l'église, ce n'était pas seulement de la tristesse que je ressentais. C'est vrai que nous avons perdu notre maison dans un incendie l'été dernier, mais nous en sommes tous sortis sains et saufs, et nous avons eu la chance de rebâtir notre vie. Mais mon oncle, lui, est mort dans cet accident. La mort, c'est tellement définitif. Désormais, Colette est toute seule avec tante Harriet. Comment vont-elles se débrouiller? Elles ont été très courageuses, pendant les derniers jours, entourées de la parenté et des amis qui leur ont exprimé leurs condoléances.

Mais là, elles sont de retour dans leur maison vide, sans lui. Quel Noël déprimant en perspective pour elles!

J'ai passé des heures en compagnie de Colette sans avoir réussi à trouver les mots pour la réconforter. J'avais moi-même tellement de chagrin. On a seulement pleuré ensemble. Une fois, elle a mentionné le fameux terrain au bord du lac qu'oncle Albert voulait acheter – un rêve fracassé. Une autre fois, elle s'est mise à évoquer des souvenirs de lui… quel bon père il était, à quel point il était gentil et plein d'attentions, comme il aimait chanter et faire le clown… Je me suis contentée de l'écouter. Plus tard, elle m'a remerciée d'avoir été là quand elle avait eu besoin de parler.

J'ai fini de pleurer, cher journal. Oui, la mort d'oncle Albert me fait beaucoup de peine, mais en même temps j'éprouve une joie frénétique à l'idée que ni maman ni papa ni aucun membre de ma famille n'ait péri dans l'incendie. Quelle étrange sensation de soulagement! Nous ne sommes pas aussi heureux qu'avant, mais nous sommes tous ensemble. Je ne voudrais pas perdre un seul d'entre eux, pas même Bernard. Peut-être que je ne le déteste pas vraiment, après tout.

Je pensais que maman serait déprimée quand nous sommes rentrés à la maison après les funérailles, mais je crois que nous avons eu les mêmes pensées, car elle nous a réunis autour d'elle pour faire une prière d'Action de grâce. Papa et elle ont prononcé de très belles paroles de louanges à Dieu et nous avons répondu *amen*.

Maman a promis qu'elle ne se plaindrait plus. À partir de maintenant, elle tirera le meilleur parti de tout ce qui se présentera à nous.

— Cette maison deviendra notre chez-nous et nous y serons heureux, a-t-elle déclaré.

Le visage de maman s'est illuminé tout à coup et elle est redevenue aussi jolie qu'avant.

Jeudi 15 décembre

Cher journal, je suis au chevet de maman. Ça fait deux jours qu'elle est malade. Elle a la grippe : fièvre, vilaine toux et mal de gorge. Laura et moi restons à la maison pour prendre soin d'elle, nourrir la famille et garder la maison propre. Bernard et grand-papa ont même fait la lessive, et les petits s'en sont donné à cœur joie en jouant à la cachette avec les vêtements qui séchaient un peu n'importe comment à travers la maison. Tout est sens dessus dessous.

Avant que maman tombe malade, les choses allaient pas mal mieux qu'avant. Papa et elle avaient cessé leurs disputes, et grand-papa commençait même à reconsidérer l'idée de papa de vendre d'autres types d'aliments à la boucherie.

Mais maman s'est mise à faire de la fièvre mardi et elle a dû se mettre au lit. Elle ne s'est pas relevée depuis. Nous lui donnons du bouillon clair et les médicaments que le Dr Gosselin lui a prescrits. Et nous lui tenons compagnie quand nous le pouvons.

C'est une chance que le Dr Gosselin habite à trois maisons d'ici et qu'il soit un vieil ami de papa. Il vient voir maman tous les jours. Hier soir, je l'ai entendu dire qu'elle était surmenée et anémique. Il était assis à la table de cuisine avec papa et ils semblaient tellement lugubres tous les deux que j'en avais la chair de poule. Est-ce possible que maman soit aussi malade que ça?

— Sa forte fièvre nous indique que son corps réclame du repos, a expliqué le docteur.

Et comme la fièvre n'a pas baissé au matin, le Dr Gosselin va la faire entrer à l'hôpital. Je me sens tellement mal que j'en perds l'appétit.

Cher journal, j'ai entendu maman dire qu'elle mourra peut-être. Elle gémissait, les yeux fermés, le front brûlant, à moitié endormie, et elle délirait un peu. Malgré tout… ça m'a fait froid dans le dos de l'entendre dire ça. Est-ce que ça pourrait vraiment arriver? Je n'ai pas arrêté de prier depuis. « S'il vous plaît, mon Dieu, sauvez maman. Ne venez pas la chercher tout de suite. Nous avons besoin d'elle. S'il vous plaît, mon Dieu. » Je me suis même mise à genoux pour réciter un chapelet.

J'ai vu Bernard essuyer une larme pendant qu'il fendait du bois, aujourd'hui. Il est morose depuis la mort d'oncle Albert, et ça s'est empiré depuis que maman est alitée. Il ne m'asticote plus. Ce n'est pas que ça me manque, mais ça montre que quelque chose ne va pas du tout. Laura s'efforce de paraître joyeuse quand elle s'occupe des petits, mais c'est factice. Quand Martine et Charles ne sont pas là, elle a l'air préoccupée.

Je m'arrête. Maman veut avoir de l'eau…

Samedi 17 décembre

Maman est à l'hôpital depuis hier matin et les perspectives ne sont pas très encourageantes. Bernard, Laura et moi sommes assis au salon avec grand-papa, attendant anxieusement que papa et le Dr Gosselin nous rapportent des nouvelles de l'hôpital. Les petits sont endormis, mais nous ne pensons même pas à aller nous coucher, ce soir. Il est dix heures et je suis tellement crispée en dedans que j'ai du mal à respirer.

Plus tard

La grippe de maman a dégénéré en pneumonie, cher journal. Elle se bat vraiment pour sa vie, ce soir. Une fille de ma classe a perdu sa mère aux mains de cette monstrueuse maladie, le mois dernier. J'ai mal au ventre et la tête qui tourne. Maman ne peut pas mourir, hein? Le Dr Gosselin tient un discours optimiste, mais il est vraiment inquiet, je le sens.

— Nous la traitons avec un nouveau médicament, a-t-il expliqué. Il a déjà donné de bons résultats dans des cas semblables. Alors, il y a lieu d'espérer.

C'est là qu'il a entraîné papa à l'écart et qu'il s'est mis à chuchoter, mais si fort que nous entendions tout. Il soulignait que la mort d'oncle Albert, ainsi que toutes les épreuves que maman avait endurées depuis l'incendie, avaient drainé sa résistance.

Puis le docteur a prononcé ces paroles terrifiantes :

— Je ne suis pas sûr qu'elle ait la force de s'agripper solidement et de combattre cette infection, Raymond. Je suis désolé, mais je ne peux pas me montrer plus optimiste... Tu vas devoir prier Dieu pour un miracle.

Papa a raccompagné le docteur jusqu'à la porte, puis il s'est rassis, incapable de bouger. Grand-papa s'est retiré dans sa chambre il y a quelques minutes. Papa reste à l'écart pour nous cacher ses larmes. Il est passé minuit, cher journal, et je n'ai même pas sommeil. En partant, le docteur a dit à papa qu'il retournait à l'hôpital, et je ne serai pas capable de m'endormir avant que nous ayons d'autres nouvelles. Écrire aide à passer le temps, mais j'ai l'estomac tellement serré que j'ai peur d'être malade.

18 décembre, tôt le matin

Il était environ une heure du matin quand Bernard a soudain bondi sur ses pieds et qu'il nous a prises par le bras, Laura et moi, pour nous entraîner en haut dans sa chambre. Il avait le regard intense. Il avait pleuré, comme nous tous. Il a fermé la porte.

— Il faut qu'on fasse quelque chose! a-t-il murmuré d'un ton urgent.

— Quoi, au juste? a demandé Laura en luttant contre les larmes.

Bernard est demeuré silencieux pendant un très très long moment. Puis il a dit :

— Demandons à Dieu de faire un miracle, comme le

docteur l'a suggéré.

On s'est mis à genoux et on a récité le *Notre Père* et une dizaine de chapelets, après quoi on a prié en silence. Les yeux fermés, j'ai supplié Dieu de sauver maman. J'étais terrorisée à l'idée qu'elle pouvait bien, en fait, être en train de mourir.

Après un certain temps, Bernard s'est relevé et il a commencé à parler, mais très lentement. Il avait du mal à trouver ses mots. Et sa voix flanchait souvent.

— Mon Dieu, j'ai... euh... quelque chose à vous dire en prenant mes sœurs ici présentes à témoins. Il y a quelque temps déjà que vous m'appelez, mon Dieu, et j'ai fait la sourde oreille, enterrant votre appel sous des millions de dérivatifs. Je savais au fond de moi que je devrais y faire face un jour, mais je pensais que ça pouvait attendre. Eh bien, avec les événements récents – la mort de notre oncle et maman qui est si malade –, je ne vais pas retarder plus longtemps.

Bernard s'est tu pendant un moment. Des gouttes de sueur perlaient sur son front. Il semblait en proie à une puissante émotion. Il a fini par retrouver ses moyens et il a enchaîné :

— Ma réponse est OUI, mon Dieu. Si vous voulez de moi, je vais... sérieusement... songer à devenir prêtre.

Je me suis pincée fort, cher journal, mais je ne rêvais pas. Bernard était vraiment en train de prendre cet engagement, sur un ton solennel qui m'ahurissait. J'en avais la chair de poule.

— Je vous en prie, mon Dieu, guérissez notre mère, a-t-il ajouté d'une voix enrouée.

Laura s'est levée pour aller vers lui. Il l'a prise dans ses bras. Il tremblait.

Et là, ma sœur a pris la parole à son tour, disant qu'elle était prête à donner sa vie pour sauver celle de maman.

— Si vous devez prendre une vie, mon Dieu, prenez la mienne. Maman est l'âme de la famille, on a davantage besoin d'elle que de moi…

Sa voix s'est estompée.

J'en avais le souffle coupé. C'était impossible que Laura meure. Je ne pouvais pas supporter l'idée. Pas à 15 ans. C'était impensable. Je n'avais pas envie de perdre ma sœur.

Ces deux-là me stupéfiaient. Pour ma part, je n'étais pas prête à offrir un sacrifice aussi gigantesque. Je n'avais pas leur courage. Mais je voyais bien que c'était à mon tour de parler, même si je n'avais aucune idée de ce que j'allais dire; alors je me suis lentement relevée, dans un silence rempli d'un formidable sentiment d'exaltation.

Des mots me venaient à l'esprit, mais sans pouvoir franchir mes lèvres. Silencieusement, j'ai fait le vœu de devenir une personne meilleure – mais ça semblait si vague – et de lutter contre ma paresse. J'ai promis à Dieu de m'attaquer à mon mauvais caractère et de modérer mes crises de colère. Mais quand j'ai ouvert la bouche, les mots sont restés bloqués dans ma gorge.

— Je sais ce que tu pourrais promettre, Yvonne, a dit Bernard d'un ton indéfinissable.

Je lui ai coulé un regard méfiant, mais il avait l'air penaud tout à coup.

— Tout d'abord, a-t-il poursuivi, j'ai une confession à te faire.

Il m'a avoué qu'il y a quelques semaines il t'avait volé,

cher journal, et qu'il avait lu quelques passages.

— Et je dois reconnaître que tu écris magnifiquement, a-t-il ajouté. Le croirais-tu, j'ai même été ému par moments.

Ainsi, Bernard avait violé mes secrets les plus intimes. J'étais furieuse et j'ai dû résister à l'envie de lui sauter dessus en criant qu'il n'avait pas le droit de faire ça, mais en le regardant j'ai lu la honte et le remords sur son visage, et j'ai fondu en larmes. Il arrivait trop de choses en même temps. Bernard a dit qu'il se rendait bien compte qu'il n'aurait jamais dû faire ça et il m'a demandé pardon. Alors qu'est-ce que je pouvais faire? J'ai fait signe que oui, mais je frémissais de la tête aux pieds.

— Si tu veux promettre quelque chose, pourquoi ne t'engages-tu pas à écrire l'histoire de notre famille depuis le tout début, en insistant sur ce qui s'est passé pendant les derniers mois? m'a suggéré Bernard. Tu pourrais acheter un beau cahier dans lequel tu rédigerais tout ça. De cette façon, aucun de nous ne pourrait jamais oublier. Avec ton talent pour l'écriture, ce serait certainement un élément important de notre patrimoine familial.

La voix vacillante, il a réussi à ajouter :

— Et ce, quelle que soit l'issue de cette nuit…

L'angoisse l'envahissait à nouveau. Je l'ai regardé, me demandant s'il n'était pas en train de se moquer de moi. Mais non, ce n'était pas le cas.

Alors j'ai fait oui de la tête encore une fois et, avec un grand soulagement, j'ai essuyé mes larmes et prononcé ma promesse à haute voix, avec toute la solennité que je pouvais y mettre.

Et là, la sonnette de la porte d'entrée a retenti et nous

nous sommes précipités dans l'escalier, le cœur battant.

18 décembre à midi

Je viens de me lever, cher journal, grande paresseuse que je suis. Mais il était six heures du matin quand je me suis enfin endormie. Alors, laisse-moi te raconter ce qui s'est passé.

Quand le Dr Gosselin est entré, il était couvert de neige – on aurait dit un ours polaire. Je l'ai examiné de près, redoutant le pire. J'ai vu un homme très fatigué, mais j'ai cru apercevoir un léger sourire caché derrière sa moustache.

— Votre mère va mieux, a-t-il annoncé. Elle est encore très faible, mais sa fièvre est tombée et elle respire normalement. En d'autres termes, elle va s'en sortir. Il faudra du temps, remarquez bien, mais elle est sur la voie de la guérison.

Bernard et moi avons eu le même réflexe de nous tourner vers Laura, et mon frère a eu juste le temps de s'avancer vers elle pour l'attraper dans ses bras.

Elle s'était évanouie.

Mardi 20 décembre

Oh là là! Journal! Quelle semaine chaotique nous venons de passer, avec maman qui est encore à l'hôpital et Laura qui a l'impression que Dieu va venir la chercher d'une minute à l'autre! Tout est chamboulé dans la maison. Noël approche et nous n'avons fait aucun préparatif. Maman doit revenir dans trois jours et nous voulons que tout soit beau pour elle à son retour. Heureusement que tante Harriet vient nous donner un coup de main tous les jours. C'est un ange.

Quand Laura s'est évanouie, Bernard a raconté à papa l'échange qu'elle avait proposé à Dieu. Le Dr Gosselin était encore là, alors il a retiré son paletot en soupirant et il est resté avec nous. Puis, Laura a repris connaissance, persuadée qu'elle était sur le point de mourir. Patiemment, Bernard lui a rappelé qu'en fait elle n'avait pas promis de donner sa vie, mais simplement qu'elle était prête à le faire…

— Tu as dit : *si vous devez prendre une vie*, Laura. Alors, il va falloir que tu te mettes dans la tête que Dieu ne veut pas t'avoir au ciel tout de suite. Maman est hors de danger maintenant, et toi, tu ne vas pas mourir.

Le docteur lui a fait un examen complet et il lui a donné un sédatif. Sauf que moi, je n'ai pas été capable de fermer l'œil.

Alors je suis restée debout et j'ai immédiatement commencé à honorer ma promesse. J'ai mis sur papier, dans les moindres détails, tout ce qui s'était passé pendant cette nuit où maman avait failli mourir, pour être bien certaine de ne rien oublier. Et depuis, je profite de toutes les occasions possibles pour écrire secrètement – quitte à rester debout une partie de la nuit, parce que, pendant la journée, il y a vraiment trop de choses à faire dans la maison. Je tente de me rappeler tout ce qui concerne le passé de notre famille. L'histoire commence au moment où papa a rencontré maman pendant la grande fête qui soulignait la fin de la guerre en 1918. Je passe mon temps à tanner grand-papa en lui posant mille et une questions. Pour le reste, je travaille à partir de mes souvenirs, questionnant papa pour préciser un détail par-ci ou obtenir une information par-là, sans jamais lui dire ce que je suis en train de faire. Hier, j'ai acheté un magnifique cahier au magasin général de l'autre côté de la rue, et je passe tout mon temps libre à transcrire le récit complet, en utilisant ma plus belle plume et un pot d'encre tout neuf. Je vais l'offrir à mes parents comme cadeau du jour de l'An. Bernard veut que maman et papa apprennent qu'il a la vocation en lisant mon histoire, et pas avant. J'espère pouvoir rendre avec exactitude la solennité de ce moment bouleversant.

Cher journal, ce qui est arrivé cette nuit-là est très important, mais il y a des évènements qui ne se décrivent pas avec des mots, entre autres l'incroyable tourbillon qui nous a aspirés et l'éclairage nouveau qu'il a soudain projeté sur toute notre vie.

Maman va de mieux en mieux et c'est tout simplement merveilleux. Est-ce l'effet du nouveau médicament? Ou s'agirait-il effectivement d'un miracle? En fait, le vrai miracle, c'est peut-être que nous soyons redevenus une famille heureuse, tricotée aussi serré qu'avant, mais désormais parfaitement conscients, tous tant que nous sommes, du grand privilège que cela constitue.

Remarque bien que Bernard-la-peste continue de m'asticoter à la moindre occasion, mais – le croiras-tu, cher journal? – je suis la première à en rire, maintenant!

Hattie a vécu toute sa vie à Formose, bien que ses parents soient Canadiens. Lorsque sa famille retourne au Canada, Hattie a tant de choses à découvrir et tant de choses sont différentes de la petite île où elle a grandi.

JEAN LITTLE, *originaire de Formose (aujourd'hui Taïwan) a immigré au Canada alors qu'elle avait sept ans, en 1939, juste avant qu'éclate la Deuxième Guerre mondiale. C'était comme une immigration inversée pour une fille qui avait les traits d'une Canadienne, mais qui connaissait très peu la vie au Canada.*

Chez nous

Journal de Hattie Middleton

De Vancouver à Toronto
Juillet à septembre 1939

Lundi 31 juillet 1939

Ce matin, maman racontait qu'elle était très excitée de retourner chez nous, au Canada. J'ai dit :

— Ce n'est pas chez NOUS.

— Pauvre Hattie, a répondu maman.

Puis elle est allée dans notre cabine et elle est revenue avec ce cahier. Elle veut que j'écrive mon journal pendant un mois et que j'y raconte le retour « chez nous » au Canada. J'ai dit que je le ferais parce que je suis fatiguée d'être coincée sur ce bateau, avec rien d'intéressant à faire.

Mardi 1er août 1939

J'ai demandé à maman comment je devrais commencer. Elle a dit : « Pourquoi pas par la liste des choses qui font qu'on se sent chez nous à Formose? »

Alors voilà.

Je me sens chez nous à notre mission de Taipei. Elle est entourée d'un haut mur. Au-dessus de la grille d'entrée, deux drapeaux flottent au vent : le Soleil levant pour les Japonais, et l'Union Jack pour tous les autres résidents. Je ressens toujours un petit pincement quand je franchis cette grille, comme si tout le site de la mission m'appartenait.

Je me sens chez nous dans notre grande maison avec ses vastes vérandas où nous jouons.

Je me sens chez nous auprès de notre Amah. Elle a pleuré quand nous nous sommes dit au revoir. Elle est arrivée chez nous quand j'étais un petit bébé. J'ai dix ans maintenant. Elle est restée pour s'occuper de Jonathan, qui a huit ans, puis de William qui vient d'avoir trois ans. Jusqu'à maintenant, maman nous fait la classe, à Jonathan et à moi. Au Canada, nous irons à l'école avec d'autres enfants.

Formose est aussi associé à de la nourriture que j'aime. Au Canada, papa dit qu'il n'y a pas de mangues ni de litchis ni de papayes. Les gens ne mangent pas avec des baguettes. Nous ne mangeons pas toujours avec des baguettes, mais nous le faisons quand nous avons des mets chinois.

C'est l'heure d'aller à la salle à manger pour le souper, mais je reviendrai. C'est intéressant d'écrire ainsi.

Après le souper

William voulait du pouding au riz pour le dessert. Quand il a vu qu'il n'y avait pas de raisins secs dedans, il a pleuré. Quel bébé! Jonathan et moi, nous nous sommes moqués de lui, et papa nous a fait sortir de table.

Papa parle sans cesse de la guerre. Je ne comprends pas. J'ai demandé à maman si nous étions en guerre, et elle a répondu que non, mais que papa était inquiet de ce qui se passait en Europe. Je ne comprends pas plus.

Chez nous, c'est aussi les buffles d'eau, les pousse-pousse, les montagnes, les lis sauvages et les gens qui nous montrent parfois du doigt en disant des choses comme : « Regardez ses grands pieds! » Nous faisons semblant de ne pas comprendre ce qu'ils disent.

Les garçons viennent de m'entraîner sur le pont extérieur parce que, au loin, on aperçoit la terre. Depuis longtemps, nous ne voyions que l'océan Pacifique. Pour le moment, ce n'est qu'un mince ruban bleu sur la ligne d'horizon. Parfois, de grosses vagues le cachent, puis il réapparaît. Le Canada! Je me suis retournée et j'ai surpris maman et papa qui fixaient l'horizon en souriant. Ils se tenaient par la main! Je me suis sentie exclue.

Mercredi 2 août 1939

La terre est bien visible maintenant. Nous arriverons aujourd'hui. Nous accosterons à Vancouver, puis nous prendrons le train jusqu'à Toronto. J'ai demandé si c'était comme à Avonlea, et maman et papa ont ri. Toronto est une très grande ville, ont-ils dit. Avonlea est un petit village imaginaire, pas un vrai endroit.

À Toronto, vais-je me trouver une meilleure amie comme Diana Barry? Je n'en ai jamais eu. À la mission, il n'y avait que deux ou trois garçons de mon âge, et pas une seule fille.

Fini les exercices de sauvetage, Dieu merci! J'avais peur qu'on me fasse descendre du bateau dans un canot de sauvetage qui partirait à la dérive en laissant maman derrière.

Je viens de penser à une autre chose qui me fait me sentir chez nous : mâcher une tige de canne à sucre. Maman dit que, au Canada, les gens mâchent de la gomme.

Quand nous aurons débarqué, nous allons passer une nuit chez un ami de papa. Puis nous traverserons le Canada en train. Nous nous arrêterons à Regina pour visiter des gens de notre parenté. Vont-ils tous vouloir nous embrasser? Je n'aime pas me faire embrasser par des inconnus. Je préférerais leur serrer la main ou leur faire la révérence. Je ne sais même pas comment on doit saluer les Canadiens. Faut-il commencer par « Comment allez-vous? » ou « Bonjour! ». « Salut » me semble un peu effronté.

J'ai posé la question à papa, et il a dit que l'un ou l'autre était correct. J'aime la façon de saluer à Taipei. Il y a une seule façon pour les chrétiens. Il faut dire *Pengan*, c'est-à-dire « paix ». Au Canada, il n'existe pas de façon particulière de saluer les gens de notre Église.

Plus tard

Il a fallu faire nos bagages pour être prêts à débarquer. Je n'avais pas envie de refermer le couvercle de la valise sur mes poupées, Natacha et Émilie. Je les ai couchées sur le ventre pour qu'elles ne le voient pas retomber sur leur nez.

Les gens faisaient leurs bagages, mais ils s'arrêtaient à tout moment pour contempler les côtes du Canada. Les garçons dansaient en tapant des mains. Je suis si contente d'arriver au Canada avec toute ma famille! Je sais que, sans eux auprès de moi, je ne pourrais jamais me sentir chez nous, où que ce soit.

Jeudi 3 août 1939

Nous sommes à Vancouver, chez l'ami de papa. (C'est beaucoup plus petit que notre maison de Taipei.) Nous les appelons ma tante et mon oncle, même si ce n'est pas vrai.

Quand nous avons débarqué, oncle Ralph a saisi maman

par la taille et l'a soulevée dans les airs. Elle a ri! William et Jonathan trouvaient cela très drôle, mais moi, je voulais la tirer de ses bras. Les Canadiens font-ils tous cela?

Son épouse, tante Thelma, sourit avec les lèvres pincées. On ne voit jamais ses dents. Mais elle a de beaux yeux.

Au dîner, quand elle a vu que je ne voulais pas manger les sandwichs au saumon qu'elle avait préparés, elle m'a donné de simples tartines de beurre. Je les adore! Maman était tout excitée de pouvoir boire du lait frais. Nous n'avons pas aimé ça du tout. Le lait en conserve est tellement meilleur! Maman était découragée!

Après le dîner, ils nous ont emmenés jouer au parc. C'était bizarre de voir tant de Blancs. J'ai aperçu une fille avec les cheveux roux carotte! Exactement comme Anne Shirley.

Une autre chose qui est bizarre, c'est d'entendre tout le monde parler anglais. J'ai demandé à maman si les gens parlaient d'autres langues au Canada. Elle a dit que oui, mais que la majorité parlait l'anglais, tout comme à Taipei où la plupart des gens parlaient le chinois.

Vendredi 4 août 1939

Sur le chemin du retour, nous nous sommes arrêtés dans une pharmacie et nous avons pris des sodas à la crème glacée. Je n'ai jamais rien mangé d'aussi bon. On met deux cuillerées de crème glacée dans un grand verre, puis on verse dessus du sirop et on remplit le verre avec de l'eau gazéifiée. On glisse dans le verre une paille et une cuillère à long manche pour pouvoir manger la crème glacée au fond du verre. Le mien était à la fraise. Miam!

Quand nous sommes arrivés à la maison, papa et oncle Ralph écoutaient encore les nouvelles à la radio et discutaient de la guerre qui se préparait. Plusieurs adultes disent qu'il pourrait y avoir la guerre, mais d'autres, comme maman, pensent que ça ne se produira pas. Je crois que je n'ai jamais rencontré un Allemand. Il faut que je demande à papa s'il en connaît.

Samedi 5 août 1939

Au début, c'était très excitant d'être à bord du train, mais c'est vite devenu ennuyant et trop chaud. Maman nous a alors donné nos éventails en papier de Formose. Même les fleurs peintes dessus semblaient rafraîchissantes. Nous éventer nous a fait du bien.

Ce soir, nous allons dormir dans le train, dans des couchettes fermées par des rideaux. Chaque section de couchettes a sa petite fenêtre. J'ai l'intention de rester éveillée et de regarder le paysage. Je n'ai jamais regardé passer la nuit par la fenêtre d'un train. Nous avons toujours pris le train de jour. J'ai du mal à imaginer ce que ce sera.

Dimanche 6 août 1939

Je suis restée éveillée très tard. J'avais raison de croire que ce serait surprenant de regarder passer la nuit par ma fenêtre. J'avais la fenêtre pour moi toute seule, et c'était très agréable. J'ai vu des fermes avec une seule lumière allumée, de grosses granges non éclairées et des petites gares. J'ai vu un animal sauvage qui traversait un champ. Peut-être un renard. Dans le ciel des Prairies, les étoiles semblent plus grosses qu'à

Formose et elles forment des dessins différents.

Lundi 7 août 1939

Maman a commencé à nous lire *Le Petit Lord Fauntleroy*. William aime beaucoup ce livre parce qu'il y a de belles illustrations. Cédric semble un peu snob, mais il ne l'est pas vraiment. Jonathan a dit qu'il ne dirait jamais « Très chère » à maman. Maman a fait comme si elle était offensée.

Je devrais penser à ajouter quelque chose à ma liste, mais j'ai trop chaud et j'ai besoin de bouger. J'ai envie de gigoter comme un ver à chou, comme dirait maman.

Mardi 8 août 1939

Les Prairies défilent sans fin; il n'y a jamais rien d'intéressant à voir. Sauf au lever du soleil, quand le ciel devient immense et se colore de longues bandes de rose et d'or. Papa dit que c'est d'une beauté à couper le souffle et il a bien raison.

— Prochain arrêt Regina, a annoncé le chef de train.

Je dois m'arrêter d'écrire.

Mercredi 9 août 1939

Ma grand-tante Harriet m'appelle « Harriet, ma chérie ». Je préfère qu'on m'appelle Hattie, mais je ne le dis pas. Quand les parents de maman sont morts, tante Harriet a pris soin d'elle et de ses frères. Maman dit qu'elle ne leur a jamais fait sentir qu'ils pouvaient être un fardeau pour elle. Si seulement elle pouvait arrêter de me tapoter le dessus de la tête.

Les garçons et moi, nous dormons dans la chambre qui était celle de maman quand elle avait mon âge. Tante Harriet m'a donné un livre qui appartenait à maman, intitulé *Le Jardin secret*. C'est du même auteur que *Le Petit Lord Fauntleroy*. Je le garde pour quand j'aurai une chambre que je ne serai pas obligée de partager avec mes petits frères.

Des cousins sont venus nous voir après le souper. Ils voulaient que nous leur disions des choses en chinois. Jonathan et William ont parlé, et les cousins ont ri. Puis ils se sont mis à me harceler pour que je dise quelque chose. Je leur ai dit : « Vous êtes de vilains enfants. » Je n'ai pas voulu leur traduire ce que j'avais dit. Maman a ri.

Quand papa s'est mis à parler d'Hitler avec les adultes, les cousins sont partis. Je suis bien contente qu'ils n'habitent pas Toronto.

Notre train part très tôt demain matin.

Jeudi 10 août 1939

Hier soir, avant d'aller dormir alors que nous étions en pyjama, papa nous a conduits dehors et nous a appris à reconnaître la Grande Ourse. Jonathan et moi l'avons vue, mais je crois que William a fait semblant. Nous allons bientôt traverser Winnipeg. J'ai trop sommeil pour continuer d'écrire.

Beaucoup plus tard

J'ai dormi pendant toute la traversée du Manitoba. Enfin, pas toute, mais presque. Nous sommes en Ontario, mais papa dit que la route est encore longue avant d'arriver. Le Canada est beaucoup plus grand que Formose. Ici, c'est sauvage, avec de grands rochers, des petits lacs et beaucoup, beaucoup de conifères. Les oiseaux aussi sont différents.

Nous arriverons à Toronto demain matin. Nous avons fini la lecture de Fauntleroy et nous allons commencer *Winnie l'Ourson*. Cochonnet me fait penser à William. Ce n'est pas un livre canadien. Papa dit qu'il va nous en trouver un quand nous serons à Toronto.

Nous avons appris toutes les paroles de *Ô Canada* et de *God Save the King*. Ainsi, nous saurons les chanter quand nous commencerons l'école.

Vendredi 11 août 1939

Prochain arrêt : Toronto. Les sœurs de papa vont venir nous chercher à la gare. Je dois ranger ce cahier, sinon je risquerais de le perdre.

Samedi 12 août 1939

Nous avons trois tantes et une grand-mère à Toronto. Ce sont les sœurs et la mère de papa. Les tantes sont venues toutes les trois nous accueillir à la gare Union. Dans les souvenirs que papa nous raconte, elles sont des enfants. Mais maintenant, elles ne sont plus des enfants, et c'est même difficile de croire qu'elles en ont déjà été. Elles rient tout le temps et elles taquinent papa comme s'il était encore un petit garçon. La gare ressemble à un palais. Peut-être pas exactement. Mais elle est très grande et impressionnante.

Elles nous ont emmenés chez elles, dans leur appartement, et elles nous ont servi à manger. Elles nous ont montré leur balcon, du haut duquel elles ont pu regarder le roi et la reine parader quand ils sont venus en mai dernier.

— J'étais assise ici, et elle m'a saluée de la main, a dit grand-maman.

— Tu aurais dû être debout, au garde-à-vous, lui a dit Jonathan, sur le ton d'un adulte qui parle à une petite fille.

Tout le monde a ri, sauf maman. Elle ne se moque jamais de nous en public.

Elles ont parlé de la guerre qui menaçait d'éclater et des quintuplées. Maman et Jonathan veulent que je vienne jouer aux dames chinoises avec eux.

Plus tard

J'ai perdu.

J'ai oublié d'écrire au sujet des quintuplées. Les tantes nous ont donné des photos d'elles. Elles les appellent « les sœurs Dionne ».

Ce sont cinq filles nées toutes en même temps, comme des jumelles ou des triplées. Tante Rose nous a montré plein de photos d'elles, qu'elle a collées dans un album. Imagine si j'avais quatre sœurs du même âge que moi, qui me ressembleraient totalement et qui auraient leur anniversaire le même jour que moi! C'est peut-être amusant une fois de temps en temps, mais ça doit souvent tourner au cauchemar. Comment savoir qui on est parmi toutes ces jumelles?

Dimanche 13 août 1939

Nous avons emménagé dans notre nouvelle maison. C'est une maison jumelée louée, sur le chemin Bedford. On entend les voisins à travers les murs. Mais c'est haut. Il y a quatre étages, en comptant le sous-sol. J'ai une petite chambre à moi toute seule. Je me sens un peu solitaire. J'ai l'habitude de partager ma chambre avec William.

La maison n'a pas vraiment de jardin, juste un petit espace à l'arrière, appelé une cour. Mais il y a un terrain vague au bout de la rue, avec un grand arbre dans lequel on peut grimper.

Aujourd'hui c'était dimanche, mais ça n'a pas été un jour de repos.

Lundi 14 août 1939

Nous sommes allés au magasin Eaton pour acheter des vêtements pour l'école. C'est un énorme magasin, plein de choses que je n'ai jamais vues. Il y a une section librairie, et tous les livres sont en anglais! Papa nous a trouvé un livre canadien, intitulé *Beautiful Joe*. Il a aussi acheté *Tarzan of the Apes* pour les garçons.

Mardi 15 août 1939

Ces jours-ci, je suis trop occupée pour penser à Formose. Les gens vont et viennent continuellement. Dans les rues, des chevaux tirent des voitures de livraison. Jonathan leur apporte des carrés de sucre quand il peut en trouver.

J'ai commencé la lecture du *Jardin secret*. Mary Lennox me ressemble en plusieurs points. Elle doit quitter les Indes, et tout est nouveau pour elle quand elle arrive en Angleterre. J'aime beaucoup cette histoire.

Mercredi 16 août 1939

Ma poupée Émilie a fait tout le voyage depuis Formose sans aucun problème, et voilà que ce petit monstre de William l'a lancée par la fenêtre, et sa tête s'est brisée. Je l'ai taquiné un peu, mais ce n'est pas une raison pour briser ma poupée! Ses yeux sont tombés, et je n'arrête pas de pleurer.

Jeudi 17 août 1939

Tante Margaret a emmené Émilie à l'Hôpital des poupées. On lui a dit qu'elle reviendrait aussi belle qu'à l'origine. Puis tante M. m'a donné une poupée neuve. Elle est grande comme un vrai bébé et elle a un sourire adorable et de grands yeux bleus. Quand on appuie sur son dos, elle dit « Ma-man». Elle a des vêtements roses, avec des chaussettes et des chaussures blanches.

Je l'ai appelée Belle parce que je la trouve vraiment très belle.

Vendredi 18 août 1939

J'ai oublié d'écrire ce qu'il y a de différent au Canada. D'abord, les rues. À Formose, il n'y a pas de trottoirs ni de feux de circulation. La rue est pleine de gens qui circulent en pousse-pousse, en charrettes ou en autos. Des enfants jouent, d'autres gens dirigent leurs buffles d'Inde ou transportent des seaux accrochés à chaque bout d'une palanche posée sur leurs épaules. Ils transportent de l'eau et, parfois, des légumes. De temps à autre, on voit une chaise à porteurs. Les gens rient, s'appellent les uns les autres, hurlent après leurs enfants et font beaucoup plus de bruit que les Canadiens. Les

Canadiens ne parlent pas beaucoup aux étrangers, tandis qu'à Formose, personne n'est considéré comme un étranger. Ici, les gens doivent respecter plus de règles, et les maisons portent toutes un numéro et sont alignées bien droites.

À l'heure d'aller dormir

Nous sommes au lit, mais il fait encore clair dehors. Je ne vois pas pourquoi nous ne pouvons pas rester debout jusqu'à ce qu'il fasse noir. C'est comme dans le poème *Au lit l'été*, de Robert Louis Stevenson. Il se sentait exactement comme moi, en ce moment.

Quand il fait noir, je m'ennuie de chez moi, je m'ennuie des bruits de la nuit à Formose. Nous entendions parfois le rugissement du lion du zoo. Et le « clac cloc » des *geta*. Au Canada, on ne voit pas de ces sandales japonaises en bois. On ne les entend pas non plus. Les bruits sont différents à Toronto et me semblent moins invitants.

Samedi 19 août 1939

Les gens qui habitent l'autre partie de notre maison jumelée déménagent. De nouveaux locataires vont venir s'installer.

Tante Rose nous a emmenés à Sunnyside, et nous avons nagé dans une piscine. Il y avait une grande glissoire qui allait jusque dans l'eau. Jonathan était sur la plateforme, tout en haut, et un grand l'a poussé. Jonathan est tombé, mais il s'est arrêté à mi-hauteur, sur une barre de métal. En glissant dessus, il s'est écorché le dos, puis il est tombé par terre. J'étais furieuse et j'ai crié, mais pas Jonathan. Entre ses dents, il m'a dit d'arrêter d'en faire toute une histoire. J'avais de la peine pour lui et, la minute d'après, j'aurais voulu l'étrangler. Tante Rose nous a tous ramenés à la maison, et maman a mis du mercurochrome sur les blessures de Jonathan.

Dimanche 20 août 1939

Nous allions partir pour l'église ce matin quand maman a regardé William. Il pleurait, et du pus coulait de son oreille. Papa a pris sa température, et il avait une forte fièvre.

— Pauvre William, a dit maman. Les cordonniers sont toujours les plus mal chaussés!

C'est une expression qui veut dire qu'on fait souvent son travail avec soin pour les autres, mais pas pour soi-même ou sa propre famille. Comme papa est médecin, il aurait dû remarquer que l'oreille de William était infectée.

Maman a passé toute la journée avec lui et nous a laissés, papa et moi, nous occuper des repas. Jonathan n'a pas été d'un grand secours.

Lundi 21 août 1939

Tante Rose a emménagé avec nous et elle aide maman à défaire nos bagages. William ne va pas bien, mais tout de même un petit peu mieux qu'hier.

Après le dîner, maman va nous emmener, Jonathan et moi, à l'école Jesse Ketchum pour m'inscrire et pour voir ce qu'ils peuvent faire pour Jonathan. Je me demande si nous allons rencontrer notre professeur. Je ne crois pas.

Plus tard

C'est une grosse école. Maman a dû expliquer ce que nous avions fait à Formose et prouver que nous pouvions suivre les classes à cette école. J'ai vu une fillette et un garçon du même âge que nous. Ils attendaient leur père. Je voulais leur parler, mais ce n'était pas le bon moment.

J'ai entendu leur père dire : « Reste assise tranquille, Elsie. » Ce devait être son nom. Elle nous regardait par-dessus son épaule.

Mardi 22 août 1939

Je n'arrive pas à dormir. J'ai décidé d'écrire dans ce cahier sur le Canada à propos d'une chose qui me préoccupe et que je comprends mal. Voici.

Je me sens bizarre parce que nous ne sommes pas différents. Avant, nous l'étions toujours. Les gens nous dévisageaient, passaient des commentaires sur nous et riaient en nous voyant. J'ai toujours détesté ça. Mais, bizarrement, cela me manque. Je ne comprends pas pourquoi j'ai l'impression que je suis moins intéressante, ici. Il faut que j'y réfléchisse encore. Je me demande si Jonathan ressent la même chose. Si je lui pose la question, il ne l'admettra jamais, c'est sûr. Je me sens presque honteuse.

Papa dit que chaque être humain est unique et seul dans son genre. Mais je me sens moins unique à Toronto.

Mercredi 23 août 1939

J'ai rendu visite à grand-maman aujourd'hui. C'était plutôt bien. Grand-maman se répète tout le temps. Je me demande pourquoi elle ne se rappelle pas ce qu'elle vient tout juste de dire.

Quand je suis rentrée, William a dit qu'il avait appris une nouvelle chanson canadienne : *La Chanson de la Feuille d'Érable*. Il dit qu'il y a un loup dedans. Papa a ri et a expliqué que c'était Wolfe, le général des armées britanniques, et pas « wolf » la bête sauvage.

Jeudi 24 août 1939

La guerre, la guerre, la guerre. Maintenant, ils parlent de LA guerre, comme si elle avait déjà commencé. Maman continue de dire qu'ils ne seront pas assez stupides pour faire ça. Tante Anne dit que maman est trop naïve. Je lui ai demandé ce qu'elle voulait dire par là, mais elle ne m'a pas répondu. Je suis sûre que c'était quelque chose de pas gentil.

Tante Margaret m'a emmenée déguster un soda à la crème glacée, et c'était délicieux. Je l'ai pris au chocolat cette fois-ci.

Vendredi 25 août 1939

Nous sommes allés au cinéma, et j'ai vu Charlie Chaplin. Les gens étaient tordus de rire. Moi, j'avais de la peine pour lui. Dans les actualités, nous avons vu Hitler. Comment les gens font-ils pour croire ce qu'il dit? C'est un vrai fou! Je suis très contente qu'il ne soit pas ici, au Canada.

Je crois que je commence à ne plus m'ennuyer de Formose et je me sens de plus en plus à l'aise ici. Mais aller à l'école me tracasse. J'ai toujours voulu y aller, mais je n'en suis plus si sûre maintenant.

Samedi 26 août 1939

Maman nous a emmenés à la bibliothèque des enfants de Toronto, qui contient des milliers de livres. Je ne savais pas qu'il y avait autant de livres écrits en anglais. J'ai pris *La chasse au trésor*, de E. Nesbit, et un gros album de contes de fées. Ils sont si gentils dans cette bibliothèque! Et ils considèrent que la lecture est une des choses les plus importantes au monde.

Beautiful Joe est une histoire affreusement triste.

J'ai terminé *Le Jardin secret* et je l'ai recommencé depuis le début. C'est le meilleur livre que j'aie lu de toute ma vie.

Dimanche 27 août 1939

Nous sommes allés à la United Church de la rue Bloor ce matin. Maman est restée à la maison avec tante Rose. Papa, les garçons et moi sommes sortis. C'est la première fois que je vais à l'église à Toronto. Ce n'était pas comme à Formose. D'abord, l'office était beaucoup plus court. Puis, quand nous avons dit le Notre Père, tout le monde marmonnait sauf le pasteur. Ils n'ont même pas dit « Amen » à voix haute. Ils avaient tous les yeux fermés et la tête penchée, comme s'ils avaient adressé leurs prières à leurs chaussures. Même papa! Mais lui, au moins, je l'ai entendu prier.

Même si on était à l'église, ils ont parlé de la guerre. Ils ont prié pour que Dieu nous protège, et nous avons chanté *O God, Our Help in Ages Past*. Jonathan et William sont descendus avec les plus jeunes, mais j'ai refusé par un signe de tête. Papa a souri et m'a laissée rester avec lui. Quand j'ai commencé à m'endormir, il m'a donné un bonbon à la menthe et un carnet d'ordonnances avec un crayon pour que je puisse dessiner. J'étais quand même contente de rentrer chez nous. Ensuite, j'ai lu tout l'après-midi.

Lundi 28 août 1939

L'autre côté de notre maison jumelée est vide maintenant. Les nouveaux locataires vont emménager aujourd'hui ou demain. Je vais jouer dehors toute la journée. Ainsi, je pourrai les voir dès qu'ils arriveront.

Mardi 29 août 1939

Ils n'ont pas emménagé aujourd'hui. Ils ont plutôt tout nettoyé. J'étais trop timide pour leur poser des questions. Maman dit que la famille arrivera sûrement demain, mais en début d'après-midi.

Mercredi 30 août 1939

Ils sont arrivés juste avant trois heures. Je n'en croyais pas mes yeux. C'était la fillette que nous avions vue au bureau de l'école Jesse Ketchum. Elle s'appelle Elsa, et non Elsie. Elle est plus grande que moi et elle est très mince. Ses cheveux sont aussi blonds que les miens. Ils tombent dans son dos, en deux longues tresses. Elle porte des lunettes. Elle a un frère qui s'appelle Dirk, et il a l'âge de Jonathan. Ils n'ont pas d'autre enfant. Maman a fait du pain et leur en a apporté une miche. Elle a ainsi pu apprendre que leur nom de famille était Gunther.

Papa est allé les voir après le souper, et je l'ai entendu parler de la guerre avec M. Gunther. J'aurais pu le parier!

Jeudi 31 août 1939

J'avais envie d'aller dire bonjour à Elsa, mais je me sentais trop gênée. Et je pense qu'elle doit l'être, elle aussi. Jonathan et William ont emmené Dirk au terrain vague. Jonathan a dit : « Pas de filles! » Je m'en fichais. Je suis restée dehors à tourner en rond, en attendant qu'Elsa sorte. Mais je crois qu'ils faisaient encore le ménage.

Jonathan dit qu'ils sont allemands, mais que ce sont des citoyens canadiens. Ils sont venus de Hamilton parce que M. Gunther avait perdu son travail. Il ne ressemble pas du tout à Hitler!

Papa est en train de tout arranger pour pouvoir recommencer à pratiquer la médecine. Il a un ami qui a besoin d'un associé.

Vendredi 1ᵉʳ septembre 1939

Aujourd'hui, les Allemands ont envahi la Pologne. Je crois que c'est ce que papa a dit. Je ne lui ai pas demandé ce qu'il voulait dire exactement par là parce que je n'avais pas envie de rester assise à l'écouter. Mais ça va mal, et il est de plus en plus certain que la guerre va éclater.

J'ai pris de la craie pour dessiner sur le trottoir et Elsa est arrivée avec de la craie de couleur. Nous n'avons pas beaucoup parlé, mais nous nous sommes bien amusées quand même. Nous avons dessiné des maisons avec la craie blanche et nous y avons ajouté des détails en couleur, comme des fleurs.

Papa est encore allé parler avec M. Gunther. Ils ont quitté l'Allemagne et sont venus ici quand il était tout petit. Il est inquiet de ce qui va arriver en Europe.

Juste avant que papa revienne, je les ai entendus tous les deux éclater de rire. C'était merveilleux! J'ai l'impression que je n'ai pas entendu papa rire depuis des siècles!

Samedi 2 septembre 1939

Elsa et moi avons joué à la poupée tout l'avant-midi. Après le dîner, nous sommes allées au terrain vague avec les garçons. Nous avons joué à Tarzan. Elsa a fait Jane. Ça ne me dérangeait pas, car je devais faire les animaux. Jonathan a dit qu'il nous fallait aussi un Mowgli. Évidemment, Mowgli vient d'un autre livre, mais nous avons dit d'accord parce que c'est un personnage formidable.

Papa n'est pas venu souper avec nous tous parce qu'il voulait rester l'oreille collée à son gros poste radio, à attendre des nouvelles de l'Angleterre. M. Gunther a traversé chez nous à 21 h pour écouter la radio, lui aussi.

Dimanche 3 septembre 1939

Papa avait raison.

Quand je me suis levée ce matin, il écoutait déjà la radio même s'il était très tôt. Il m'a envoyée chercher maman. Nous avons tous entendu le premier ministre de l'Angleterre déclarer la guerre! Maman s'est mise à pleurer en silence. Les tantes sont venues à la maison. Nous avons pensé rester à la maison, sans aller à l'église, mais maman a dit qu'aujourd'hui nous avions besoin de prier. Nous sommes donc allés à la messe. Nous avons chanté *Onward, Christian Soldiers*, comme cantique pour les enfants. Des gens pleuraient. Ça semble irréel.

Plus tard

Je suis censée dormir.

Je peux écrire grâce à la lumière du lampadaire, dehors. Papa avait raison : la guerre allait éclater bientôt. Mais je dois dire que maman avait raison, elle aussi, quand elle disait que ce serait trop stupide. Je ne sais plus quoi penser.

Mais je suis certaine d'une chose : je vais monter la garde pour le Canada. Reste à savoir comment m'y prendre.

Lundi 4 septembre 1939
Jour de la Fête du travail

L'école commence demain. Elsa, les garçons et moi avons passé presque toute la journée sur le terrain vague. Nous l'avons baptisé Greenwood. Nous n'avons pas parlé de la guerre ni de l'école. Avant de rentrer chacun chez nous, nous nous sommes entendus tous les quatre pour nous retrouver demain matin. Si nos mères nous accompagnent à l'école, nous irons tous ensemble et, quand viendra le temps pour elles de repartir, elles ne seront pas seules et nous non plus.

Mardi 5 septembre 1939

Il me reste une seule page, mais ça ira, car je n'ai que deux moments à raconter pour ne pas les oublier.

Le premier, c'est quand nous avons fini de chanter le *God Save the King.*

— Les enfants, restez debout! a dit Mlle Murdoch. Nous allons chanter le *Ô Canada.*

Elsa et moi sommes dans la même classe. Nous sommes assises vis-à-vis, de chaque côté d'une allée. Nous avions déjà discuté du *Ô Canada* et nous avons souri quand nous sommes arrivées au vers qui parle de notre pays natal. Le Canada n'est pas mon pays natal. Je suis née à Formose. Les parents d'Elsa sont citoyens canadiens, mais elle est née à New York alors qu'ils étaient en visite chez son oncle et sa tante. Nous avons quand même chanté ce vers. Nous sommes assez différentes. Mais j'étais contente qu'elle soit là.

Le reste de la journée a été long. Nous sommes rentrées à la maison à midi pour le dîner, puis nous sommes retournées à l'école.

À la fin de l'après-midi, nous marchions dans notre rue, et William était assis sur le perron d'en avant. En me voyant arriver, il s'est vite relevé et il a couru vers moi en criant :

— Hattie est arrivée chez nous! Hattie est arrivée chez nous!

Chez nous : c'était bien vrai!

À propos des auteurs

LILLIAN BORAKS-NEMETZ est une survivante du ghetto de Varsovie. Pendant une partie de la guerre, elle a vécu cachée sous un faux nom dans des villages polonais. Elle est l'auteure de plusieurs romans ayant pour sujet l'Holocauste : *The Old Brown Suitcase* (gagnant du prix Sheila A. Egoff), *Ghost Children*, *The Sunflower Diary* et *The Lenski File*. Elle a publié en collaboration avec Irene N. Watts une anthologie de textes portant sur l'Holocauste, intitulée *Tapestry of Hope : Holocaust Writings for Young People*. Elle a écrit un roman pour adultes dans lequel on retrouve la jeune Slava Lenski, 14 ans, de *The Old Brown Suitcase*. Ce roman est l'histoire d'une adulte qui tente de surmonter des blessures psychiques causées par un traumatisme subi dans son enfance et dont elle ignore tout.

MARIE-ANDRÉE CLERMONT est une auteure et une traductrice québécoise. Après avoir écrit des romans à suspense et des récits d'aventures, elle a créé la collection Faubourg St-Rock, une série audacieuse destinée aux adolescents, qui aborde sans faux-fuyants les problèmes quotidiens des jeunes. Parmi les ouvrages qu'elle signe elle-même dans Faubourg St-Rock, mentionnons *L'engrenage*, *La marque rouge* et *La gitane*. Certains faits qu'elle raconte dans son texte du recueil *Terre d'accueil, terre d'espoir* – la « vocation » de Bernard, l'empressement de Laura à offrir sa vie pour sauver celle de sa mère, ainsi que la catastrophe qui a tué sept mineurs – sont inspirés d'événements réels dont elle a entendu parler dans ses jeunes années.

AFUA COOPER (Ph. D.) est universitaire et poétesse. Elle a publié les livres *My Name is Phillis Wheatley*, *My Name Is Henry Bibb* et *La pendaison d'Angélique : l'histoire de l'esclavage au Canada et de l'incendie de Montréal* , qui a été sélectionné pour le Prix du Gouverneur général. Sa thèse de doctorat portait sur les communautés noires de l'Ontario au XIXe siècle, en particulier sur le militant anti-esclavage Henry Bibb. Elle est aussi l'auteure de quelques recueils de poésie dont le plus récent est *Copper Woman and Other Poems*.

BRIAN DOYLE est l'auteur de dizaines de romans primés, destinés aux jeunes adultes, dont *Boy O'Boy; Pure Spring; Angel Square; Hey, Dad!; Uncle Ronald; Up to Low; You Can Pick Me Up at Peggy's Cove* et les romans de Spud Sweetgrass. Ses histoires ont souvent pour cadre la vallée de l'Outaouais et les régions environnantes, durant les décennies qui ont suivi la Deuxième Guerre mondiale. À cette époque, les jeunes se demandaient si la bombe atomique allait détruire le monde avant qu'ils aient atteint l'âge adulte. Pendant son enfance, Brian a entendu beaucoup d'histoires extraordinaires autour de la table de cuisine. Son écriture est imprégnée de son amour pour les sons et les rythmes de la langue anglaise. Il excelle dans la création de récits dont le dénouement subtil surprend ses lecteurs.

RUKHSANA KHAN a écrit des romans, comme *Wanting Mor*, inspiré de la vie d'une fillette en Afghanistan, et *Dahling, If You Luv Me, Would You Please, Please Smile*, où elle raconte l'histoire d'une adolescente musulmane qui réussit à trouver une façon de défendre ses traditions ancestrales. Elle a aussi publié des albums illustrés dont *King of the Skies* et *The Roses in My*

Carpets. De plus, sa collection intitulée *Muslim Child* comprend huit récits relatant le mode de vie des musulmans dans différentes parties du monde. Son dernier album illustré, *Big Red Lollipop*, porte sur les difficultés rencontrées quand on veut s'intégrer à une nouvelle culture. Elle a grandi dans une petite ville du sud de l'Ontario où les gens de sa famille étaient les seuls Pakistanais musulmans.

JEAN LITTLE est membre de l'Ordre du Canada. Elle est l'auteure de près de 50 romans et albums illustrés, dont *Ma sœur orpheline*, *Mes frères au front* et *Si je meurs avant le jour*, de la collection Cher Journal, aux Éditions Scholastic. Elle est aussi l'auteure de *Exiles from the War*, *From Anna*, *Mama's Going to Buy You a Mockingbird* et *Elle danse dans la tourmente* (Éditions Scholastic). Ses parents étaient des médecins missionnaires. Dans le présent recueil, Jean raconte son arrivée au Canada juste avant que la Deuxième Guerre mondiale n'éclate. Elle venait de Formose (aujourd'hui Taïwan) où elle était née. Elle était canadienne, mais ne connaissait à peu près rien de la vie au Canada.

KIT PEARSON est une auteure primée qui a écrit de nombreux romans pour la jeunesse, dont *Un vent de guerre* (collection Cher Journal, Éditions Scholastic), *The Daring Game*, *A Handful of Time*, *Awake and Dreaming* et *A Perfect Gentle Knight*. Sa trilogie sur les invités de guerre (*Le ciel croule*, *Au clair de l'amour* et *Le chant de la lumière*) a pour sujet les enfants anglais qui ont passé les années de guerre au Canada. Sa mère et sa tante sont allées à l'école Bishop Strachan. En rassemblant sa documentation pour le texte qu'elle publie dans le présent volume, elle s'est servie de lettres écrites par sa tante à cette époque. Son dernier roman s'intitule *The Whole Truth*.

RUBY SLIPPERJACK est professeure au Department of Indigenous Learning de l'Université Lakehead. Elle est l'auteure d'une demi-douzaine de romans, dont *Honour the Sun, Silent Words, Little Voice* et *Dog Tracks*. Elle a grandi sur le territoire de trappe de son père au lac Whitewater. Puis elle a déménagé à Sault-Ste-Marie où elle a été pensionnaire. Quand elle n'est pas occupée à enseigner ou à écrire, elle essaie de passer le plus de temps possible « dans le bois », où elle retrouve le mode de vie traditionnel de sa famille. Ses histoires sont fortement inspirées par ces traditions.

SHELLEY TANAKA a écrit plusieurs livres documentaires, dont *On Board the Titanic, Attack on Pearl Harbor* et *Amelia Earheart : The Legend of the Lost Aviator*. Elle a remporté plusieurs prix, dont le Silver Birch. Elle est aussi reconnue pour son extraordinaire travail d'édition auprès d'auteurs canadiens de renom qui écrivent pour la jeunesse, comme Martha Brooks, Brian Doyle, Deborah Ellis, Sarah Ellis, Tim Wynne-Jones, Rukhsana Khan, Jean Little et Paul Yee. Elle enseigne en maîtrise pour le programme de littérature jeunesse du College of Vermont of Fine Arts. La famille de sa mère a été internée à Kaslo pendant la Deuxième Guerre mondiale.

IRENE N. WATTS a remporté un prix pour sa trilogie au sujet du programme Kindertransport (*Good-bye Marianne, Remember Me* et *Finding Sophie*). Elle a aussi écrit deux livres sur les petits immigrants britanniques (*Flower* et *When the Bough Breaks*). Son dernier roman, *No Moon*, raconte l'histoire d'une bonne d'enfants à bord du Titanic. Elle a publié en collaboration avec Lillian Boraks-Nemetz l'anthologie *Tapestry of Hope : Holocaus Writing for Young People*. Elle faisait partie des dix mille enfants juifs qui ont pu fuir l'Europe grâce au programme Kindertransport, avant que la Deuxième Guerre mondiale ne se déclenche.

PAUL YEE a écrit plusieurs albums illustrés et romans qui ont été primés, sur des sujets contemporains ou historiques. En particulier, des romans sur les Chinois au Canada, comme : *Ghost Train, Roses Sing on New Snow, Tales From Gold Mountain, The Bone Collector's Son* et *The Curses of Third Uncle*. Il a aussi publié un livre documentaire : *Saltwater City : An Illustrated History of the Chinese in Vancouver*. Son livre le plus récent, *De fer et de sang* (collection Au Canada, Éditions Scholastic), raconte l'histoire d'un jeune Chinois qui participe à la construction du chemin de fer canadien dans l'Ouest. Sa pièce de théâtre *Jade in the Coal*, qui rend hommage aux mineurs chinois de la Colombie-Britannique, a été présentée pour la première fois en 2010, à Vancouver. Son récit, *La dure vie dans les Prairies*, dans le présent recueil, a été écrit initialement en chinois, traduit en anglais, puis en français. Paul Yee est né en Saskatchewan et a été élevé par sa tante, dans le quartier chinois de Vancouver.

Coincée au Canada (Marooned in Canada)
Copyright © Kit Pearson, 2011.

La ville fantôme (Ghost Town)
Copyright © Shelley Tanaka, 2011.

Bon débarras! (To Get Away from All That)
Copyright © Rukhsana Khan, 2011.

Les brebis du Seigneur (The Flower of the Flock)
Copyright © Irene N. Watts, 2011.

Le Charleston chez les trappeurs (The Charleston at the Trapline)
Copyright © Ruby Slipperjack, 2011.

La dure vie dans les Prairies (Prairie Showdown)
Copyright © Paul Yee, 2011.

Dans le silence de mon cœur (In the Silence of My Heart)
Copyright © Lillian Boraks-Nemetz, 2011.

Le brevet d'études (Entrance Certificate)
Copyright © Brian Doyle, 2011.

Avoir la chance de m'instruire (To Learn… Even a Little)
Copyright © Afua Cooper, 2011.

Pour fuir les cendres (Out of the Ashes)
Copyright © Marie-Andrée Clermont, 2011.

Chez nous (Hattie's Home)
Copyright © Jean Little, 2011.

Illustrations de la couverture et de l'intérieur de Greg Ruhl.
Copyright © Scholastic Canada Ltd, 2011.

Copyright © Éditions Scholastic, 2012, pour le texte français.
Tous droits réservés.

Mon pays à feu et à sang
Geneviève Aubuchon,
au temps de la bataille des plaines d'Abraham
Maxine Trottier

Noëls d'antan
Dix récits choisis

Nuit fatale
Dorothy Wilton,
à bord du Titanic
Sarah Ellis

Un océan nous sépare
Chin Mei-ling,
fille d'immigrants chinois
Gillian Chan

Des pas sur la neige
Isabelle Scott à la rivière Rouge
Carol Matas

Prisonniers de la grande forêt
Anya Soloniuk,
fille d'immigrants ukrainiens
Marsha Forchuk Skrypuch

Rêves déçus
Le journal d'Henriette Palmer,
au temps de la ruée vers l'or
Barbara Haworth-Attard

Du sang sur nos terres
Joséphine Bouvier,
témoin de la rébellion de Louis Riel
Maxine Trottier

Seule au Nouveau Monde
Hélène St-Onge,
Fille du Roy
Maxine Trottier

Si je meurs avant le jour
Fiona Macgregor,
au temps de la grippe espagnole
Jean Little

Le temps des réjouissances
Dix récits de Noël

Une terre immense à conquérir
Le journal d'Evelyn Weatherhall,
fille d'immigrants anglais
Sarah Ellis

Un vent de guerre
Suzanne Merritt,
déchirée par la guerre de 1812
Kit Pearson

Une vie à refaire
Mary MacDonald,
fille de Loyaliste
Karleen Bradford

3 3132 03476 5612
OKANAGAN REGIONAL LIBRARY